하얀 십자가의 숲

하얀 십자가의 숲

초판 1쇄 2024년 6월 16일

지은이 길혜연
펴낸이 길혜연
디자인 flowlow
인쇄 갑우문화사

펴낸곳 도서출판 공중정원
출판등록 2024년 3월 25일 제 399-2024-000035호
주소 경기도 남양주시 별내 3로 322 스카이프라자 404호 (우편번호 12097)
이메일 hanginggardens1004@gmail.com

ⓒ 길혜연, 2024

ISBN 979-11-987611-1-8 03810

* 이 책은 원주 토지문화재단 토지문화관 문인 창작실(2017년)과, 증평 21세기 문학관 창작실(2018년) 지원 사업의 도움을 받아 집필되었습니다.
* 도서출판 공중정원은 케이씨디 컴퍼니의 임프린트 출판사입니다.
* 책값은 뒤표지에 있습니다. 인쇄 및 제본에 이상이 있는 책은 구입처에서 교환해 드립니다.
* 이 책의 모든 내용은 저작권법에 따라 보호받는 저작물이므로 무단 전재와 무단 복사를 금합니다. 이 책 내용의 일부 또는 전부를 이용하려면 반드시 저작권자와 도서출판 공중정원의 서면 동의를 받아야 합니다.

하얀 십자가의 숲

길혜연 장편소설

공중정원

인간의 위대함은
그가 다리일 뿐 목적이 아니라는 데 있다.
인간이 사랑스러울 수 있는 것은
그가 건너가는 존재이며
몰락하는 존재라는 데 있다.

- 프리드리히 니체,
《차라투스트라는 이렇게 말했다》에서.

목차

검은 물음표	11
쉬이프로 가는 길	26
적색 지대	43
단옥 이야기	61
하인 수업	80
떠나는 길, 돌아가는 길	110
유리 벽	132
박스 기사와 녹음테이프	149
사이퍼	162
은인들의 관계	179
덕이 이야기	199
정의와 음모	217
곤들매기	235
건너가는 사람	249
해설	258

작품 구상에 영감을 불러일으킨,

아버지의 이야기를 들려주신

미레유 케를랑 님께 마음 깊이 감사드립니다.

일러두기

1. 이 소설은, 역사 소설이 아니며, 소설에 등장하는 이야기와 인물들은 실제 사건과 실제 인물에서 영감을 받았으나, 작가의 상상력을 통해 완전히 재구성된 허구임을 밝혀 둡니다.
2. 고종 황제를 암시하는 인물을 지칭하는 용어는, 대한 제국이 설립된 1897년에서 한일병탄이 일어난 1910년까지는 '황제'로 하되, 그중에서도 1907년 폐위 이후엔 '태상왕', 혹은 '왕'으로 표기하였습니다. '고종'이라는 이름을 직접 사용하지 않은 이유는, 역사적으로 실존했던 한 인물로 소설 속 인물을 제한시키고 싶지 않은 작가의 의도에 따른 것이며, 실제로 고종이 유럽 망명을 기도했다는 것은 확인된 사실이 아닙니다.
2. 독자의 이해를 돕기 위해, 함경도 출신 인물들의 대사는 가능한 한, 표준말로 표기하고, 부분적으로 함경도 방언으로 표기했습니다. 함경도 방언 부분은, 만화가 홍지혼 작가님과 함경도 태생이신, 홍 작가님 어머니의 도움을 받았습니다.
3. 본문에 수록된 프랑스어 원문 인용 부분은, 저자가 직접 번역했습니다. 허난설헌의 시, 「회포를 풀다」는 《허난설헌 시집》(허경진 옮김, 평민사 2015년 판)에서 발췌, 인용했음을 밝힙니다.
4. 단행본은 《 》, 영화, 기사, 개별 문학 작품은 「」, 연속 간행물은 『』, 특정 장소의 이름은 〈 〉로 묶어 표기했습니다.

검은 물음표

1980년 파리 근교

"아버지가 떠나셨어. 어서 병원으로 와. 난 가는 중이야."

이른 새벽이었는데도 밤새 깨어 있던 사람처럼 앙투안의 목소리는 맑았다. 마리즈 역시 기다리고 있었던 사람처럼 전화를 받았다.

"그래, 알았어."

앙투안이 '돌아가셨다'라는 표현 대신 '떠났다'라고 해 준 것이, 마리즈는 고마웠다. '떠나다'라는 동사는 어쩐지, 아버지가 눈에 보이지는 않지만, 여기가 아닌 다른 어딘가에 여전히 계실 거라는 생각이 들게 하기 때문이었던 것 같다. 전화를 끊고 나니, 그는 진공관 같은 것을 뒤집어쓴 것처럼 아무 소리도 들리지 않았다. 세상 모든 소리와 연결된 선을 가위로 잘라 낸 것처럼, 갑자기 스피커가 고장 난 텔레비전 화면처럼. 세상의 침묵을 깨고 낯선 음성이 이렇게 속삭였다.

'꿈인지도 몰라.'

마리즈는 멍한 상태로 아파트 정문을 지나 인적 없는 거리로 나왔다. 안개 속에서 노란 나트륨등 불빛이 땅에 고인 물 위로 반사되어 하얗게 빛났다.

"물구덩이가 밤에는 하얗게 보이고, 낮에는 검게 보여."

그의 아버지가 그렇게 말한 적이 있었다. 옛날에는 길 위에 움푹 파여 물이 고인 구덩이가 많았던 탓일까. 운전을 하지 않았던 아버지가 어떤 상황에서 그런 말을 했는지는 생각나지 않았다. 보도 위에 생긴 물구덩이를 보니 난데없이 그 말이 떠올랐다. 가만 생각해 보니, 그건 자신에게 해 준 말이 아니라 손주들, 그러니까 마리즈의 아이들에게 한 말이었다. 비 온 뒤 생긴 물구덩이 속에서 첨벙거리며 장난을 치던 손주들에게 그렇게 말했을 것이다. 화가다운 가르침이다. 그러나 딸에게는 그런 자상한 가르침을 주었을 리 없는 아버지였다. 화가는 그 아버지가 가지고 있던 여러 가지 직업 중 하나였다. 엄밀히 말해 직업은 아니었다. 그림을 그려 돈을 벌지는 않았으니, 일요화가라는 편이 더 옳았다.

마리즈는 떨리는 몸을 진정시킬 수가 없었다. 손이 너무 떨려 자동차의 키를 제대로 꽂는데 얼마만큼의 시간이 흘렀는지 알 수 없었다. 엔진의 떨림이 철제 열쇠의 플라스틱 손잡이를 타고 손끝에 전달되어 오자 약간 진정이 되었다. 크게 숨을 몰아쉬었다. 마음속으로는 수도 없이 그 가능성을 예상하고 준비를 해 왔다고 생각했지만, 막상 일이 닥치고 보니 정신이 없었다. 아니, 오히려 마음 한구석은 그 어느 때보다도 차분했다. 그의 내면에는 언제나 그 무엇에도 속하지 않는 영토가 존재했고, 이 차분함은 거기서 비롯되는 것 같았다. 그 영토의 존재를 이미 알고 있기에, 익숙한 감정의 결이었다.

새벽 공기는 차가웠고 잠시 시동을 켜 둔 채로 담배에 불을 붙였다. 손이 여전히 떨리는 것은 차가운 날씨 탓도 있었다. 연락해 주어야 할 사람들을 떠올려 보았다. 많지는 않았다. 파리 순환 도로를 벗어나 A4번 고속 도로로 접어들었다. 속도계의 숫자가 서서히 올라 150을 넘기고 있었다. 속도가 붙을수록 시트로엥 DS는 노면 위로 납작하게 가라앉았다. 마리즈는 그 느낌을 좋아했지만, 속도계를 흘깃 보고는 가속 페달에서 발을 살짝 떼었다. 근방에 속도 측정 카메라가 있다는 사실이 생각났다.

마리즈는 이제 고아가 되었다. 오랫동안 바라던 일인지도 몰랐다. 그가 바란 것은 기쁜 일이나 이익이 되는 일만은 아니었다. 어린 시절, 자신은 한 번도 해 보지 못해 그만큼 부럽기만 했던, 친구들을 초대하는 생일 파티, 천 프랑쯤을 딸 수 있는 복권 당첨, 크리스마스 선물이나 훌륭한 성적표, 잠시 멀리 떨어져 있는 연인이 보낸 편지, 아니면 힘든 한 주를 보낸 끝에 마음 맞는 친구들과 함께하는 금요일 저녁의 술자리, 오랜 기다림 뒤에 어렵게 구한 공연 입장권 따위들도 좋지만, 사계절의 시간을 견뎌낸 나뭇잎 한 장의 엄중한 조락과도 같은, 우주의 틀림없는 섭리를 바라고 있었다. 섭리라는 것은 바라거나 바라지 않거나 의당 그렇게 될 일들이라고는 해도, 언젠가는 분명히 그렇게 될 일을, 자신은 굳이 바라고 있었다는 걸 그는 깨달았다. 한번은 끊어져야 하는 운명을 가진 탯줄처럼, 언제고 끊어져야 하는 인연이었다. 아버지를 사랑했냐고 누군가 묻는다면, 싫어했냐는 질문만큼이나 대답하기 힘들 것이다. 고아가 되었지만 이제야 비로소 한 사람의 성인이 된 기분이 들었다.

시립 병원은 고색창연한 붉은 벽돌 건물이었다. 담쟁이덩굴이 무성했다. 희고 높은 천장이 이어진 긴 복도를 지났다. 앙투안은 보이지 않았다. 작고 통통한 몸집의 간호사에게 '므시외 쟁'이라는 이국적인 이름을 댈 때, 마리즈는 그 어느 때보다도, 그 이름이 주는 낯선 느낌을 견디기 힘들었다. 중국어 발음을 따라 Z. H. E. N. G로 표기하는 아버지의 한국 성을 프랑스인들은 '쟁'이라고 발음했다. 똑같은 한자로 표기하는 한국 이름은, 그것과는 발음이 다르다고 했다. 그 '쟁'이라는 발음 때문에 어린 시절엔 놀림도 많이 당했다. 그와 발음이 비슷한, '쟁(zinc)'이라는 단어는 함석을 씌운, 술집이나 카페의 카운터를 뜻하기도 했기 때문이다. 아버지는 프랑스에서 60년을 넘게 살면서도 프랑스로 귀화하지 않았고 한국 국적을 회복하지도 않았다. 마지막까지 가지고 있던 여권은 대만 여권이었다. 거기에 표기된 중국 이름이 '증 하이 롱'이었다. 마리즈는 결혼을 하면서, 쟁인지 중인지 하는 성을 프랑스인 남편의 성으로 덮어 버렸다.

마리즈는 긴 복도를 따라 함께 걸어가던 담당 간호사에게 물었다.

"무슨 말씀은 없으셨나요?"

"어제 오후까지는 의식이 또렷하셨어요. 창밖을 내다보시며 빙그레 웃으시기에, 왜 웃으시냐고 했더니……"

"뭐라 하시던가요?"

"저 풍경을 보는 게 이제 마지막이라고 하시더군요."

정해용은 흰 시트에 덮여, 벽이며 천장이 온통 하얗기만 한 병실 가운데에 한 개의 커다란 검은 물음표처럼 누워 있었다. 머리끝까지 덮여 있던 시트를 걷어내니 얼굴이 드러났다. 죽은 사람의 얼굴을 이렇게 가까이서 본 건 처음이었다. 마리즈는 아버지의 얼굴을 가만히 들여다보았다. 얼핏 잠든 것처럼 보였지만 자세히 보니 눈도, 코도, 입도, 자신이 아는 아버지의 것이 아니었다. 그 시신은 전혀 모르는 사람의 얼굴을 하고 있었다. 생명이 빠져나간 육신은 아무렇게나 벗어 놓은 옷처럼 모양이 일그러지고 무심해져 있었다. 세상에 대한 완벽한 무관심 속에서 시신은, '난 이제 네 아버지가 아니야'라고 말하고 있었다. 사람들이 그 껍질뿐인 물체를, 여전히 자신들의 아버지요, 어머니요, 남편이며, 자식이고, 친구라고 생각한다는 것이 마리즈는 이상하기만 했다. 아버지의 시신을 대한 순간, 어디선가 유리가 깨지는 것 같은 날카로운 파열음이 들렸다. 그러나 아무도 그 소리에 반응하지 않았다. 그에게만 그 소리가 들린 것이다. 이런 일이 처음은 아니었다. 어깨에 닿은 누군가의 손길로 정신이 돌아온 마리즈는 앙투안의 얼굴을 바라보았다. 앙투안은 먼저 도착해서, 병원에서 처리해야 할 행정 절차들을 먼저 확인하고 오는 길이었다. 앙투안도 마음속으로 몇 번이고 이 순간을 대비해 온 기색이 역력했다. 아버지의 주검 앞에 선 앙투안의 얼굴은, 나이 들어도 여전히 장난기 많은, 평소의 남동생 앙투안이 아니었다. 그 아이의 얼굴은 바로 며칠 전에 보았을 때와는 아주 다른 모습을 하고 있었다. 마리즈는, 동생이라기보다는 독립되고 성숙한 한 사람과 마주하고 있었다. 며칠 사이에 그는 몇 년쯤 나이를 더 먹은 것처럼 보였다. 온전한 성인이 되려면 고아가 되어야 하는지도 모른다. 고아(孤兒), 외로운 아이. 그래서 온전한 성인들은 저마다 외로운 아이 하나를 가슴 속에 숨겨 두고 있다.

 마리즈의 귀에는, 드물기는 해도 이따금 유리가 깨지는 강렬한 파열음이 들렸다. 그다음엔 파편으로 가득한 바닥 위를 맨발로 걸어야 했다. 걸어야만 했다. 피가 흐르지 않을 때까지. 이젠 됐겠지, 하는 생각이 들 때쯤 피가 멎어 있곤 했다. 그리고 발밑의 파편은 발자국 수만큼의 시간을 먹고 모래가 되어 있었다. 그는, 그런 일이 처음 시작되었던 그날의 일을 아직 기억하고 있다. 의식 뒤편으로 꽁꽁 동여매 덮어 두었던 어린 시절이 아버지의 주검을 앞에 두고 자꾸 되살아났다. 생각해 보면 나쁜 기억만 있었던 것은 아니었는데도.

마리즈는 어린 시절에 파리 근교 크레테이를 가로지르는 국도변, 작은 정원이 딸린 집에서 살았다. 집 가까이로는 마른강이 흐르고 있었다. 강변의 잡목 숲에서 피크닉을 하며 작은 조각배를 타고 노 젓기 놀이도 했다. 봄에는 솜털 구름 아래 체리꽃이 피었고, 가을에는 단풍이 들불처럼 번졌다. 그가 가장 좋아했던 건 조각배 위에 누워서 하늘 위에 떠도는 구름을 보는 것이었다. 그렇게 몇 시간도 보낼 수 있었다. 햇빛에 반사되어 반짝이는 먼지를 쳐다보면서도 지루하지 않았다.

그 집에 살던 시절의 어느 날, 이른 새벽이었는지 한밤중이었는지는 정확히 알 수 없었지만, 잠결에 현관문의 큰 유리가 박살이 나는 소리와 함께 아버지의 고함이 들렸다. 아버지는 미친 사람처럼 소리를 질러 댔고, 어머니는 울면서 아버지를 진정시키려 했다. 처음엔 무슨 소리를 하고 있는지 잘 들리지 않았다. 그는 아버지의 말소리에 귀를 기울여야 할지 말지를 생각했다. 단말마의 비명을 내지르고 있는 그 이유를, 순간적으로, 알고 싶지 않았다. 그러나 본인의 의지와는 상관없이, 비명은 한 음절 한 음절씩 아주 명확하게 들려와 고막 위에 철필로 새겨졌다. 죽. 어. 버. 릴. 거. 야. 아버지는 죽고 싶은 거였다. 죽고 싶은 그 아버지의 딸 역시 죽고 싶었다. 그의 주위를 감싸 주던, 따스한 자궁과도 같았던 투명한 막이 현관의 유리와 함께 박살이 났고, 마리즈는 아버지가 가족과 함께 사는 것을 전혀 행복해하지 않는다고 생각했다. 그다음 날도, 다음다음 날에도 아버지가 죽고 싶은 이유를 그는 알지 못했다. 아버지도 어머니도 말이 없었다. 마리즈는 부모들의 침묵을 견딜 수가 없었다. 이튿날, 정원 한구석에 못 보던 휘발유 통이 나뒹굴고, 석유 냄새가 코를 찌르고 있는 가운데, 일상은 아무 일도 없었다는 듯이 이어졌지만, 이제 모든 것은 예전 같지 않았다.

그날 이후로 일정한 리듬으로 유지되어 오던 현실이 충격적인 사건으로 파국을 맞을 때마다, 유리가 깨지는 강렬한 파열음이 들리곤 했다. 그의 현실은 그렇게 몇 차례의 파국을 맞았고, 그 뒤로는 변화된 낯선 현실이 이어지곤 했다. 머나먼 곳에서 들려오는 것 같은 그 소리가 자신의 내면 깊은 곳에서 들리는 소리일지도 모른다고 생각하게 된 것은 그로부터 오랜 시간이 지난 후였다. 그에게는 아무에게도 들리지 않는 소리를 듣고, 아무도 보지 못하는 광경을 보는 일이 가끔 있었다. 자신의 몸 어딘가에, 눈과 귀 사이 어디쯤, 무어라 이름 붙일 수 없는, 남들에게는 없는 감각 기관이 있는 건지도 모른다고 생각했다.

장례식은 성 크리스토프 성당에서 간소하게 치렀다. 생전에 아버지를 알던 사람들은 이미 고인이 된 분들이 많았다. 조문객은 많지 않았다. 마리즈는 아버지를 성당에서 멀지 않은 묘지에 묻었다. 병원과 성당과 묘지는 모두, 아버지가 평소에 다니던 거리 위에 있었다. 아버지가 병원에 입원하기 전까지 살고 있던 집에서 앙투안을 만나기로 한 것은, 장례식이 있고 나서 며칠 후였다. 마리즈는 앙투안이 올 때까지, 둥그렇게 둘러서 있는 아파트 건물의 중정 벤치에 앉아 있었다. 1층 아버지의 집은 덧창이 굳게 내려져 있었다. 키 큰 나무들이 바람에 흔들리며 만든 그림자가 그 위로 어른거렸다. 아버지는 아주 먼 곳으로 여행을 떠나신 거로 생각했다. 다시는 만나지 못할 거란 생각은 들지 않았다.

  일요일 오전이라 주위는 조용했다. 모두, 행복한 휴일의 늦잠을 즐기고 있을 시간이었다. 어느 집에선가 흘러나오는 음악 소리가 들리고, 또 다른 집에서는 부모와 아이들이 기분 좋은 햇살을 받으며 발코니에서 늦은 아침 식사를 하는 광경도 눈에 들어왔다. 크루아상의 고소한 버터 냄새와 커피 향이 아직 식전인 공복을 자극하고 있었다.

  앙투안과 함께 집에 들어서자, 오랫동안 비어 있던 공간에서 곰팡이와 종이 냄새, 테레핀 냄새 중간쯤인 퀴퀴한 냄새가 났다. 덧창을 올리고 창문을 열었다. 햇살이 망막에 닿는 순간 울컥하고 아버지의 부재가 허기와 뒤섞였다. 주인의 영원한 부재는 공간을 낯설게 만드는 힘이 있었다. 늘 드나들던 곳인데 처음 온 장소처럼 느껴졌다. 눈물이 나지는 않았지만 슬픔과 배고 픔은 배다른 형제 같은 사이가 아닐지 생각했다. 그래서 어떤 사람들은 슬픔을 배고픔으로 착각하고 자꾸 먹어 대는 것일지도 모른다.

"앙투안, 우리 어렸을 적에 가지고 놀던 고무 튜브 백조 생각나니?"

"아니. 그런 게 있었나?"

"넌 너무 어려서 기억나지 않을지도 몰라. 물놀이할 때 쓰는 튜브였는데 그게 어느 날 바람이 모두 빠져서 찌그러져 있었지. 난 그걸 보고는 울음을 터뜨렸어. 백조가 죽었다고 생각했거든. 모든 사물이 살아 있는 것처럼 보이는 나이가 있잖아. 지나가는 구름에도, 밤하늘의 별에도 모두 말을 건넬 수 있는 나이 말이야. 난 아마도 사람들과 대화할 수 있게 되기 전부터 그 백조와 많은 얘기를 나누었던가 봐. 마음으로 나누는 이야기……. 난 그날 세상이 무너지는 것 같았어."

앙투안은 마리즈의 감상적인 얘기를 건성으로 듣고 있었다. 누나는 아마 지금도 사물들과 대화를 나누고 있을 것이다.

"어디부터 시작하지?"

마리즈는 집을 정리할 엄두가 나지 않았다.

"일단 버릴 것부터 골라내자. 그다음엔 팔거나 기부할 수 있는 것들, 마지막으로는 보관할 것들."

앙투안은 항상 명쾌했다. 마리즈는 앙투안이 함께 있는 것이 다행이라고 생각했다. 앙투안과 함께라면, 추억이 깃든 물건 하나를 들고 과거를 회상하느라 짐 정리를 못 하게 되는 지경에 이르지는 않을 테니까. 둘은 가능한 한 빨리 아버지의 집을 정리하기로 했다. 주말마다 조금씩 시간을 내는 수밖에 없었다. 다행히 집주인에게 열쇠를 건네줘야 할 날짜까지는 아직 여유가 있었다. 어머니가 돌아가신 이후에 아버지 혼자 지내시던 아파트라, 살림살이라고 해야 대단한 것은 없었지만 아버지가 평생 모아온 책들이며 자료들, 작품들을 치우는 건 쉬운 일이 아니었다. 고인이 된 한 사람이 살던 공간을 아무런 흔적도 남기지 않고 완전히 비우는 일은, 이사를 하는 일과는 전혀 달랐다. 그건 장례식보다도 더욱 구체적으로, 더욱 생생하게, 한 사람의 일생을 추모하는 일이라고 마리즈는 생각했다. 망자가 남긴 물건들은, 주인을 잃은 동물의 모습을 하고 있다. 어디로 가는지 알 수 없는 불안한 눈동자를 하고 있다. 과거를 완전히 지운 채 새 주인을 만나게 된다면 몰라도. 새 주인은 버려진 그 동물의 과거를 알아서는 안 된다. 그 과거는 밀봉된 채여야 한다. 그것이 망자에 대한 예의다.

"넌 언제 다시 출국해?"

마리즈는 아버지의 병시중과 장례로 그간 동생의 안부를 제대로 물을 사이가 없었다는 사실을 생각해 냈다. 수년간 해외로만 돌아다니고 있는 앙투안이 혹시라도 이젠 돌아와 정착하지 않을까 하는 기대를 저버릴 수 없었다.

"아버지 일이 정리되는 대로 곧."

"이번엔 어디야?"

"하바나."

마리즈는 더 묻지 않았다. 앙투안이 장례식 후 곧장 떠나지 않고 파리에 머무는 것은 아버지에 대한 마음이라기보다는, 어린 시절부터 부모나 친구들보다 더 가깝게 생각해 온 누나에 대한 배려 때문이었다. 남매는 학교에서 늘 괴롭힘을 당했다. '쟁(Zheng)'이라는 남다른 성과, 남다른 외모 때문이었다. 1950년대 파리 근교의 작은 초등학교에서 '남과 다르다'라는 것이 갖는 의미는 매일 참혹했다. 마리즈의 강퍅한 성격은 그 시절에 형성된 것이었다. 아이들이 공책이나 책을 훔쳐 가고, 가방 속에 죽은 쥐를 집어넣고, 옷에 잉크를 묻혀 못쓰게 만드는 일이 남동생에게는 일상이어서, 그럴 때마다 징징대며 누나에게 달려오곤 했다. 영리한 누나는, 동생을 괴롭히는 아이들에게 어른들이 눈치채지 못하도록 동생이 당한 것과 똑같은 방법으로 복수를 했다. 눈에는 눈, 이에는 이로 대응했다. 하지만 그 아이들은 바퀴벌레처럼, 완전히 박멸되는 법은 없었다. 남과 다른 존재로서 집단에서 살아남으려면 힘을 키우는 방법밖에 없다는 것을, 마리즈는 그때 알게 되었다. 힘이 약하다면 그건 죽음을 의미한다. 그는 악착같이 공부해서 일등을 놓치지 않았다. 그런데 유치한 짓거리로 골탕을 먹이는 애들은 차라리 시원하게 복수를 해 주면 그만이었지만, 성 크리스토프 성당 부근의 저택에 사는 샤를로트는 조금 다른 방식으로 마리즈를 무시했다. 그 아이 태어날 때부터 자신이 고귀한 존재라는 의식을 뼛속들이 새긴 듯이 보였다. 그 애 집에는 숲이라고 해도 좋을 만큼 넓은 정원에 큰 연못이 있었고, 건물은 지은 지 300년도 더 된 고택이었다. 그 애의 아버지는 의사였는데, 무슨 신약을 개발해서 큰돈을 벌었다고 했다. 사람들이 그렇게 말하는 것을 들은 적이 있었다. 샤를로트는 마리즈에게 대놓고 욕지거리를 한다든지 무시하는 말을 한 적은 한 번도 없었지만, 마리즈라는 존재 자체가 아예 없는 것처럼 투명 인간 취급을 했다. 인사는커녕 말을 거는 일도 없었다. 한번은 마리즈가 먼저 인사를 해 봤지만 아무런 대꾸도 없이 가만히 있었다. 그 도도한 표정은 '너 따위가 감히 내게 말을 걸다니!'라고 말하고 있었다. 결국, 그 애는 파리 시내에 있는 명문 중학교에 입학했고 그 이후로는 만난 일도 없었지만 마리즈는 가끔 샤를로트의 콧대가 그 이후에도 결코 꺾이는 일 따위는 없었을지 궁금해지곤 했다.

그는 그런 일들을 일일이 부모에게 고해바치지는 않았다. 그런데 어느 저녁, 자식들의 학교생활이 순탄치 않음을 눈치챈 아버지가 식탁에서 툭 던지듯이 했던 한 마디는, 두고두고 생각해봐도 의아한 것이었다.

"나도 어렸을 땐 애들이 소눈깔이라고 놀렸어. 눈이 크다고."

마리즈는 정말 이상하다고 생각했다. 아버지는 고향에서 눈이 크다는 것이 놀림거리였는데 아버지의 자식들은 눈이 크지 않아서 놀림을 받고 있다. 그러고 보니 아버지도, 어쩌다 한 번씩 만나는 아버지의 한국 친구들과는 생김새가 좀 달랐다. 아버지는 동양인이라 하기에는 눈이 크고 입술이 두툼했다. 피부도 가무잡잡했다. 하지만 아버지는 그것 말고는 자신의 어린 시절이나 고향에 관해서 이야기하는 법이 없었다. 마리즈와 앙투안도 굳이 묻지 않았다. 아버지는 늘 굳게 닫힌 성문 같았다.

버릴 물건을 버리고, 벼룩시장에 내다 팔 것과 엠마우스 센터에 기부할 것을 추려냈지만 그 어떤 것으로도 분류하지 못한 얼마간의 물건이 남았다. 카세트테이프 하나, 한국의 국기라는 걸 나중에서야 알게 된 낡은 깃발 한 장, 부르빌의 음반 한 장, 나무 상자에 담긴, 작지만 묵직한 금속 인장, 한자로 쓴 서류 등이었다. 빛바랜 사진도 몇 장이 있었는데, 그중에는 남매가 알지 못하는 젊은 동양 여성의 사진도 한 장 껴 있었다.

 마리즈는 그 물건들을 집으로 가져와 하나씩 들여다보다가 부르빌의 음반을 휴대용 축음기에 올려놓아 보았다. 가끔 옛 정취를 느끼고 싶을 때 사용하는 축음기였다. 엘피판에서 새어 나오는 잡음은 왠지 짙은 향수를 불러일으켰다. 희극 배우 부르빌이 부르는 「주앵빌르퐁에서」는 50년대 유행하던 익살스러운 노래였다. 부르빌이 노래를 신나게 부르면 부를수록 마리즈의 마음은 옥죄어 들었다. 아버지는 주앵빌르퐁에 있는 영화 촬영장에서 잠시 소품 운반 일을 한 적이 있었다. 할리우드 영화가 밀려 들어오기 전까지는 프랑스 국내 영화의 절반이 촬영된 곳이었다. 주앵빌르퐁은 크레테이에 바로 이웃하는 동네여서 때로 아버지를 따라, 노래 속에 등장하는, 마른강 변의 〈제젠〉이라는 주점에 가 보기도 했다. 그곳은 홍합 요리와 감자튀김을 먹으며 아코디언 반주에 맞춰 춤을 추는, 신나는 곳이었다. 해 질 녘에 운하를 따라 조각배를 타고 지나던 장면이, 석양에 반사되던 물빛이 눈에 선했다. 어릴 적 기억은 빛을 따라 부서지는 물결처럼 조각조각 반짝이며 다가왔다가 흩어지며 멀어졌다.

쉬이프로 가는 길

1998년 파리

현우는 하루를 시작할 때면 이따금, 깊은 바다로 내려가는 잠수부를 떠올렸다. 맑은 비취색의 얕은 바다에서 형형색색의 아름다운 물고기 떼와 산호초를 구경하는 매력에 이끌려, 그는 처음 바다에 들어갔을 것이다. 바다는 점점 더 그를 끌어당기고, 그는 점점 더 깊이 들어갔을 것이다. 바다는 더욱 깊어져서 아름다운 물고기 떼와 산호초는 보이지 않고, 랜턴의 불빛 없이는 조금도 앞으로 나갈 수 없는 어둠 속으로 들어갔을 것이다. 불빛이 어둠의 암벽을 열어 주어야 그는 비로소 볼 수 있었을 것이다. 한 번도 보지 못했던 새로운 것, 그것이 생물체가 되었든, 암석이 되었든, 아직 아무도 본 적 없는 어떤 것을 찾으려는 열망이 자신의 마음속에 있다는 것을 그 암흑 속에서 알았을 것이다. 현우의 하루는 그런 것이었다. 아무도 보지 못했던 것을, 설령 누군가 이미 보았다 해도 자신은 한 번도 본 적 없는, 경험한 적 없는 어떤 것을 찾기 위해 아침마다 자리에서 일어나 집 밖으로 나왔다. 그는 그런 기다림으로 하루를 살았다. 그 대상을 알 수 없는 기다림이란, 호기심의 또 다른 이름이어서, 모든 형태의 만남, 즉 사물과 장소, 사람을 넘나드는 만남을 끊임없이 기대하게 했고, 드문 일이긴 해도, 예기치 않은 만남이 자신이 살아 있음을 느끼게 해 주었다. 그날은 그런 하루였다.

그는 파리 시내 중심에 있는 레알 지역의 한 레지던스 호텔에서 눈을 떴다. 토요일 오전이었다. 밖으로 나와, 시원하게 물을 쏟아 내는 <무고한 아기 성자들의 샘>이 마주 보이는 카페에서 크루아상과 카페오레로 늦은 아침을 먹고는, 센강 변을 산책하려고 길을 나섰다. 주중에 있었던 연수 프로그램은 아침부터 저녁까지 이어지는 강행군이어서 주말의 짧은 산책이 더욱 달콤하게 느껴졌다. 현우는 공식 일정이 끝난 후에 주말을 끼고 며칠 휴가를 얻어 잠시 쉬어 가는 시간을 갖기로 했다. 현우는 남쪽을 향해 직선으로 난 풍뇌프 거리를 따라 센강 쪽으로 걸었다. 5월의 햇살은, 종잇장처럼 얇고 가벼운 알루미늄 날개를 단 나비처럼 사각사각 하늘 위로 흩어졌다. 아주 오랜만에 무장 해제가 되는 느낌이었다. 서울을 떠나 긴 비행 끝에 샤를 드골 공항에 도착했을 때는, 뭔가 온몸을 묶고 있던 끈 같은 것이 풀어지는 느낌이 들었다. 익명으로 지낼 수 있는 공간에 닿았기 때문이었다. 집을 떠나 열두 시간을 날아와도 집과는 다른 의미로 편안한 곳. 다른 한편으로는 유학 시절에 숱한 고생을 해 놓고도, 애증이 교차하는 복잡한 감정 때문에 헤어지지 못하는 오래된 연인처럼, 떠났다가도 다시 돌아오는 곳이다. '새로운 다리'

라는 의미의 퐁뇌프를 천천히 건넜다. 그곳을 지날 때마다 현우는 거의 습관적으로 영화 「퐁뇌프의 연인들」 속에서 나왔던 주연 배우, 쥘리에트 비노슈와 드니 라방을 떠올렸다. 거의 4백 년이나 된 헌 다리지만 여전히 '새 다리'였다. 누군가 '뇌프'를 숫자 9로 해석해서 9번 다리라고 했다는 말은 유학생들 사이에서 전설처럼 내려오는 영원한 조크였다. 숫자 9와 '새로운'이란 형용사의 알파벳 표기가 같아서 빚어진 일이다. 프랑수아 트뤼포 감독의 작품 중에서 국내에 「4백 번의 구타」로 알려진 영화의 제목 또한 하나의 조크다. 관용구로 쓰이며 '온갖 비행(非行)'을 뜻하는 말이, 단어 그대로 직역되어 「4백 번의 구타」가 되었다. 그런데 조크에 아무도 웃지 않으면 그건 더는 조크가 아니다. 결국, 한두 사람을 빼고는 아무도 웃지 않아서 그 영화의 제목은 다수결의 원칙으로 정해진 셈이다. 현우는 몽마르트르에 있는 트뤼포 감독의 묘지 앞을 지날 때마다 4백 번의 구타가 떠올랐고, 웃음을 참느라 도저히 경건할 수 없었던 학생 시절이 생각났다.

  파리에서 산다고 해도 센강 변을 산책하는 일은 마음먹어야 가능한 일이다. 현우가 학창 시절엔 한 번도 파리 시내에서 살아본 적이 없기도 했다. 월세가 싼 집을 찾아 옮겨 다니다 보니 늘 파리 근교를 전전했다. 서울에 살면서 한강 변을 산책하는 것도 다르지 않다. 현우는 서른이 넘을 때까지 그곳을 산책해 본 적이 한 번도 없었다. 그에게 한강 변이란 차로 달려 지나치는 곳이었다. 현우는 다리를 건너 강을 따라 서쪽으로 걸었다. 강변에는 파리의 명물인 고서적상의 가판대가 늘어서 있었다. 구하기 어려운 옛날 책뿐 아니라, 포스터나 엽서, 사진, 판화 등도 함께 있어 눈요기할 수 있는 곳이지만, 거기에 한번 시선을 빼앗기면 느긋한 산책을 포기하게 될 수도 있어서 현우는 느슨하게 걷는 쪽을 택했다. 잠시간의 휴식엔 책이 없었으면 좋겠다고 생각했고, 오히려 행인들의 모습이나, 바람이 살갗에 닿는 느낌, 새로운 냄새, 강물에 반사되는 햇살을 더 즐기고 싶었다. 박태원 소설의 주인공, 소설가 구보 씨가 서울 거리를 배회했던 것처럼 '무용(無用)하게 하루를 보내고' 싶었다. 현우는 예술의 다리를 지나 카루젤 다리 근처에 이르자, 문득 어떤 생각이 떠올라, 길 건너 19번지를 찾았다.

볼테르 강변로 19번지. 그곳엔 19세기에 문을 연 호텔이 들어서 있다. 정문 오른편 벽에 두 개의 현판이 눈에 띄었다. 상부 대리석 판에는, '여기 보들레르, 시벨리우스, 바그너, 와일드가 머물고 감으로써 파리를 영예롭게 하였다'라는 설명이, 하부 금속 현판에는 보들레르가 쓴 시 구절이 적혀 있었다.

분홍, 초록 드레스를 입고 오들오들 몸을 떠는 새벽빛이
인적 없는 센강 위로 천천히 다가오네.
어두컴컴한 파리는 눈을 비비며
연장들을 집어 드네, 부지런한 노인이여.

시인 보들레르가 여기서 그의 유명 시집 《악의 꽃》을 완성했

다. 이 구절은 그 시집 중에 수록된 「여명」이라는 시다. 현우는 그것을 기억하고 있었다. 현우는 시를 여러 번 반복해 읽다가 빙긋이 웃었다. 프랑스어의 명사에는 성(姓)이 있어서 새벽빛은 여성 명사, 파리는 남성 명사로 표기한다. 그것을 의식하고 읽으니 짐짓 어떤 이미지가 떠오르는 것이었다. 그 이미지는 현우 혼자만의 것이었다. 어느 새벽 호텔의 창문 밖으로 보이는, 아니면 밖으로 나와 강변을 산책하며 보았던 새벽빛에서 시인 혼자 느꼈을 감정을, 아무도 몰랐던 그 감정을 현우 혼자서만 알아차린 것인지도 모른다.

다시 길을 건너 강변을 따라 걷기 시작했을 때, 현우는 고서 적상의 한 진열대에서 유난히 반짝이는 것을 보았다. 그것은 책이 상하지 않게 포장해 놓은 투명한 셀로판 비닐이 빛에 반사된 것이었다. 그런데 유독 눈길을 끌었던 것은 반사된 빛 때문에 자칫 보지 못하고 지나칠 수도 있었던 책 표지의 글씨였다. 그것은 '서영해 저'라는 옛 한글로 쓴 저자명이었는데, 그 위에는 중국식 발음을 알파벳으로 표기하여 'Seu Ring Hai'라 쓰고, 제목은 프랑스어로 《거울, 불행의 원인》이라 쓰여 있었다. 현우는 갑자기 어떤 감각이 곤두서는 것을 느꼈다. 프랑스의 외젠 피기에르라는 출판사에서 1934년에 간행된 것이었다. 1930년대에 프랑스어로 한국의 민담을 소개한 한국 작가가 있었다는 이야기다. 그런데 이름은 왜 중국식 이름으로 쓴 것일까? 프랑스 최초의 한국 유학생이라고 알려진 홍종우의 이야기는 익히 들어 알고 있었지만, 서영해라는 이름은 처음이었다.

이 볼테르 강변로 주변에는 고서적상뿐 아니라, 골동품점과 화랑들이 두 집 건너 하나로 모여 있었다. 발자크의 한 소설 속에 등장하는 골동품점이 있던 곳이기도 하다. 절망에 빠진 젊은 시인이 우연히 그곳에 발을 들이고, 상인의 부추김으로 엉겁결에 신비한 나귀 가죽을 사게 된다. 나귀 가죽은, 그 가죽을 소유한 주인의 모든 소원을 들어주는 신통한 물건이었는데, 다만 그 소원이 이루어질 때마다 가죽의 크기는 점점 줄어들고, 그만큼 주인의 수명도 줄어든다는 조건이 붙어 있었다. 절망에 빠져 있던 시인은 지푸라기 잡는 심정으로, 그 조건을 설명하는 상인의 말을 듣는 둥 마는 둥, 덜컥 가죽을 사 버리고 말았다. 현우는 그 시인처럼 무엇에 홀린 듯이 흥정도 하지 않고 책을 사서 숙소로 돌아왔다.

2002년 파리

쉬이프로 가는 기차는 파리 동역에서 출발했다. 정확히 말하면 쉬이프로 가는 환승역인 샬롱 앙 샹파뉴를 향해 가는 기차였다. 그곳에서 역을 놓치면 메츠를 지나 종착역인 룩셈부르크까지 갈 수도 있다. 복잡한 시간표와 여정이 얽혀 있는 기차역에서 느끼는 긴장감은 현우를 가볍게 흥분시켰다. 그는 여행길에 나설 때면 내심, 길을 잃어버렸으면 하는 마음이 있었고 그런 마음이 생기는 것을 즐겼다. 기차나 비행기 시간 따위를 맞춰야 하는 긴박한 상황만 아니라면 낯선 길이 열어 주는 기쁨을 알고 있었기 때문이다.

늦여름 아침이었다. 기차의 출발 시각이 6시 55분인데 눈을 뜨니 6시 20분이었다. 어찌 된 일인지 알람이 울리지 않았다. 동역까지 지하철은 한산했다. 어쩌다 마주치는 사람들은 서두르는 기색이 역력한 현우를 안됐다는 듯이 쳐다보았다. 간신히 옷만 걸친 채 호텔 방을 뛰쳐나오며, 본능적으로 카메라와 수첩, 지갑, 열쇠만을 챙겼다. 정식으로 인터뷰 약속이 잡혀 있었다면 의상에도 신경을 써야 했지만, 오늘은 그러지 않아도 되었다. 진작 쉬이프시의 시장 앞으로 서신을 띄웠지만, 답이 없었다. 프랑스에선 종종 있는 일이었고, 서신에 답을 하지 않는 기관들은, 직접 찾아간다 해도 시원한 답을 얻기 어려운 것이 사실이었다.

아무런 선입견이 없는 채로 그곳에 가고 싶었다. 달리고 또 달린 끝에 고르지 않은 숨을 몰아쉬며 간신히 기차에 자리를 잡고 앉자, 시장기가 몰려왔다. 마침, 승무원이 간단한 요깃거리를 실은 수레를 밀며 다가오는 것이 보였다.

아득하게 너른 들판, 그 위로 기차는 달리고 있었다. 큰 바다에서 물살을 가르며 달리는 범선처럼, 기차가 초록의 들판을 둘로 가르며 달리는 것 같은 착각이 들었다. 차창 밖에는, 밝아졌다 어두워졌다 하는 뿌연 하늘과, 짙은 초록 들판이 기차와 함께 달리고 있었다. 시야가 아득했다. 광야는 절대적이었다. 그것과 비교될 수 있는 그 무엇도 존재하지 않았다. 아무것도 숨길 것 없이 끝없이 확장되고 있다는 것을 빼면 아무런 미학도 존재하지 않는 평평함과 무한함, 그 자체가 아름다움이었다. 광야를 받아들이는 방법은 그저 앞으로 나아가는 것뿐이다. 저 멀리, 밝은 햇빛 때문에 노랗게 보이는 하늘에 포슬포슬한 실타래를 한 뭉치씩 떼어 놓은 것 같은 가로수들이 드문드문 지났다. 그 사이로 어쩌다 한 번씩 자동차도 지나갔다. 움직이는 것이든 정지해 있는 것이든 모든 것이 지나갔다.

 기차는 샬롱 앙 샹파뉴역으로 천천히 들어섰다. 거기서 쉬이프로 가는 열차로 바꿔 타야 했다. 팔월이었지만 덥지 않았고 하늘은 새벽부터 낮았다. 십여 분간 출발이 지연될 것이라는 안내 방송을 들으며 승강장 옆으로 눈길을 돌렸다. 아무렇게나 심어 놓은 키 작은 꽃나무가 눈에 거슬렸다. 삼십 분을 더 가야 했다. 대기하고 있는 열차는, 객차가 두 량뿐이었다. 승강장을 오가는 잡역부들에게 물어 그것이 쉬이프행인 것을 다시 확인했다. 작은 마을일 것이라 짐작은 했지만 이른 아침부터 그곳에 간다는 동양인 현우를 사람들은 흘끔흘끔 쳐다보았다. 짧은 여행의 이름 모를 동반자들은 그 숫자가 점점 줄어들고 있었다. 그 동반자들이 함정에 빠지거나 끔찍한 괴물의 습격을 받은 것은 아니었지만, 마치 그러기라도 한 것처럼 현우는 잠시 「인디아나 존스」를 생각했다.

 쉬이프역은 경춘선 위에서 만나는 역들만큼이나 작았다. 오고 가는 두 개의 철로와, 빛바랜 흰 벽을 두른, 소박한 역사 하나가 전부였다. 현우는 승차장에 발을 내딛는 순간, 남루한 옷차림의 사내 수십 명이 자신과 함께 도착한 느낌이었다. 구름인 듯, 연기인 듯, 그들이 현우의 뒤를 따라다니는 것인지, 귀신에 홀린 것처럼 현우가 그들의 그림자를 쫓는 것인지 알 수 없었다. 때로는 그가 쫓았고, 때로는 그가 쫓겼다. 4년 전 센강 변의 고서적상에게서 서영해의 책을 산 다음부터 시작된, 설명할 길 없는 추격전이었다. 그 후 일 년이 지나, 샬롱 앙 샹파뉴의 도립 기록 보관소에서 보내온 몇 장의 고문서 복사본이 현우를 이곳까지 오게 했다. 복사본을 담은 서류 봉투에는 다음과 같은 편지가 동봉되어 있었다.

마른도 위원회
도립 기록 보관소
1043/MD/FF-99
복사본 13매 첨부

샬롱 앙 샹파뉴, 1999년 7월 12일

귀하,

지난 6월 11일 보내 주신 귀하의 매우 흥미로운 서한을 잘 받았으며, 이를 신중하게 처리하였습니다.

마른도의 고문서국에 보관 중인 행정 서류들을 검토해 본 결과, 1914년부터 1918년까지 일어난 전쟁으로 황폐해진 우리 고장을 복구하기 위해 쉬이프에 와서 작업한 한국인들의 흔적을 찾아내었습니다.

찾아낸 서류의 복사본을 동봉합니다.

이 정보가 귀하의 연구를 진척시키는 데 도움이 되기를 희망하며, 저의 각별한 마음의 표시와 함께 이 서류를 보내드립니다.

고문서국장 대행
부국장 학예사
브누아 J. 페드레티

편지와 함께 동봉된 자료는, 1919년에서 1921년까지 마른도 경시청 체류증 발급 목록에 적힌 외국인 노동자들의 명단이었고, 거기에 선명하게 '꼬레'라는 국적이 적힌 이름들이 보였다. 한국인들이었다. 도착일, 체류증 발급일과 함께 거주지는 쉬이프로 적혀 있었다.

쉬이프 역사 안에는 인적이 없었다. 여기저기 기웃거리다가 한 사무실 안에서 이제 막 일과를 시작하려는 역무원을 발견했다.

"실례합니다. 쉬이프 시내 지도를 좀 구할 수 있을까요?"

역무원은 현우가 외계인인 것처럼 쳐다보며 퉁명스럽게 말했다.

"그런 거 없는데요."

"관광 안내소 같은 곳은 없나요?"

"허! 참! 관광 안내라뇨? 여기 관광 오셨어요? 여기 볼 게 뭐 있다고요? 여긴 아무것도 없어요. 아무것도."

역무원은 약간 신경질적으로 '아무것도'에 힘을 주며 말했다. 그 '리앵(rien)'이라고 발음되는 프랑스어의 비음이 수없는 동심원을 그리며 비눗방울 놀이를 할 때처럼 대기 중으로 퍼졌다가 사라졌다. 현우는 '리앵(rien)'이라는 단어를 들을 때마다 비눗방울이 생각났다.

"관광은 아니고, 개인적인 볼 일 때문에……. 그럼, 시내로 들어가려면 어느 길로 가야 하나요?"

"그야 뭐, 어렵지 않죠. 요 앞으로 난 길을 따라 쭉 가서 표지판이 나오면 왼쪽으로 가세요. 거기가 제네랄 르클레르간데 10

분쯤 걸어가면 시청 광장이 나와요. 여긴 정말 볼 게 아무것도 없는데……. 관광하시려면 기차를 갈아탔던 샬롱 앙 샹파뉴로 가 보세요. 여기 사람들도 이런저런 볼일을 보려면 그리로 가죠."

역무원은 의심과 몰이해의 눈빛을 거두지 못한 채 대답했다.

"버스는 없나요?"

"버스도 없어요. 걸어가셔야 해요."

의례적인 상냥함조차 찾아볼 길 없었지만, 보탤 것도 뺄 것도 없는 안내였다. 제네랄 르클레르가에 들어서자 벌써 성당의 종탑 끝이 눈에 들어왔다. 프랑스의 작은 시골 마을에선 성당의 종탑이 보이는 곳이 중심가이기 마련이다. 마을의 처녀, 총각들에게 그 종탑은, 결혼식을 하고, 기념사진을 찍고, 조촐한 피로연을 열며 소박한 가정을 꾸미게 되는 시작점 같은 곳이었다. 성당과 시청과 거기서 열리는 결혼식은 프랑스 시골 마을의 중추 신경이었다. 나그네는 자신도 모르게 길옆으로 늘어선 개인 주택의 담장 너머를 기웃거리며 걷고 있었다. 그 마을에서 일어나는 모든 일이 궁금했다. 문득 작은 정원에 무궁화를 심어 놓은 집이 적지 않음을 발견했다. 그들도 이 무궁화를 보았을까. 아니면 그들이 심기 시작한 것은 아니었을까. 무궁화가 한국에만 있는 꽃은 아닌데도 사고가 저절로 그렇게 흘러가는 데에 현우는 고개를 내저었다. 무궁화가 한국의 국화라는 이유로, 무궁화가 한국인들만의 꽃이라고 생각하게 되는, 강박에 가까운 고정 관념에서 벗어나는 데는, 국경을 넘는 공간의 이동과 더불어 시간이 필요했다. 무궁화는 파리에서도 심심치 않게 볼 수 있었다. 개나리나 진달래도 마찬가지였다. 학창 시절, 프랑스에서 맞이했던 첫 번째 봄을 알려온 것이 개나리였다. 예기치 않았던 개나리의 출현에 현우는 향수에 젖었는데, 해를 거듭할수록 고향의 개나리와 타향의 개나리는 점점 그 거리를 좁혀 갔다. 그것은 키가 크는 것처럼 부지불식간에 서서히 일어나는 일이어서 시간이 꽤 흘러서야 그 변화를 알아차릴 수 있다. 하지만 이번엔 무궁화를 보며 같은 경험이 반복된 것이다.

거리에서 만나는 어린애들과 젊은이들이 현우에게 먼저 인사를 건네 왔다. 현우는 피식 웃음이 나왔다. 외국인으로 가득한 파리에선 있을 수 없는 일이었다. 우리 마을을 찾아 준 낯선 '중국인'을 환영한다는 그들 나름의 표현이었다. 서양 사람을 보면 무조건 미국 사람이라고 했던, 옛날 우리 모습과도 비슷했다. 이방인에 대한 기본적인 호기심조차 없었던 역무원과는 대조적이었다. 현우는 자신이 대도시에서 너무 오래 살았다고 생각했다. 그는 대도시에서 태어났고 40년 가까이 대도시에서 대도시로 옮기며 살아왔다. 짙게 배어 버린 도시인의 습성에는 이 마을의 환대가 신선했다. 도시인은 슈퍼마켓 〈쇼피〉의 간판을 발견하고 그곳에 들러 라이터와 카메라용 건전지를 샀다.

성당의 종탑 아래는 시청이 면해 있는 작은 광장이었다. 광장 옆으로는 약국과 우체국이 있었다. 성당에서 시작해서 광장의 모습을 찬찬히 카메라에 담았다. 정말 특별한 것이 없는, 작은 시골 마을이었다. 시청의 문을 열고 들어섰다. 시청은 시청이었으나 말이 시청이지 한국으로 치자면 면사무소 정도의 나지막한 건물이었다. 젊은 직원 두어 사람이 한가하게 자리를 지키고 있었다. 아직 휴가철이 끝나지 않은 것이다. 프랑스 전국의 모든 업무가 제대로 돌아가지 않는 8월에 여길 온 것이 잘못이었다. 하지만 현우가 휴가를 길게 받을 수 있는 시기는 여름뿐이었다.

"안녕하세요. 저…… 뭘 좀 물어봐도 될까요?"

직원이 고개를 들었다. 외국인의 억양으로 프랑스어를 제법 구사하는 '중국인'을 물끄러미 바라보고 있었다.

"무슨 일인지……?"

"전 한국 사람인데, 1차 대전 직후인 1919년에 이곳에 와서 전지 복구공사에 동원되었던 한국인들의 흔적을 찾고 있습니다. 예전에 시장님 앞으로 편지를 띄웠는데 아직 답변을 받지 못해서요. 혹시나 하고 직접 와 봤습니다."

"한국인들이라고 하셨나요? 1919년에요?"

아마도 그 편지에 답장이 없는 이유는, 시장에게까지 전달도 되지 않았거나, 전달이 되었다 해도 당사자의 관심을 끌지 못했거나, 그에 대해 아는 바가 없거나 그중 하나일 것이다. 아니면 프랑스 코미디 영화의 한 장면처럼 매우 어처구니없는 이유로 시장 비서의 서류철 어딘가에서 잠자고 있을지도 모른다.

혹시라도 그에 관한 다른 소식을 알게 되면 연락해 달라며 명함을 남기고 밖으로 나왔다. 광장 옆으로 난 도로변에 마을 지도가 그려진 안내판이 보였다. 일반인 묘지와 국군묘지가 표시되어 있었고, 반경 2~3킬로미터 안에 또 다른 국군묘지 두 군데가 더 있었다. 잠시 망설이다가, 남서쪽으로 방향을 잡아 걸어가던 중에 인적 없는 거리의 맞은편에서 자전거를 끌고 집을 나서는 나이 지긋한 남자와 마주쳤다.

"실례합니다. 이쪽이 묘지로 가는 길인가요?"

"그쪽엔 묘지가 없어요."

"지도엔 표시가 되어 있던데요."

"그쪽이 아니고 시청 광장 위쪽으로 가 봐요."

"그런데 혹시 1919년에 이곳에 왔던 한국인 노동자들에 관한 이야기를 들어보신 적이 있으신가요?"

"한국인이라고요?"

남자는 난감한 표정이었다. 자기는 나이가 육십이 넘었고, 이곳에서 태어나 지금까지 살았지만 그런 이야기는 한 번도 들어본 적이 없다고 했다. 그 역시 현우를 신기하게만 생각했다. 자신도 알지 못하는 고향의 숨은 이야기를 알고 있는 이방인을 만난 것이었다. 어쩌면 남자는 '한국인'이라는 단어를 난생처음 입에 올려보는 것인지도 모른다. 아까는 무심코 지나쳤던 카페 겸 선술집이 눈에 띄었다. 남자는 현우에게 식전주 삼아 한잔하고 가라고 소매를 잡아끌었다. 스탠드바에는 설 자리가 없을 만큼 사람이 많았다. 간단한 점심을 드는 사람들은 길가에 마련된 테이블을 차지하고 있었고, 거리는 유령 마을처럼 한적했지만, 그곳만은 사람들로 붐볐다.

"난 장피에르라고 해요. 당신은?"

"김현우입니다."

"자, 여러분! 여기 한국에서 귀한 손님이 오셨습니다. 우리 마을의 비화를 알고 있는 이방인 친구를 위해 건배합시다!"

식전주 한 잔을 약속하고 주저앉은 자리에서, 현우는 결국 포도주를 곁들인 스테이크와 감자튀김을 먹으며 두 시간 이상을 지체했다.

현우는 가벼운 취기에 휩싸인 채, 마을 사람이 알려 준 시청 광장 뒤편의 국군묘지를 향해 걷기 시작했다. 길은 곧게 나 있었고 사람도, 차도, 개미 한 마리 보이지 않았다. 묘지의 정문 쇠창살 너머로 하얀 십자가들이 보이기 시작했다. 얼핏 보아도 수천 기에 가까운 무덤들이 줄지어 있었다. 일차 대전에서 전사한 프랑스 병사들의 묘지였다. 쉬이프는 산 사람보다 죽은 사람의 숫자가 더 많은 곳이었다. 먹구름이 몰려와 점점 잿빛으로 변하고 있는 하늘과 대조적으로, 십자가는 더욱 하얗게 빛났고, 얼핏 하얀 나무처럼 보였다. 하얀 십자가가 숲을 이루고 있었다. 현우는 문득 그 공간이 비현실적으로 느껴졌다.

적색 지대

 우리는 삼사십 킬로미터를, 때로는 24시간 동안 먹지도 마시지도 못한 채 여드레를 밤낮으로 걸었다. 게다가 당나귀처럼 군장을 잔뜩 메고 있었다. 불가능한 일로 보이지만 우리는 그렇게 했다. 발은 붓고, 온통 물집이 잡히고, 피멍이 든 채 걷고 또 걸었다. 잠시 멈추었다 싶으면 다시 출발하니 바늘을 밟으며 걷는 것만 같았다. 비가 오면 발은 스펀지로 변했고, 해가 나면 군화 가죽이 뻣뻣해졌다. 저녁엔 나뭇가지로 불을 피워 말렸다. 아침에 다시 출발할 때는 밤새 불에 말린 군화가 줄어들어 몇몇 병사는 신을 벗고 맨발로, 또는 셔츠 소매를 찢어 발을 감싸고 걸어야 했다. 다리는 쇠몽둥이처럼 굳어지고 장딴지가 아파져 왔다. 허벅지 근육은 찢어지는 것 같았다. 허리는 배낭의 무게 때문에 끊어지는 듯했고, 옆구리는 군장과 멜빵 달린 마대에 쓸려 피부가 시커멓게 죽었다. 머리에선 불이 났고, 우리는 쉬지 않고 걷고 또 걸었다. (…) 쉬이프에서 잠시 휴식을 취한 뒤 연대는 다시 전진했다. 수앵에서 예기치 않은, 적군의 조직적인 저항으로 잠시 멈추었다. 총격전이 시작되었다. 도이칠란트군의 기관총은 마을에서, 도로에서 쉴 새 없이 발사되었다. 다행히 총알은 약간 위쪽으로 지나갔고, 그러지 않았다면 이미 많은 사상자를 내고 있던 아군의 피해는 더 컸을 것이다. (…) 쉬이프에서 군의관과 함께 연대 구호소를 설치하기 위해 군악대가 내려왔다. (…) 그 지역은 여전히 불타고 있었다. 아군 병사 중 하나가 거의 완전히 무너진 식료품점에서 먹을 것을 발견했다. 그는 채광 환기창을 통해, 타격을 받지 않은 지하실로 내려가 포도주 술통 두 개, 기름 1리터와 밀가루를 들고나왔다. 빵은 늘 없다시피 했기 때문에 우리는 그 밀가루와 기름으로 도넛을 만들었다. 우리는 그것을 먹고 싸구려 포도주를 마셨다. (…)

- 1914년 프랑스 육군 보병 149연대
루이 크르탱의 회고, 「쉬이프와 수앵 사이에서」

1920년 프랑스 동부 쉬이프

 온몸으로 스며드는 한기를 견디지 못하고 해용은 눈을 떴다. 국 같은 것이 끓는 냄새가 빈속을 자극했다. 허기와 한기는 번번이 무슨 짐승처럼 해용의 몸을 덮쳤다. 언제부턴가 일상은 그 짐승과의 싸움이었다. 순간 여기가 어딘지 알 수 없었다. 고향을 떠난 이후로는 아침에 눈을 뜰 때마다 여기가 어딘지 잠시 생각해야 했다. 몇 달째, 어느 하루도 익숙한 일상은 없었다. 그래도 간밤엔 아주 오랜만에 꿈도 없는, 깊은 잠을 잤다. 잠시 후 기상을 알리는 나팔 소리가 울렸다. 그제야 사람들의 웅성거림도 들려왔다.

 "이보오, 여기 반합하고 숟가락 있으니 일어나 한술 뜨시오."

 아직 정신을 차리지 못하고 있던 해용에게, 옆자리의 조선인 하나가 반합을 내밀었다. 조선말이 들리다니 꿈을 꾼 줄 알았다. 악몽에 시달리다 그것이 모두 꿈이었다는 것을 안 순간처럼, 해용은 알 수 없는 안도감을 느꼈다. 이제 끼니 걱정은 안 해도 된다. 나무 평상 같은 것에 짚 더미를 깐 것이긴 하지만 잠자리도 생겼다. 오늘 밤 추위를 피해 어디서 잠을 잘지 걱정하지 않아도 된다. 뻣뻣한 천으로 대충 만든 옷이긴 하지만 작업복도 받았다. 목재로 된 조립식 임시 건물을 노동자들의 막사로 쓰고 있었다. 막사 가까이 철로가 지나가고, 쉬이프에 도착한 해용이 내렸던 작은 역이 저만치 보였다.

 파리 북부에서 조금 떨어진 지방 도시 보베의 한 고등학교에서 기본적인 어학 공부를 할 수 있도록 알선해 주고 일자리를 연결해 준 것은 파리 위원부였다. 정확히 말하자면 한대영 위원장 대리였다. 파리 위원부의 대표 김규식이 미국으로 건너간 후, 그는 홀로 런던과 파리를 오가며 유럽에 남아 있었다. 해용이 쉬이프까지 오게 된 것은 거의 기적에 가까운 일이 아닐 수 없었다. 여전히 꿈을 꾸고 있는 것만 같았다. 상하이에서 출발한 후로는 거의 매일, 처음 보는 낯선 풍경 속을 지나왔다. 수중에 아무것도 가진 것 없이 맹목적으로 마르세유행 배를 탔고, 보베까지 버틸 수 있었던 것은, 선상에서 만난, 부유한 가문의 자제 윤주명에게서 돈을 빌릴 수 있었기 때문이었다. 프랑스에서 공부를 더 해야겠다고 생각했지만, 일단은 빌린 돈을 갚기 위해서라도 일을 해야 했다. 기본적인 생계가 유지되어야 공부를 해도 할 수 있을 것이다.

"노동일을 할 사람 같이 뵈지는 않구마는. 여기 일이 만만치 않을 거요. 우리야 이 바닥에서 잔뼈가 굵었지만서두. 일단 아침이라도 든든히 먹어 두시오."

 북녘의 억양이 배어 있는 말투는 투박했지만, 이목구비가 뚜렷하고, 노동으로 단련된 근육질의 한 사내가 해용을 쳐다보지도 않고 허공에 대고 말했다. 든든한 아침이라야 채소를 넣고

멀겋게 끓인 국에, 시커먼 빵 한 덩이가 전부였다. 허기진 배는 허술한 음식을 순식간에 빨아들였다. 아침 식사를 마치고 조선인 노동자들이 막사 앞에 정렬했다. 보수를 받고 정식으로 고용된 노동자들이었지만 관리는 군대식으로 이루어지고 있었다. 불발된 포탄이나 지뢰들이 묻혀 있는 곳을 군 본부에 알리고, 전선의 철조망들을 걷어 내고, 들판에 나뒹구는 모든 것을 치우고, 폭격으로 파헤쳐진 땅과 참호를 다시 메우는 고된 노동일이 기다리고 있었다.

마흔 명 정도의 조선인들은 3개 조로 나뉘었고, 각 조당 프랑스군의 말단 하사관 한 명과 통역관 한 명씩이 배치되어 있었다. 프랑스어를 잘하는 조선인을 구할 수가 없으니, 프랑스어와 조선말을 조금씩 할 줄 아는 중국인들이 통역을 하고, 러시아어를 하는 프랑스 병사 하나가 가끔 거들었다. 러시아에서 오랫동안 생활한 조선인들에게 러시아어가 어느 정도 통했기 때문이다. 게다가 러시아에서 교사 생활까지 하다가 왔다는 동포 하나는 러시아어가 유창했다. 먼저 도착한 조선인들은 러시아에서 철도 공사나 항만 노동을 하던 사람들이었다. 극동 러시아, 만주 등지에서부터 생계를 위해 흐르고 흘러 무르만스크까지 밀려온 사람들이었다. 블라디보스토크에서 철도 노동자로 정식계약을 하고 온 사람들도 있었다. 그래서 몇 사람을 제외하면 가난하고 무지했다. 그들에 비한다면 해용이 이곳까지 온 여정은 고운 비단길에 가까웠다. 나머지는 해용처럼 일본의 압제를 받는 답답한 고국의 현실을 벗어나 학업을 목적으로 떠난 학생들이었다. 그들은 해용처럼 나중에 합류했다.

  수많은 나라에서 모여든 노동자들이 저마다 서로 다른 언어로 말하는 것을 보며, 해용은 경성에서 마주친 선교사들에게서 전해 들은, 구약 성경 속 바벨탑을 떠올렸다. 한 가지 언어를 사용하는 이들이 하늘까지 닿는, 높은 탑을 쌓으려고 모였다가 신의 진노로 탑이 무너지고 서로 다른 언어를 사용하게 되었다면, 이곳에서는 허물어져 내린 탑을 치우는 자리이니, 다 치우고 나면 이 사람들의 언어가 다시금 하나로 통일되면 좋겠다는 싱거운 생각을 하기도 했다. 해용은 이런 광경을 본 적이 한 번도 없었다. 이렇게 다양한 인종이 한자리에 모이게 된 것은 결국 제국주의로 극대화된 인간의 탐욕이 전쟁으로 불붙으며 시작된 것이다. 태풍이 지나가고 나면 바닷속 깊은 땅까지 뒤집혀서 그 속에 숨어 있던 온갖 생물들이 밖으로 드러나는 것처럼, 지구상 곳곳에서 서로의 존재를 모른 채 살아온, 서로를 몰라도 별일 없이 잘 살아 왔던 수많은 생명이 전쟁과 억압의 소용돌이에 휩쓸려 내팽개쳐졌다. 전쟁이 끝난 지 일 년 하고도 몇 달이 흘렀지만, 유럽의 서부 전선에서도 가장 치열했던 전선 중 하나였다는 마른 평원의 쉬이프는, 들리는 말로는 도이칠란트군이 일곱 번이나 들어왔다 밀려나기를 거듭했다 하니, 제대로 된 모습을 갖춘 건물이 거의 없을 정도로 처참한 폐허가 되었다. 형체를 알아보기 힘들 만큼 파괴된 마을 도로변 빈터에는 조립식 바라크들이 줄지어 늘어서 있었다. 폐허가 된 마을에는, 피난민으로 고향을 떠나 타지에서 홀대받다가 돌아온 주민들의 숙소도, 폭격으로 쑥대밭이 된 들판을 치우기 위해 동원된 노동자들의 숙소도 모두 조립식 임시 건물이었다. 값싸고 빠르게 지을 수 있었기 때문이다. 기차로 자재를 날라서 조립식으로 집을 세우는 데는 며칠밖에 걸리지 않았다. 대부분 프랑스식 아드리안 바라크여서, 목재로 골조를 세우고, 나무로 된 패널을 이어 붙이고, 비록 타르를 먹인 종이이긴 하지만 지붕도 있고 굴뚝과 창문도 있었다. 비바람도 제대로 피할 수 없었던, 참호로 사용하던 토굴을 임시 거처로 삼았던 초창기 생활에 비하면 감지덕지한 일이었다.

바라크의 뒤로는 끝이 보이지 않는 벌판과, 그보다 더욱 무한하여 그것이 없는 세상을 상상할 수 없는 하늘뿐이었다. 전쟁의 화마가 휩쓸고 지나간 이 벌판에는, 온통 잿빛으로 척박해진 땅보다는 하늘의 표정이 더욱 변화무쌍했는데, 낮은 먹구름이 드리운 날보다 구름 한 점 없이 화창한 날에 땅은 더 슬퍼 보였다. 나무란 나무는 깡그리 불타고 검게 그을린 밑동만 남아서, 땅의 모습은 타다만 촛대가 꽂힌 채 말라 버린 잿빛 케이크 같았기 때문이다. 그 하늘 아래로는 피비린내와 화약 냄새에 휩싸인 채 흔적도 없이 사라져, 그곳을 아는 이들의 기억 속에만 시간이 갈수록 더욱 선명해지는 마을도 다섯 개나 있었다. 타위르, 메닐 레 위를뤼, 페르트 레 위를뤼, 리퐁 그리고 위를뤼.

해용은 자신의 마음속에도 저렇게 사라진 마을 같은 것들이 있다고 생각했다. 아주 작고 사소해서 흔적조차 남기지 않고 사라진 것들. 부재로만 존재하는 것들. 사라지지는 않았으나 망가진, 마을의 거리와 집들은 어떤 거인이 지나가다 무심코 밟아 버린, 아이들의 장난감 집과도 같이 비현실적이었다. 집으로 돌아오지 못한 사람들은 모두 어디로 갔을까.

  전쟁에서 살아남은 사람들은 광활한 들판에 나뒹굴고 있는 모든 것들을 치워야 했는데, 그곳에는 썩은 내를 풍기며 내버려진 말들의 뼈, 비처럼 쏟아져 내렸던 크고 작은 포탄과 기관총의 탄피, 박살 난 차량, 백골이 된 시신이 엉겨 붙어 떼어 내야 하는 철조망, 까딱하다가는 무너져 내릴 담장, 도로변을 따라 즐비한 포탄, 수류탄, 폭발물 창고, 폭파된 교량과 철도, 사람들이 낡은 옷처럼 벗어 놓고 간 유해로 가득했다. 유해를 수습하는 일 또한 외국인 노동자들의 몫이었다. 외국인 중에서도 중국인 노동자들이 주로 그 일을 했는데, 조선에서 왔다고 증명서에 '꼬레'라고 써 주기는 했지만, 서양인들의 눈에는 중국인이나 조선인이나 다 같이 노란 황인종, '칭(Tching)'들이었다. 임시 매장이라고 해도, 나무 십자가라도 세워 준 개인 무덤은 사정이 나은 편이었지만, 유해의 신원 확인조차 불가능한, 집단으로 매장된 무덤들도 많았다. '칭'들이 그 무덤을 다시 파헤쳐서 '제대로 만든' 관에 옮겨 담으면 아프리카에서 온 검은 '네그르(Nègre)'들이 정식으로 조성된 국군묘지에 줄 맞추어 이장했다. 임시 무덤에 묻힌 시신을 이장하기도 했지만, 탄피를 줍다가, 탄피와 다름없이 굴러다니는 유골을 발견하면, 군수품을 담던 나무 상자에 고철을 담듯이 담아 '수

집'하여, 프랑스의 영광을 위해 전사한 '무명용사'라는 표지판 아래, 집단 납골 무덤 속에 파묻었다. '적색 지대'로 불리는 옛 전투 지역에서는 전쟁 기간 내내 임시 매장 무덤의 숫자를 세어 두었지만, 거센 포격이 한바탕 휩쓸고 지나가면 다시 흔적도 없어지곤 했기 때문에 숫자를 세어 둔다는 것이 아무 의미가 없었다. 백 년 후에도 여전히 공사장 같은 곳에서 유골들은 발견될 것이다. 그들은 그때까지 백 년간 실종자로 분류되어 있을 것이고, 발견되고 나면 신원 미상의 전사자로 처리될 것이다. 재수 좋게도 아직 인식표가 남아 있다면 백 년 후에라도, 얼굴도 모르는 후손과 만날 수 있을지도 모른다. 군화를 신은 채, 무릎 아래쪽 종아리뼈만 남았을지라도. 하지만 포탄으로 토양이 심각하게 오염된 적색 지대는 영원히 복구되지 못한다고 했다. 사라진 다섯 개의 마을처럼.

"한 구당 10상팀씩 더 준다고는 하지만……."

"그래도 난 못해. 비위가 약해서."

사람들이 웅성거렸다. 이미 구성된 팀에 지원자를 더 뽑는다고 했다. 몇 명이 앞으로 나섰다. 해용은 망설이다가 하루빨리 돈을 벌어야 한다는 생각에 내키지 않는 한 발짝을 내디뎠다. 의외라는 듯이 주변 사람들이 한마디씩 거들었다.

"청년이 할 수 있겠나?"

얼추 열 명은 되는 지원자들이 달랑 삽자루 하나씩을 들고 줄을 맞춰 걸었다. 도로를 따라 걷다 보니 나뭇가지를 꺾어 대충 만든 십자가들이 줄지어 있는 임시 무덤들이 나왔다. 아이러니하게도 시골 장터의 축제를 장식하는 작은 국기들이 앙증맞게 펄럭이고 있었다. 십자가 위에 붉은 모자를 걸어 놓은 무덤도 몇 개 눈에 띄었다. 해용 일행은 무덤을 하나하나 열어 미리 쌓아 놓은 관 속에 이상을 시작했다. 텐트를 만드는 데 쓰는 캔버스 천을 넓게 펴고, 그 위에 거의 해체된 시신을 올려놓은 다음, 긴 막대기에 천의 네 귀퉁이를 붙잡아 매고 보퉁이를 끼우듯 막대기에 매달아, 양쪽 끝을 두 사람이 하나씩 어깨에 지고 2인 1조가 되어 옮겼다. 그것은 중국인 노동자들이 하는 방식이었다. 어떤 이들은 야전 의료용 들것을 이용하기도 했다. 두 번째 무덤을 열었을 때 해용은 그만 더 참지 못하고 묘지 밖으로 달려가 아침에 먹은 것을 다 토해 냈다.

"힘들면 지금이라도 그만두게."

아침에 식사를 권유했던 사내였다. 해용보다 세 살 위, 황치산이라고 했다. 다른 사람들은 논일이나 밭일하듯이 말없이 무표정하게, 그러나 기계처럼 정확하고, 더할 나위 없이 성실하게 그 일을 해냈다. 해용은 머쓱해져서 거기서 멀지 않은 개울에

가 얼음장같이 찬물로 입을 닦고 세수를 한 뒤, 돌아와 다시 삽을 잡았다. 이렇게 옮겨진 시신들은 조성 중인 묘지에 줄 맞추어 매장되었다. 훗날, 그 위에 묘지마다 하얀 나무 십자가들이 하나씩 세워졌다.

 온종일 고된 노동을 끝내고 숙소로 돌아오는 어느 저녁이었다. 뒷마당에 부러진 미루나무가 서 있는 어떤 집 앞에 나이 든 여자 하나가 넋을 잃고 앉아 있었다. 폐허가 된 집터 한구석에 조립해 놓은 작은 바라크가 여자의 거처로 보였다. 러시아어를 하는 프랑스 하사의 말로는, 여자는 이번 전쟁에서 남편과 아들 셋을 모두 잃었다고 했다. 그 여자는, 낮에는 실성한 사람처럼 넋을 잃고 문 앞에 앉아 있다가, 저녁 어스름이면 짐승의 소리로 울부짖으며 벌판을 헤맨다고 했다. 처음엔 동네 사람 몇이 뒤를 쫓아가 여자를 진정시켜 보려 했지만, 실성한 여자는 초인적인 힘으로 사람들을 떨쳐냈다. 그런 저녁이 몇 번 지나고 나서 사람들은 모두 지쳐 포기했고, 그 대신 매일 저녁 들판에서 들려오는 여자의 괴성을 견뎌야 했다. 꿈을 꾸고 있다고 생각할 줄 알았다면 좀 도움이 되었을 텐데, 아마도 여자는 악몽에서 깨어나는 법을 알지 못한 것 같았다. 고문과도 같은 악몽은 여자의 육신과 정신 사이에 균열을 일으켰고, 그 둘을 완전히 분리하기에 이르렀다. 이웃들이 참다못해 여자를 입원시킬 병원을 알아보고 있다고 했다. 해용은 매일 저녁 그 집 앞을 지나갔다.
 일과를 끝내고 숙소로 돌아와 저녁 식사를 마치면 취침 전까지 잠시 여유가 있었다. 그중에는 기독교 신자들도 있어서 몇몇이 모여 성경을 읽고 기도를 하기도 했고, 러시아에서 교사 생활을 하다 왔다는 이는, 무학 노동자들을 계몽해야 한다며 국어, 산수, 역사 등을 가르치기도 했다. 배움의 기회를 얻지 못했던 이들은 종종 다른 외국인 노동자들 사이에서 문화의 차이로 인해 물의를 일으키는 일들이 있었기 때문이었다. 황치산은 그중 어디에도 끼지 않고 저녁마다 구석에 앉아, 주워 온 나뭇가지를 가지고 뭔가를 깎고 있었다.

"형님, 그게 뭐요?"

"이거? 상여에 붙이는 꼭두. 너무 작기는 하지만……."

해용이 가까이 다가가 보니 물구나무선 사람 모양을 가장 단순한 형태로 깎고 있었다. 생각해 보니 낮에 묘지 작업을 할 때 치산은 관 속에다 남의 눈에 띄지 않게 자꾸 뭘 하나씩 슬쩍슬쩍 집어넣는 것 같았는데, 손가락 두 마디만 한 작은 꼭두를 저녁마다 깎아서 주머니에 숨겨 두었다가 죽은 병사들의 관에 하나씩 넣어 주고 있었던 것이다.

"어렸을 땐 상여 행렬을 따라다니며 슬픈 줄도 무서운 줄도 몰랐지. 그냥 괜히 잔치처럼 신나기만 했는데. 꼭두에는 무사도 있고, 시중드는 하인도 있고, 길잡이에, 광대도 있지만, 난 그중에서도 광대가 제일 좋더라고. 물구나무 재주를 부리는 광대를 깎고 있으면 나도 신나는 광대놀음판 한가운데 있는 기분이 들거든. 꽹과리 소리, 징 소리, 북소리도 들리는 거 같고. 새파랗게 젊은 나이에 전장에서 죽은 영혼들엔 이 신나는 광대 꼭두가 저승길에 제일 잘 어울리는 친구가 되지 않겠나?"

"그럴듯한 소리요, 형님. 목각은 언제부터 하셨습니까? 손끝이 아주 여무십니다."

치산은 노란색 금속 손잡이가 달린 작은 주머니칼을 익숙하게 놀리며 나무를 깎고 있었다. 손잡이에는 '히고노카미(肥後守)'라는 글씨가 새겨져 있었다. 대대로 사무라이들의 칼을 만들어 온 대장간에서 시작되었다는, 일본 장인들의 작업실에서 수작업으로 만든 칼이다. 이 작은 칼의 손잡이 뒷면에는 일본에서 제일가는 사무라이의 그림이 새겨져 있었다. 하필이면 왜 일제 칼인가 싶었지만, 그만큼 일본은 치밀하고도 집요하게 일상으로 파고들었다. 그즈음 히고노카미 칼은 보통학교 학생들의 필통까지 점령하고 있었다.

"러시아에는 자작나무가 지천으로 널려 있네. 철도 공사장에서 악랄한 로스케 십장 놈들한테 온갖 포악질을 당하며 고달픈 시간을 보낼 때, 이렇게 뭐라도 깎고 있으면 힘들고 괴로운 일도 다 잊을 수 있고, 잡생각이 들지 않아서 마음도 편안해지고 좋았지."

　해용은 치산 옆으로 나무 둥치를 투박하게 잘라 만든 의자를 슬그머니 끌어다 놓고 앉아, 나무 조각 하나를 들고 작업을 거들기 시작했다. 해용이 아무 말 없이 곁눈질로 목각을 흉내 내고 있는 동안, 치산은 혼잣말인지 해용이 들으라고 하는 말인지 구분하기 어려운 말을 이어갔다.

　"중요한 건 전쟁이 끝난 그다음이야. 이긴 놈과 진 놈으로 나뉘겠지. 하지만 연합군이 이겼다 한들 이게 어디 승리자의 모습인가? 이긴 쪽도, 진 쪽도, 모두 똑같이 피붙이들을 잃었고 삶의 터전을 잃었어. 모두 만신창이가 된 거지. 이겼지만 이긴 게 아니야. 넘쳐나는 상이군인들을 봐. 게다가 팔다리는 멀쩡해도 정신은 완전히 망가져서 분노와 공포심에 늘 속이 매슥거리는 사람들은 또 어떻고? 그 미루나무집 과부처럼 말이야. 전쟁에서 이겼는지는 모르지만 모두 엄청난 대가를 치렀어. 이긴 놈도 진 놈도 모든 걸 다 잃었지만, 그래도 살아가는 법을 배워야 한다고. 승리의 도취감? 그건 꽃향기 같은 거지. 향기를 붙잡는 것만큼 무모한 일이 또 어디 있겠나? 부모는 자식에게 이기는 법만 가르칠 게 아니라 패배 후에 살아가는 법도 함께 가르쳐야 해. 집이 없어지고, 사랑하는 아들, 딸, 남편, 아내가 없어지고, 팔다리가 잘리고, 눈이 멀고 난 후에도 계속 살아가는 법을. 그래야 애들은 전쟁에서는 졌다고 해도 인생에서는 승리하는 법을 알 수 있다고. 하기야 인생에서 승리한다는 게 무슨 소용이 있겠어. 인생에는 승리도 패배도 없어. 그냥 살아가는 거지. 이기면 얼마나 이기고, 지면 얼마나 진다고. 그 끝은 모든 인간에게 공평하게도 언제나 죽음인데. 그걸 모르는 놈들이 자꾸 남의 것을 넘보고, 노략질 같은 땅따먹기를 하겠다고 전쟁을 일으키는 거야."

 손으로는 부지런히 꼭두를 깎으며 이렇게 말하는 치산은, 잠시 무슨 철학자처럼 보였다. 평소에 말이 없던 그가 이렇게 길게 얘기하는 건 처음이었다. 치산은 오랜 시간 동안 온갖 일을 겪으며 자기 자신에게 묻고 또 물었던 질문의 답을, 쓰고 지우고, 쓰고 지우며 얻어낸 답을, 옆에 앉은 해용에게 발표라도 하듯이 펼쳐 냈다. 해용은 묵묵히 듣고만 있었다.
 해용은 그날부터 치산의 목공 작업에 동참하여 꽤 많은 양의 꼭두를 깎았고, 또 일면식도 없는 죽은 자와, 그를 묻는 자로 만난 인연으로, 셀 수 없이 많은 관 속에 꼭두를 넣어 그들의 저승길을 위로했다. 그들의 영혼을 위로하는 행위는, 위로하는 이 자신도 위로했으며, 치산의 말대로, 수작업으로 뭔가를 만드는 일은 고된 노동일로 점철되어 피폐한 자신들의 현실을 잠시 잊게 해 주는, 매우 훌륭한 치유제였다. 목공에 이어, 손쉽게 구할 수 있는 탄피 또한 이 숨은 장인들에게 좋은 재료가 되었다. 탄피 공예는 이미 전쟁 중에도 병사들 사이에서 '참호 공예'로 자리 잡아 왔다.

"용!"

어느 일요일, 숙소에서 쉬고 있던 해용에게 손님이 찾아왔다. 열대여섯 살 되어 보이는 프랑스 소년 피에르였다. 그는 해용을 '용'이라 불렀다. 전쟁고아로 쉬이프 시청 호적계에서 잔심부름을 해 주고 있었다. 정식 직원으로 보이지는 않았지만, 모든 사람의 모든 치다꺼리를 하는 것 같았다. 휴일이면 노동자들을 상대로 술이며 담배, 그 밖에도 뭔가 은밀한 물건 등을 팔아 부수입을 챙기기도 하는 눈치였다. 처음 노동자들이 도착하여 정착에 필요한 서류를 만들 때부터 그들의 주변을 오가며 생활에 필요한 물건들을 구해 주고, 쉬이프뿐 아니라 옆 동네에서 들려오는 이런저런 소문까지 전달하는 소식통 노릇을 하고 있었다. 어린 나이에 부모를 잃고 애쓰며 사는 모습이 딱해서 해용이 동전을 몇 개 주었더니, 그다음부터는 다른 이들에게 하는 것과 달리 친근하게 굴었다.

"용! 두이! 두이!"

'두이'는 탄피라는 소리다. 특히 75밀리 포탄은 큼직해서 화병이나 촛대를 만들면 꽤 근사했다. 피에르는 해용의 소매를 잡아끌었다. 탄피들이 많이 쌓여 있는 곳을 발견했으니 함께 가자는 뜻이었다. 해용은 산책 삼아 피에르의 뒤를 따라나섰다. 마을을 벗어나 국도변을 따라 동쪽으로 한참을 가다 보니, 도로에서 조금 떨어진 들판 저편으로 폐허가 된 외딴집 한 채가 눈에 띄었다. 피에르는 뒤를 돌아보며 빨리 따라오라는 손짓을 하고는 까불까불한 걸음으로 그쪽을 향해 달렸다. 해용은 조금 빠른 걸음으로 걸었는데, 멀리서 보니 먼저 도착한 피에르가 벽밖에 남지 않은 집 안으로 들어갔는지 보이지 않았다. 가까이 가서 보니 단층의 작은 농가 옆으로 나지막한 헛간이 있었다.

"피에르! 피에르!"

장난을 좋아하는 녀석이 어딘가에 숨은 것이 분명했다. 무성하게 자란 잡초를 헤치고 헛간 쪽으로 가 보았다. 어두컴컴한 내부의 바닥에 뭔가 깔려 있었다. 자세히 보니 75밀리 포의 탄피였다. 녀석이 말한 게 이것이었다. 헛간 안으로 발을 디디려는데 바닥에 가느다란 선이 보였다. 인계 철선이었다. 그 줄을 보고 뒷걸음질 치다가 돌멩이 하나를 헛디뎌 균형을 잃는 순간, 돌멩이가 구르며 줄을 건드린 것은 거의 동시에 일어난 일이었다.

"펑!"

반사적으로 몸을 날린 해용은, 잡초가 우거진 수풀 속으로 떨어져 정신을 잃었다. 피에르는 집 뒤에 숨어 있다가, 해용이 쓰러지는 것을 보고는 숙소를 향해 달리기 시작했다. 녀석은 숨을 헐떡이며 사람들에게 폭발 사고를 알렸고, 사람들이 우왕좌

왕하며 군의관을 부르고, 치산을 비롯한 두세 명이 현장으로 달려갔다. 그동안, 비어 있는 숙소로 들어가 해용의 물건 하나를 들고나와 어디론가 사라지는 그림자가 있었다. 도이칠란트군이 후퇴하면서 부비트랩을 설치하는 일은 비일비재했고, 크고 작은 폭발 사고는 언제든 일어날 수 있는 일이었다. 피에르는 해용의 주변을 맴돌며, 그가 짚 더미를 깔아 만든 매트리스 속에 무엇인가 숨긴 것을 눈치채고 있었다.

그날 저녁, 미루나무집 여자는 들판으로 나가서 돌아오지 않았다. 어둠 속에서 발을 헛디뎌 아직 메우지 못한 참호 아래로 추락해 머리를 부딪쳤다고 했다. 스스로 떨어졌을 가능성도 배제할 수 없었다. 자신의 남자들을 삼켜 버린 흙 속에 함께 묻히는 것으로, 여자는 소원을 이루었다. 해용은, 여자가 죽기 전 마지막 일요일에 탄피로 만든 화병에다 꽃을 담아 갖다주었는데, 여자는 꽃을 보더니, 정신이 돌아온 것처럼 해용을 쳐다보며 눈을 맞추고, 처음으로 환하게 웃어 보였다. 아이 같은 그 웃음은 참 예뻤다.

단옥 이야기

1935년 경성

'덕이 아바지, 인제 그만 집으로 가기요.'

  살이 뭉개지고, 뼈가 부서져 골수가 빠지고, 내장이 끊어지는 참혹한 고생은 이제 곧 끝날 참이었다. 덕이 아버지가 왜놈들의 손을 타서 한바탕 무너져 내린 몸뚱이로 곡기를 마다했을 때, 단옥은, 그가 죽음으로, 아니 죽음을 넘어 자유로운 세상으로 가는 길을 택하려나 보다 생각했다. 남들은 다, 이 일을 어쩌면 좋냐고, 덕이 에미, 애비 불쌍해서 어쩌냐고, 하늘이 무너지기라도 한 듯이 말했지만, 단옥은 외려 그것이 덕이 아버지가 살길이라는 생각이 들었다. 그는 기진해서 제대로 된 말소리로 이야기를 나눌 수도 없었지만, 눈빛으로 모든 걸 말했고, 단옥은 눈빛으로 모든 걸 들었다. 그날 서대문 형무소의 불그죽죽하게 뿌연 벽돌담을 지나 영천시장까지 내려오던 언덕길은 어찌나 길던지, 단옥이 그 길에서 마주친 사람들이며, 새며, 강아지며, 달구지며 전부, 소리는 하나도 안 들리고, 움직이는 모양새만 아주 천천히, 이 세상 것이 아닌 듯, 마냥 느리게 흘러갔다. 단옥도 그렇게 허깨비처럼 그 언덕길을 흘러 내려와서, 수중에 가진 돈 다 털어 김 씨네 포목점에서 마포와 명주를 사서 집으로 돌아왔다. 집이라야 영천 시장 뒷골목의 쪽방촌 한구석이었다. 시장에서 좁은 언덕길을 올라 점집을 끼고 오른쪽으로 돌면 다닥다닥 붙은 쪽방들이 이어졌다. 돈이 또 언제 생길지 알 수가 없으니, 밥은 굶더라도 그렇게 덕이 아버지 맞을 준비를 해 놓았다. 그러고 나니 그때부터 단옥의 시간은 아주 천천히 흘렀다. 언젠가 물살 빠른 개울을 쳐다보고 있을 때, 가만히 쳐다보고 있자면 물줄기 하나하나, 거기서 바깥으로 튀어나오는 물방울 하나하나가 선명해지면서 돌연 그 빠른 물살이 아주 천천히 흐르는 느낌이 들었던 그 언젠가와 비슷했다. 단옥은, 어느 때보다 자신에게 일어나고 있는 일들을 더 똑똑히 보려고 했다. 그 어느 것 하나 놓치고 싶지 않았다. 아무리 세찬 물살도, 거센 소용돌이도, 덕이 아버지에 관한 일이라면 더욱 그랬다.

남편이 수감된 이후에 단옥은 그를 살리기 위해 해 보지 않은 일이 없었다. 시장통의 전방을 전전하며 허드렛일을 하고, 식당 일을 돕고, 집에 와서는 삯바느질에 몸이 부서지라 일했다. 돈이 절박해서는 몸을 팔라는 유혹도 받았고, 동네 사내들이 서방 없는 여자라며 임자 없는 물건 대하듯 이리 건드리고 저리 건드리며 희롱하는 것은 다반사였다. 하루하루는 오로지 그를 살리겠다는 의지로만 흘러갔다. 그가 십수 년 전에 단옥을 살렸던 것처럼. 그것 말고 다른 일에 대해서는 생각해 본 적이 없었다. 한 가지 일에 몹시 집중하니 나머지 일들은 생각이 나질 않았다. 덕이 아버지를 살리는 일 말고 단옥에게 중요한 일은 아무것도 없었고, 나머지 일은 아무것도 느끼지 못했다. 편하다든가 힘들다든가 그런 감정을 느끼는, 무슨 내장 같은 것 하나가 없어져 버린 것 같았다. 사람들은 단옥에게 좀 더 편히 사는 방법도 있다고 훈수를 두었다. 왜 사서 고생하느냐고 말리는 사람들도 많았다. 하지만 단옥은, 원수들이 주는 밥을 남편이 먹게 할 수는 없었다. 그래서 자기는 밥을 굶더라도 덕이 아버지에겐 꼭 사식을 넣어 주었다.

'여보, 인제 우리 집으로 가기요. 우리 처음 만났을 때처럼, 난 빈 몸에 덕이 아바지뿐이지만, 어쨌든 집으로 같이 가오. 집에서 너무 멀리 와서 돌아가는 길을 모르니, 철길 따라 걷다 보믄 그 길이 우리를 고향으로 데려다줄 거요. 이제 고생은 다 했으니 집에 가서 펜펜히 쉬기요, 우리.

덕이 아바지는 내 목숨을 구해줬재오. 오래된 일이라 그래두, 하루도 그 일을 잊은 적은 없소. 덕이 아바지는 좋은 사람이지만 함께 하는 세월이 너무 어렵고 위험해서 달아나고 싶은 날도 많았소. 이제는 다 말할 수 있소. 이젠 내 속마음을 다 말해도 용서해 주실 걸 아오. 달아나고 싶을 때마다 덕이 아바지가 날 살려준 게 생각나면 떠날 수가 없었소.'

그날이 되어, 형무소 시구문에 쓸모없는 물건처럼 내던져진 덕이 아버지를 수습하여 돌아서니, 세상이 어제와는 어딘가 달라 보였다. 하늘도, 땅도, 모두 어제와 그대로인 듯했지만 그래도 무언가 달라져 있었다. 사람도, 사물도, 동물도, 단옥의 시선을 피하듯이 모두 조금씩 비껴 앉아 있었다. 세상은 단옥을 똑바로 보지 못했다.

단옥은 무명천으로 허리를 단단히 동여매고 머리에 똬리를 얹은 다음, 훅하고 숨을 참으며 광주리를 머리에 이었다. 이제부터는 목과 허리와 다리의 힘으로 가야 한다. 그것만을, 그 힘만을 믿어야 한다. 남은 돈으로 마포와 명주를 샀으니 이젠 빈 털터리였다. 옆방 옥희 어미가 울면서, 짚신 신고 어찌 가겠느냐며 자기도 아껴 신던 고무신을 내주었다. 감자 몇 알 삶아 소금 술술 뿌려 옆구리에 싸매 준 것도 옥희 어미였다. 꼭 다시 돌아와서 이 모든 걸 갚겠다고 말하려 했지만, 단옥은 차마 입을 뗄 수가 없었다. 소식을 듣고 하나둘씩 조심스레 모여든 이웃들이 먼발치서 더 구슬피 울었다.

고향 가는 길에 오르려니 덕이 아버지를 처음 만났던 그날이 떠올랐다. 오랫동안 기억에서 지워 버리려고 애썼던 그날, 무간지옥의 참상이 자꾸 떠올랐지만, 고개를 세차게 가로저어 생각을 떨쳐 버리며 오로지 앞으로 나가는 것만 생각해야 한다고 마음을 다잡았다. 단옥이 지금에까지 이를 수 있었던 것은, 제일 중요한 일 한 가지만 생각하는 연습 덕분이었다. 그러지 않았더라면 진작 정신 줄을 놓았을 것이다. 스스로 목숨을 끊을 수도 있었다. 그 중요한 한 가지는 대부분, 왜 살아야 하는지 이유는 잘 몰라도, 그래도 살아남는 일이었다.

'덕이 아버지, 난, 우리가 만나기 한 해 전에 집에서 쫓겨나 이리저리 헤매다가, 수많은 사연 안고 만주로 가는 유랑민 무리를 만나 두만강을 건넜더랬소. 왜놈들에게 전답을 다 뺏기구 빈 몸으루 고향을 등진 사람들이 대부분이었소. 만세 사건에 끼었다가 순사들한테 쫓기는 이들은 무리를 짓지 않고 좀 더 은밀하게 국경을 넘지 않았겠소. 해용, 해용 오라바이처럼. 야트막한 개천인 줄 알고, 걸어서 내를 건넜는데 사람들이 두만강을 건넜다고 하대요.'

단옥은 아침나절 서대문을 출발해서 동아 백화점과 화신상회, 그 건너편의 보신각 사이로 전차, 자동차, 버스가 다니는 번화한 종로통을 거치고 동대문을 지나 경성 시내를 빠져나갔다. 거리에서 마주치는 행인들은, 단옥이 꽤 묵직한 짐을 이고 가는 행상이라고 생각해서, 눈여겨보는 사람도 별로 없었다. 인가는 점점 줄어들었고, 양쪽에 가로수가 늘어서 있는 신작로를 따라 청량리역을 통과했다. 단옥은 어느새 북쪽을 향해 샛강 방향으로 걷고 있었다.

힘을 내자, 힘을 내자고, 단옥은 자꾸 혼잣말을 하며 걸었다. 애써 즐거운 기억을 떠올려 보았다. 천변을 걷자니 두만강을 건너가던 일이 생각났다. '전라도에서 왔다는 천애 고아 참빗장 수, 황해도에서 왔다는 약장수, 집 나간 남편 찾아 나선 강원도 색시' 어쩌고 하는 노래 가사처럼 모두 고향을 떠나왔고 저마다 사연도 가지각색이었으니, 생면부지의 사람들이었어도 마음 한 구석에선 서로를 의지하고 있었다. 강을 건너기 전까지 단옥의 마음은 지옥이었다. 혼자였고, 배 속에는 아이가 있었고, 그 끝이 어디인지도 모르는 유랑의 길이었다. 작은 개천을 건넜는데 사람들이 두만강을 건넜다고 했다. 강을 건넜다니까 거기서부턴 뭔가 새로운 생활이 기다리고 있을지도 모른다는 기대 비슷한 것이 생기는 듯했다. 강 주변에 지천으로 피어 있던 이름 모를 들꽃 때문이었는지도 모른다.

즐거운 추억을 생각해 내려고 하는데 자꾸 괴롭고 끔찍한 기억이 함께 묻어 올라왔다. 덕이 아버지와 함께 보낸 시절도 내내 흉하기만 한 건 아니었는데, 기억도 키질로 까불러서 뉘 고르듯이 할 수 있다면 얼마나 좋을까 싶었다. 뉘는 골라 태워 버리고, 고운 쌀알만 복주머니에 넣어 고이 간직할 수 있다면. 덕이 아버지, 김신재를 처음 만난 날, 단옥은 온몸에 피 칠갑을 한 채, 집단 학살이 자행되던 연길의 한 마을에서 도망치는 중이었다. 아무리 씻어 내려 해도 핏자국이 그림자처럼 달라붙어 떨어지질 않았다. 지금까지도.

마을 하나를 통째로 불태우고, 그 안에 사는 무고한 사람들을 몰살시킨, 인두겁을 쓴 짐승 같은, 아니 짐승만도 못한 무리를, 평생 남 해치는 일 없이 순하게만 살아온 사람들이 어떻게 할 수 있을 것인가. 그것도 곱게 죽이는 게 아니라, 찔러 죽이고,

찢어 죽이고, 태워 죽이고, 껍질 벗겨 죽이고, 남자고 여자고 애고 어른이고 할 것 없이 죽였다. 어떤 평계를 대도 용서받지 못할, 천벌을 받을 짓인데, 어째서 그런 짓을 한 놈들이 목숨 붙어 있는 동안에는 더 잘 먹고 잘사는 것인가. 단옥은 자신이 배움이 모자라 무식해서 모르는 거라면 어디 가서 물어볼 데라도 좀 있었으면 좋겠다고 생각했다. 누가 속 시원히 대답을 좀 해 주면 좋을 것 같았다. 하지만 세상의 그 어느 학교에서도, 그 어떤 어른도 그 이유를 가르쳐준다는 말 또한 들어 본 적이 없었다.

'나는 어쩌다가 연길, 그 지옥 같은 곳에서 덕이 아바지, 김신재를 만나게 된 것일까. 피 칠갑을 하고 쫓기는 나를, 김신재는 어쩌면 그리 신기하게도 나타나 구해 줬을까.'

단옥은 아무리 생각해도 모를 일이었다. 말을 타고 달리던 김신재의 눈에 들어온 단옥은 그냥 지나칠 수 없는 행색을 하고 있었다. 김신재의 눈에는, 피투성이가 된 채 박 덩이처럼 불러온 배를 움켜쥐고 뒤뚱거리며 도망을 치고 있던 단옥의 모습 위로 일본 경찰서장 아내의 모습이 겹쳐 지나갔다. 바로 얼마 전 경찰서 습격 사건 때, 김신재는 경찰서장과 임신한 그의 아내를 민족의 이름으로 처단했다. 아이만 낳게 해 달라고, 아이는 살리고 나서 죽겠다는 여자의 간청에 마음이 잠시 흔들리다가 상황이 다급해져 방아쇠를 당겼다. 그 후 한동안 밤에 잠을 이루지 못했다. 간신히 잠이 들었다가도 식은땀을 흘리며 악몽에서 깨어나기 일쑤였다. 김신재는 단옥의 곁을 지나쳐 달리다가 말 고삐를 급히 돌려 그 피투성이 임산부를 말에 태웠다.

철길과 나란히 흐르는 샛강을 따라가다가, 북으로 창동역 부근 마들 벌판에 이르자, 멀리 펼쳐진 북한산과 도봉산의 능선이 사람의 눈길을 사로잡았다. 그 일대는 갈대밭뿐이어서 노원이라 불렸다. 단옥은, 하늘을 찌를 듯 기상 드높은 산들이 병풍처럼 둘러서고, 그 위로 펼쳐진 푸른 하늘을 배경으로 개천이 흐르는 가운데, 철로 대신, 노원의 옛 원(院)에서 풀어 놓은 말들이 한가로이 풀을 뜯는 장면을 상상해 보았다. 마들 평원의 아름다운 풍경 앞에서 단옥은 잠시 자신을 잊었다. 두만강을 향해 북진할 때 마주쳤던 야생의 풍광도 단옥의 쓰라린 처지를 잠시나마 잊게 해 주었었다. 자신의 처지와는 상관없이 무심하기만 한 자연의 아름다움이 야속하기도 했지만, 바로 그 무심함이 단옥을 보듬어 주고 있기도 했다.

단옥은 첫날밤을 노원에서 보냈다. 하룻길도 채 못 왔는데 목과 등줄기가 뻐근했다. 마음씨 착한 주모 하나가 그에게 처마 밑 한구석을 내주었다. 단옥은 내일이 어떻게 될지 생각할 수 없었다. 오늘 하루를 지낸 것만으로도 충분했다. 옥희 어미가 싸 준 감자 한 알을 입으로 꾸역꾸역 쑤셔 넣고 죽은 듯이 쓰러져 잤다. 깊은 잠 속에서 단옥은 삶과 죽음 사이를 오갔다. 그간의 불면에 대한 보상이었다. 광주리는 땅에 내려놓지 않고 마을 밖 큰 나무 위에 꽁꽁 동여매 두었다.

다음날에도 단옥은 걸음을 재촉했다. 무거운 광주리를 이고 가야 하니 보통 걸음의 반 정도밖에는 속도를 낼 수 없었고, 몸도 그만큼 빨리 지쳐 갔다. 하루에 얼마만큼의 거리를 갈 수 있을지, 어디까지 온 것인지도 알 수 없었다. 역과 역 사이라는 것만 알 뿐, 그냥 계속 걸었다. 갈 수 있는 만큼 갈 뿐이었다. 그러다 지치면 쉬었고, 허기가 지면 구걸을 하거나, 나무 열매를 따 먹거나, 개울물을 마셨다.

대광리를 지나 철원을 향해 한참을 가다가 단옥은 문득, 덕이와 덕이 아버지를 위해 향이라도 피워 올려 주고 싶다는 생각이 들었다. 제대로 된 장례도 치르지 못했다는 생각이 그제야 들었다. 앞으로도 제대로 된 장례를 치를 수 있을지는 미지수였으니, 문득 근처의 사찰을 찾아 부처님 앞에 엎드리고 싶었다. 어쩌다 마주치는 사람들에게 근처에 절이 어디냐고 물었다.

저 멀리 물길이 보였다. 폭이 그다지 넓지 않은 강에 쪽배 하나가 메어 있고 이쪽에서 저쪽으로 밧줄이 연결되어 있었다. 배를 타고 밧줄을 끌어당겨 강을 건넜다. 인적 드문 곳을 찾아 평평한 바위 위에 광주리를 올려놓고서야 단옥은 강물로 손과 얼굴을 씻었다. 부처님 계신 곳에 들어가는데 몸가짐을 단정하게 하고 싶었다. 일주문 앞에 섰다. 화개산 도피안사. 피안으로, 깨달음의 땅으로 건너가는 절이란 뜻이다. 단옥은 문 안으로 빨려 들 듯이 들어가 완만한 언덕길이 이어지는 대로 따라 올라갔다. 광주리를 내려놓으니 구름 위를 걷는 듯이 발에 땅을 딛는 느낌이 없었다. 연잎으로 가득한 못에는, 한 커다란 연잎 위에 아주 작은 금개구리가 앉아 있었는데, 단옥은 보지 못하고 그냥 지나쳤다. 사천왕상 앞을 지날 때는 무서워서 목덜미가 움츠러들었다.

경내는 소박해서 정다웠다. 소박하다고는 하지만, 그곳에는 천 년이 넘도록 서 있는 석탑과, 천 년이 넘도록 앉아 있는 철불상이 있었다. 단옥은 그 천년 세월 앞에 허리를 깊숙이 굽혀 절을 하고, 주지 스님 만나기를 청했다. 몸과 마음에 군더더기라고는 없이 단정한 인상의 스님은, 지치고 남루한 단옥의 얘기를 묵묵히 들어주었다. 단옥은 눈물 없이 그저 메마른 음성으로 자초지종을 이야기했다. 결론은 죽은 남편과 자식을 위해 부처님 앞에서 향을 피우고 싶다는 거였다. 하지만 시주를 할 만한 것은 아무것도 없었다. 스님은 공양주 보살에게 상을 차려 오라 이르고는 조용히 일어나 방을 나갔다. 단옥은 며칠 만에, 온기가 느껴지는 방에 앉으니, 졸음이 쏟아져 내렸다. 그간의 일을 누구에게 제대로 말해 본 적도 한번 없었으니, 파란곡절을 휘감아 마음에 담고 있던 말을 입 밖으로 풀어내느라 기력을 다 쓰기도 했다. 단옥은 거의 기절하듯이 쓰러져 잠이 들었다. 공양주 보살의 기척에 간신히 눈을 떠 보니, 윤기 도는 흰 쌀밥과 된장국에 나물 반찬 두어 가지가 놓인 소반이 보였다. 크지 않은 절이라 살림이 번화해 보이지는 않았으나 며칠 전 누군가 천도재를 올린다고 시주를 넉넉히 했다고 했다.

"주린 배에다 갑자기 많이 자시면 탈이 날 테니, 나머지는 가실 때 또 싸드리리다."

단옥은 주섬주섬 일어나 앉아, 묵례로 고마움을 표시했다. 공양주 보살은 측은하다는 표정으로 단옥을 물끄러미 바라보다가, 상은 나중에 툇마루에 내놓으라 하고는 방을 나갔다. 기운을 차린 단옥은, 부처님이 계시는 대적광전으로 가 보았다. 스님은 홀로 앉아 회심곡을 독송하고 있었다.

> 명사십리 해당화야 꽃 진다고 슬퍼 마라
> 명년 삼월 봄이 되면 너는 다시 피려니와
> 인생 한 번 돌아가면 다시 오기 어려워라
> 이 세상을 하직하고 북망산에 가리로다
> 어찌 갈고 심산험로 정수 없는 길이로다
> 불쌍하고 가련하다 언제 다시 돌아오리

단옥은 쇠로 만들었다는 부처님의 얼굴을 한번 올려다보았다. 여자같이 갸름한 얼굴형에 엷은 미소를 머금고 있었다. 저 부처님은 혹시 여자가 아닐까 생각했다.

"비로자나불이십니다. 온 세상을 밝게 비추시는 진리 자체이신 분이지요."

단옥이 불상을 한참 동안 쳐다보고 있는 것을 보고, 스님은 그렇게 한 마디를 덧붙였다. 비로자나불이 여자가 아닐까 하는 단옥의 앞뒤 없는 상상을 읽고 있기라도 한 것 같았다. 누가 시키지도 않았고 배운 바도 없었지만, 단옥은 방석을 끌어당겨 절을 하기 시작했다. 절에 와 본 일이라고는, 어릴 적에 영문도 모르고 어머니 손에 이끌려 절밥 몇 번 얻어먹어 본 것이 전부였다. 스님은 독송을 이어 갔다. 단옥은 한번 일어설 때마다 부처님의 얼굴을 똑바로 응시했다. 세상일을 모두 알고 계시는 분이다. 그런 분이라면 내 인생도 처음부터 끝까지 꿰뚫고 계시겠지. 내가 겪은 그 흉한 일들도 다 알고 계신다. 그런데 저렇게 미소를 짓고 계시다. 그리고 나는 아는 게 없다. 내가 왜 그런 삶을 살았는지, 나는 이제 어떻게 될 것인지. 그런 암흑천지에 던져졌다는 생각에 이르자, 단옥의 눈에서는 눈물이 쏟아지기 시작했다. 그간 몸속에, 뼈와 살 속에 차곡차곡 쌓여 온 눈물이 넘치기 시작한 것이다. 봇물이 터지는 것처럼 걷잡을 수 없이, 방석을 적시고 제단을 적시고 비로자나불상의 미소도 다 휩쓸고 갈 만큼 눈물은 쏟아져 내렸다. 비로자나불이 비추는 빛을 단옥은 한 번도 본 적이 없었다. 진리가 무엇이고 빛은 무엇인지 아무것도 알 수가 없었다. 세상 곳곳에 온갖 모습으로 계신다는 그분을 단옥은 만난 적이 없었다.

 단옥이 절을 하는 속도가 점점 빨라지고 있었다. 숨소리도 거칠고 심장이 쿵쾅대는 소리가 스님의 귀에까지 들릴 지경이었다. 소리 내 울지는 않았는데 그것이 부끄러움 때문인지 자존심 때문인지 단옥도 알 수가 없었다. 다만 무기력하게 한 맺힌 여자로 보이는 것이 싫었다. 아니면 분노 때문인지도 몰랐다. 단옥은 전투적으로 절하고 있었다. 눈물, 콧물 범벅이 되어 온몸에서 김이 올랐다.

생각해 보면 덕이는 참 이상한 아이였다. 그 애는 세상에 왔을 때도 단옥의 넋을 빼더니 세상을 떠나면서 또 한 번 그렇게 했다. 그 아이가 생겼을 때도 죽고 싶었고, 아이를 잃고 나서도 죽고 싶었다. 아이는 절망 가운데서 태어났고, 사라지면서는 단옥을 바닥이 보이지 않는 구렁텅이로 다시 밀어 넣었다. 그래도 짧으나마, 살아 있는 동안에는 내내 기쁨만 주었다. 애잔한 구석이 있었지만, 정말이지 예쁘고 명민한 아이였다. 덕이는 단옥에게 살아 있는 생명에 대한 모든 것을 경험하게 해 준 아이였다. 단옥의 선생이었다. 그런데 단옥은 그런 덕이를 제대로 먹이고 입히지 못했다. 먹이고 입히기는커녕 사지로 몰아넣었을 뿐이다.

단옥은 덕이를 생각하며 화가 치받칠 때는 한겨울에도 방문을 열어 놓고 자야 했다. 한겨울에도 냉수를 벌컥벌컥 마시고 쿵쾅거리는 가슴을 쓸어내리곤 했다. 절을 하는데, 덕이가 아직 배냇저고리를 입고 있을 때의 작디작은 발이 떠올랐다. 분홍빛이 도는, 너무 작아서 잘못 만지면 부서질 듯이 가녀린 발. 기저귀를 갈아줄 때마다 코끝에 대고 냄새를 맡으면 젖내가 나던 발. 그 발끝에 작은 이슬방울처럼 맺혀 있던 다섯 개의 발가락. 그 위로, 단옥은 확인하지 못한, 그 아이의 참혹했을 마지막 모습이, 그 형체도 없는 검은 그림자가 겹쳐졌다. 단옥은 미칠 것 같았다.

덕이는, 단옥이 먼 데로 며칠 일 나간 사이에 경찰서에 잡혀가, 아비의 행방을 대라고 닦달하는 순사에게 모진 매를 맞고 죽었다. 죽었다고 했다. 덕이 아버지, 김신재는 상해와 조선 땅을 오가며, 독립운동가들에게 무기를 대기도 하고, 관공서에 폭탄을 던지기도 하며, 쫓기는 몸으로 살아온 지 몇 해가 되었다. 최근에 또 한 번 지방의 도청을 폭파하려다 미수에 그친 사건으로 추적망이 바싹 조여졌던 것이다. 집으로 돌아와 변고를 접한 단옥은, 그 길로 덕이의 시신이라도 찾으려고 경찰서로 달려가려 했으나 마을 사람들이, 덕이는 자기들이 거둘 테니 어서 빨리 달아나라고 뜯어말리는 바람에 그날로 다시 마을을 떠나야 했다. 단옥이 목숨을 부지해야 덕이 아버지를 돌볼 수 있다는 거였다. 붙잡히면 단옥도 덕이와 같은 신세가 될 것이었다. 하지만 단옥은 그날 일을 두고두고 후회했다. 나도 잡혀가서 덕이와 같은 신세가 되어야 했다고 말끝마다 되뇌었다. 알고 보니 김신재는 이미 경성에서 검거가 된 후였다. 이미 잡힌 사람의 행방을 대지 않아 아이가 죽었다. 단옥은 그날 이후 밤잠을 제대로 자 본 일이 없었다.

해용은 이제 살았는지 죽었는지도 모른다. 봄빛 같은 기억만 가득 남기고 연기처럼 사라졌다. 그래서 그가 정말, 이 세상 사람이기는 했던가 하는 생각까지 들곤 했다. 덕이 아버지가 상해에 있을 때, 해용이 거기서 배를 타고 구라파로 갔다는 말을 소문으로 전해 들었다고 했다. 단옥은 그 말을 듣자마자 뜬금없이 해용의 이국적인 용모가 구라파하고 잘 어울린다고 생각했다. 또 한편으로는, 덕이 아버지가 혹시라도 단옥에게 남아 있을지 모르는 해용에 대한 마음이 신경 쓰여, 단념하라는 뜻으로 그리 말한 건지도 모른다고 생각했다. 어쨌든 구라파로 가는 배를 탔다고 했으니, 적어도 순사에게 잡히지는 않았을 것이고, 하늘 아래 어딘가에는 살아있을 것이다. 이제 그의 생사는 단옥의 인생과는 아무런 관계도 없게 되었지만, 그래도 가끔은 궁금했다.

"아무래도 이대로 걸어서 고향으로 돌아가는 건 무리가 아니겠나? 여기서 제를 올리고 상한 몸도 천천히 추스르면서 훗날을 생각해 보는 것이……."

독송을 마친 스님은 단옥에게 타이르듯이 말했다. 하지만 단옥은 꼭 고향으로 가야 한다고 말했다. 거의 십오 년의 세월이 흘렀으니, 혼전에 천한 씨앗을 배 속에 품은 딸자식을 내쫓았던 부모도 인제는 받아들여 줄 것으로 생각했다. 아이도 남자도 없이 홀로 돌아온 딸이다. 부모님이 아직 그곳에 계실지 그것조차 알 수 없는 노릇이지만, 어디서고 이방인으로만 살아야 했던 피로감에서 벗어나고 싶었다. 애초에 고향이라고는 없이 사고무친으로 사지를 전전하며 위험한 삶을 살아낸 김신재의 장례를, 조선 땅인 자신의 고향에서 치러 주고 싶기도 했다. 그것이 그와 이 세상에서 맺었던 부부의 연을 잘 마무리하는 방법이라고 생각했다. 많은 역경을 이겨냈는데 고향 가는 일쯤이야 무엇이 대수겠는가 싶었다. 걷고, 걷고, 또 걸으면 된다. 발목이 부러지면 절뚝거리며 가고, 종아리가 부러지면 굴러서 가면 된다. 만류하는 스님과, 남은 음식을 보따리에 싸준 공양주 보살을 뒤로 하고 단옥은 다시 언덕을 내려왔다. 연잎 위의 금개구리는 어디론가 사라지고 없었다.

철로가, 시원하게 트인 평원을 지나 깊은 골짜기를 지나고 강물을 건널 때, 단옥은 이 아름다운 경치가 원망스러웠다. 강물 위를 지나는 철교 위로 아슬아슬하게 걸어가다가 떨어질 뻔하기도 했고, 기차에 치일 뻔한 순간도 여러 번 있었다. 철로와 거리를 두고 걷자니 길을 잃을까 불안했고 철로에 바싹 붙어 따라 걷자니 힘들고 위험했다. 철로가 낸 길의 운명과도 같은 것이었다. 철로는, 산이 가로막히면 굴을 뚫고, 강물이 가로놓이면 다리를 놓으면서 불도저처럼 거칠고 난폭하게 나아갔다. 검불랑에서는 철로를 놓기 위해 댐까지 건설했다. 오랫동안 지신(地神)에게 제사를 올리며 살아온 땅 위에서 일어난 일이다. 자기가 밟고 있는 땅의 신이 노하게 하지 않기 위해 음식을 차려놓고 절을 하던 사람들이 사는 땅이다. 땅의 신이 내주는 길을 따라 살았지, 그 위에 자신들의 길을 닦아본 적이 없는 사람들이다. 이민족에게 침략당하는 것이 지긋지긋해서 길도 제대로 닦지 않고 살았다. 매끈하게 길이 닦이면 왜놈이고 되놈이고 순식간에 들이닥칠 거라는 이유였다. 사람들은 오랫동안, 집안의 땅을 함부로 파서 공사를 하면, 터주가 노하여 재앙을 내린다는 신화의 세계 속에서, 그 세계에 대한 굳은 믿음 속에서 살아왔다. 그러나 철로는 그 믿음을 만신창이로 만들었고, 그 믿음이 흘린 피 위에 건설되었다. 단옥은 기차가 지나갈 때면 철길 옆에 몸을 낮추어 숨긴 채, 기차가 빠르고, 힘차고, 화려하게 지나가는 모습을 물끄러미 바라보았다. 그러다 어느 날부터는 길을 가다 저쪽에서 사람 그림자가 보이면 먼저 피해 가기 시작했다.

안변역에서 원산의 갈마역을 향해 갈 때, 단옥은 광주리를 거의 질질 끌다시피 하며 걸었다. 이젠 도저히 인가가 있는 마을로는 갈 수가 없었다. 단옥은 사람의 기척을 피해 야행하는 들짐승의 모습을 하고 있었다. 경성을 떠날 때 단단하던 모습은 어디에서도 찾아볼 수 없었다. 고무신은 다 찢어져 너덜거리고, 지독한 시취(屍臭)를 풍기는 광주리를 끌고 가는, 그 악취와 한 몸이 된 굶주린 거지가 되어 있었다. 눈에는 초점이 없어지고, 맑지 않은 의식 속으로 도피안사 스님이 불러 주던 회심곡 한 구절이 저 혼자 흘러갔다.

> 명사십리 해당화야 꽃 진다고 슬퍼 마라
> 명년 삼월 봄이 되면 너는 다시 피려니와
> 인생 한 번 돌아가면 다시 오기 어려워라

단옥은 점점 철로를 따라가는 길에서 멀어져 갔다. 악취에 길든 코는 바다 냄새에 더욱 민감하게 반응했다. 사람들의 눈을 피해 바다 냄새에 홀린 듯 따라 걸었다. 바다는 단옥을 홀리고, 바람이 단옥을 이끌었다. 높은 곳으로 올라가야 한다. 그래야 바다가 보일 것이다. 단옥은 광주리를 버리지 않고 끝까지 끌고 갔다. 바다가 보이기 시작하자 단옥은 알 수 없는 힘이 솟았다. 단옥의 눈 앞에 펼쳐진 바다는, 지금 실제로 보이는 모습인지, 아니면 기억 속에 있는 어린 시절 고향 바다 모습인지 분간이 되지 않았다. 백두산 다음으로 높다는, 하늘을 찌르는 관모봉으로 시작되는 고산준령이, 온갖 영험한 기운을 안고 있는 온천과 하천과 호수를 안개로 감싸며 바다를 향해 내닫다가, 급기야 숨을 고르며 평야의 논두렁이 되어 헐렁하게 드러누운 채 바다에 안기는 경성군이 단옥의 고향이었다. 그곳에는 모든 것이 있었다.

단옥은 산 위로 올라가기에는 기운이 부쳐 산허리를 한참 돌아, 완만한 경사지 소나무 그늘에 앉았다. 바람이 시원했다. 귀에서 윙 하는 소리가 들렸는데 밖에서 나는 소린지 안에서 나는 소린지도 알 수가 없었다. 눈앞이 자꾸 흐려지며 어지러웠다. 숨쉬기도 벅찼다.

"덕이 아바지, 저 바룽물 좀 보오. 이제 좀 살 것 같재오?"

푸른 물결이 넘실거리고 고운 모래가 끝없이 펼쳐진 명사십리 해변 뒤편으로 멀리 그림처럼 들어서 있는 외국인 별장들이 보였다. 팔다리를 훤히 드러낸 서양인들이 해변을 오갔다. 그들을 태운 유람선도 보였다. 저런 세상이 있다는 건 말로만 들었지 처음 보았다. 저렇게 크고 좋은 집에서 사는 사람들은 어떻게 생겼을지, 무엇을 먹고 무엇을 입는지 궁금했다. 나는 왜 저런 곳에서 살지 못했을까. 단옥은 아마 영원히 알 수 없을 것이다. 해당화는 보이지 않았다. 철이 지난 지 오래되었기 때문이다. 단옥은 그래도 해당화가 보고 싶었다. 그 진홍빛이 그리웠다.

경성군까지는 갈 길이 멀었지만, 단옥은 이제 다 왔다고 생각했다. 그의 몸이 마음에게 이제 더는 갈 수 없다고 했다. 위를 올려다보았다. 파랬던 하늘이, 너무 밝은 햇빛 때문인지 하얗게 보였다. 그 언저리에 붉은 해당화가 잠깐 보인 것 같기도 했다. 가장 아름다웠던 시절, 해용의 얼굴도 잠시 지나갔다. 단옥은 정신이 아득해지며 의식을 놓았고, 중심도 둘레도 없는 드넓은 허공이 김신재와 전단옥을 안아 올렸다.

하인 수업

기밀문서 제136호

프랑스 거주 조선인 동향에 관한 건

발신인: 기무라 미시요시 (파리 주재 일본 대사관 무관)

수신인: 요시다 고세이 외무대신

발신일: 다이쇼 10년 (1921년) 3월 00일

수신일: 다이쇼 10년 (1921년) 3월 00일

외무대신 각하,

(중략)

한편, 최근 프랑스 마른 지역 쉬이프의 전장 복구 사업장에서 삼십여 명의 조선인 노동자 무리에 섞여 수 개월간 일하다가 파리로 이동한 정해용은, 지인의 소개로 한 프랑스인 예술가의 집에 하인으로 고용된 것이 확인되었습니다.

상하이 항구에서 체포된 전 익문사 요원이 체포 직전 정해용에게 전달한 것으로 보이는 물건은 아쉽게도 여전히 그의 수중에 있으며, 그 정체는 아직 밝혀내지 못했습니다. 정해용이 승선했던 에르메스호의 도착지 마르세유 항구에서 우리 요원이 소매치기로 위장하여 그 물건을 탈취하려 했으나 실패했고, 쉬이프에서 고용된 하수인이, 우연한 폭발 사고로 조작하여 또 한 번 탈취를 시도했으나, 프랑스 경찰이 사건에 개입하면서 계획은 실행되지 못했습니다. 정해용은 이 사건으로 다리에 상처를 입고 후유증으로 장애를 갖게 되었습니다. 그의 파리 거점을 중심으로 계속 밀착 감시 중입니다.

그 밖에도 마르세유에서 조선인 노동자 한 사람을 포섭하는 데 성공하여, 항구를 통해 들어오는 조선인들에 대한 감시 활동을 늦추지 않고 있지만, 조선인 대부분은 중국 이름으로 개명한 중국 여권을 지니고 있어 구별에 어려움을 겪고 있습니다. 조선인들은 해외에서도 자기들만의 모임을 만드는 경향이 있으므로, 주로 파리 위원부의 도움을 받아 움직이는 그들의 동선을 감시하는 것이 효율적이라고 판단됩니다. -끝-

1921년 파리

 쉬이프를 떠나 기차를 타고 파리 동역에 내린 해용은, 다른 승객들을 따라 승차장 밖으로 걸어 나왔다. 봄이라고는 하지만 공기는 여전히 스산하여, 허술한 옷깃을 여미며 주변을 둘러보았다. 이 장소에는 처음 와 본 사람이, 처음이 아닌 것처럼 보이려는 허세가 없지 않았지만, 어딘지 모를 어색함은 그런 허세 때문만은 아니었다. 마르세유에서 파리에 올라올 때와 보베에서 쉬이프로 갈 때, 해용은 몇 번이고 미행당하는 느낌을 받았다. 미행하는 자가 늘 같은 사람은 아니었는데, 서양인일 때도 동양인일 때도 있었다. 심지어 마르세유에선 항구에 내리자마자 소매치기를 당할 뻔했다. 쉬이프에서 사고를 당한 이후, 사방이 넓게 트인 장소로 나오니 다시 뒷덜미를 누군가 잡아당기는 듯이 위축되었다. 해용의 불안한 눈빛은 자신을 미행하는 자와 마중 나온 사람을 동시에 찾고 있었다. 넬리 양이 마중을 나오기로 되어 있었다. 영국인 아버지와 프랑스인 어머니 밑에서 자라 영어와 프랑스어를 모두 구사하는 젊은 여성이다. 처음 파리에 왔을 때 파리 위원부에서 알게 된 인연이었다.

 해용은, 도착한 사람들과 마중 나온 사람들이 서로를 반기는 모습을 물끄러미 바라보다가, 고개를 들어 엄청나게 높은 역사의 천장을 올려다보았다. 격자 형태의 철제 골조가 창틀 구실을 하며 거대한 원기둥을 세로로 쪼개 엎어 놓은 듯한 둥근 유리지붕을 지탱하고 있었다. 그 지붕을 투과한 빛줄기가, 기차들이 뿜어낸 증기 사이를 가르며 지상으로 내려앉고 있었다. 목이 꺾어져라 위를 올려다보다 말고 해용은 문득, '나에게도 마중 나올 사람이 있다.'라는 생각이 들었다. 그의 앞날은 여전히 종잡을 수 없었지만, 파리로 올라오는 기차 안에서부터 약간의 흥분과 함께 일말의 안도감 같은 것을 지울 수 없었던 것은 그 때문이었다. 누군가의 마중이나 배웅을 받아본 것이 언제였는지 기억나지 않았다.

이 역에서 수백만의 병사들이 서부 전선으로 가는 기차에 오른 것이 불과 몇 년 전이다. 해용은 그 여정을 거슬러 파리로 온 것이다. 그들이 사지(死地)로 가기 위해 탔던 열차에 올라 해용은 삶을 찾아서 반대 방향으로 거슬러 왔다. 엄청난 수의 사람들이 세계 대전 사상 가장 치열했던 전투들을 치러 내며, 결국엔 순식간에 벌레처럼 죽어 묻혔던 그 땅이 해용에게는 반대로, 생(生)을 향한 도약의 발판이 되어 주었다.

"아! 여기 계셨군요! 좀 늦어서 죄송해요."

넬리 양이 밝은 미소를 지으며 경쾌하게 다가왔다. 그 미소를 보자 해용은 제비꽃이 떠올랐다. 작고, 귀엽고, 애잔하면서도 당찬 인상의 여성이었다. 하루하루가 모험인 날들을 살아 내느라 생각의 뒤편으로 물러나 있긴 했어도, 결코 지워 낼 수 없었던 단옥의 그림자가 갑자기 눈앞으로 휙 하고 지나갔다.

"봉주르 마드무아젤! 나는…… 도착했어요. 조금 전에."

해용은 서툰 프랑스어로 인사를 건넸다.

"오, 이런! 그사이 많이 늘었어요! 좋은 징조네요. 그 정도라면 잘 적응할 수 있을 거예요. 그럼, 이제 가실까요?"

광장으로 나서니 승합 버스들이 줄을 지어 서 있었지만, 넬리는 해용을 지하로 내려가는 계단 입구로 데려갔다.

"땅 밑으로 다니는 기차가 있어요."

넬리는 장난기 머금은 눈을 찡긋하며 말했다.

'메트로'라고 부르는 지하 열차를 타고 파스퇴르 역에서 내렸다. 오는 길에 넬리 양이 벽에 붙어 있는 메트로의 노선표를 보며 설명을 해 주었지만, 파리 전체에 걸쳐 거미줄처럼 복잡하게 이어져 있는 노선을 구분해서 탄다는 것이 보통 어려워 보이지 않았다. 역 이름이 모두 낯설어 읽는 것도 힘든 데다가, 중간에 노선이 겹치는 곳에서 다른 노선으로 갈아타는 통로 또한 개미굴처럼 얽혀 있어, 해용은 그저 더듬더듬 넬리 양의 뒤만 따라서 쫓아왔을 뿐이다. 지하의 땅굴 속을 달리는 기차는 엄청나게 빠르고 시끄러웠다. 지상으로 나와 바깥 공기를 마시니 좀 살

것 같았다. 역 주변은 인적도 드물고 차분한 분위기였다. 키 큰 가로수들이 양쪽으로 나란히 늘어서 있는 대로를 지나 좀 더 좁은 길로 들어섰다. 높은 첨탑이 있는 성당과 저택 하나를 지났다. 넬리 양의 말과 몸짓에 따르면, 방금 지나온 저택은 파스퇴르 연구소라는 세계적인 미생물학 연구소이고, 해용이 일할 곳은 '아티스트'의 집이라고 했다. 이 주변에는 예술가들이 많이 살고 있다고 했다. 화가나 작가, 조각가들이 많지만, 그중에서도 영화감독의 집이라고 했다. 해용이 살아온 조선에서는 그런 일을 하는 사람들을 천대했는데, 프랑스에서는 사정이 조금 달라 보였다. 서양 문물을 먼저 받아들인 일본의 영향 때문인지, 조선 경성에도 서양식 극장이 생기며 조금 달라지기는 했지만, 조선인들에게 '예술'은 여전히 배고프고, 천박하며, 무엇보다 이해받지 못하는 일이었다.

넬리는 조금 앞장서 길을 걷다가, 커다란 목조 대문 앞에서 멈췄다. 메트로 역에서부터 보도를 따라 이어져 오던, 번듯한 사오 층짜리 건물들이, 갑자기 그 대문 앞에서 맥이 끊겨 버린 듯했다. 꽤 두꺼운 통나무로 만든 대문 위로 숲처럼 우거진 나무들이 솟아올라 있었고 안은 전혀 들여다보이지 않았다. 문 밖은 도시의 모습인데 그 속엔 바깥세상의 모습과는 다른 무엇이 감추어져 있을 것만 같아서 사람들의 호기심을 자극하는 연한 벽돌색 대문이었다. 가만히 보니 대문의 틈새가 벌어져 있었는데, 살짝 밀자, 문이 열렸다. 넬리가 대문 안쪽에 늘어져 있는 줄을 당기니 높고 맑은 음색의 종소리가 울려 퍼졌다. 문을 활짝 열자 거의 밀림처럼 나무가 우거져, 대낮인데도 어두웠다. 해용과 넬리는 바닥에 깔린 큰 돌들을 밟으며 안으로 들어갔다. 그 길 끝에는 예상치 못한 풍경이 펼쳐져 있었다.

 넬리와 해용은 눈이 휘둥그레지고 입을 다물 수가 없었다. 넬리 또한, 이 집의 주소만 전달받았을 뿐, 방문은 처음이었다. 그들의 눈 앞에 펼쳐진 세상은 그 어디에서도 본 적이 없는 것이었다. 커다란 포석들이 깔린 길 끝에는, 남국 취향의 코끼리 석상 두 개가 방문객을 맞이하고 있었다. 전체적인 외형을 보자면, 나무와 돌, 유리를 재료로 지은 집인데, 울퉁불퉁한 비정형의 집 구조를 덮고 있는 지붕과, 각 층의 난간 아랫부분은 나무껍질을 굴피지붕처럼 잇대어 연결해, 멀리서 보면 주변을 에워싸고 있는 아름드리나무들 사이에 기생하고 있는 거대한 버섯처럼 보였다. 세 개의 층을 지탱하는 수많은 나무 기둥은 동양의 궁궐 같기도 하고 그리스의 신전 같기도 한, 오묘한 분위기를 자아내고 있었다. 집이 들어선 터는 완만한 경사를 이루고 있어서 경사를 없애기 위해 축대처럼 돌을 쌓았고, 둘레의 담도 돌담으로 올렸다. 또한, 그렇게 쌓인 돌들과 리듬을 같이 하는 돌무더기들이 정원 곳곳에 스투파처럼 쌓여 있었다. 궁궐, 신전, 깊은 숲속의 거대 버섯 사이 어디쯤 있는 이 집은, 마치 생명이 있는 영물처럼 넬리와 해용의 등골을 오싹하게 만든 것이다. 기둥과 기둥 사이로 해의 각도에 따라 빛을 반사하고 있는 수많은 유리창은 백 개의 눈을 가진 괴물의 눈처럼 보였고, 그

때까지도 사람의 기척은 없었지만, 그 집으로 들어가는 작은 문 하나가 눈에 띄었기에 두 사람은 괴물에게 잡아먹히듯 문을 통해 안으로 들어갔다. 집의 외관만으로도 이미 충격에 빠진 두 사람은, 현관에서 바로 이어지는 돌계단 몇 개를 밟고 올라서자 또다시 펼쳐지는 실내의 광경에 넋을 잃었다. 왼편으로는 작은 분수가 샘처럼 솟아나고, 오른편으로는 이층 높이에서 작은 폭포수가 떨어지는 연못 한가운데로 무지개다리가 놓여 있었다. 연못 속에서 힘차게 헤엄치고 있는, 희고, 붉고, 검은 잉어 떼를 내려다보며 조심스럽게 그 다리를 건너자, 천장으로부터 빛이 쏟아져 들어오는 중정이 이어졌다. 해용과 넬리는 무대 위에서 스포트 조명을 받는 배우들처럼 그 자리에서 걸음을 멈추었다.

"어서들 와요!"

위쪽에서 굵고 선명한 남자 목소리가 들렸으나 강한 햇빛 때문에 눈이 부셔 그 모습은 보이지 않았다. 목소리는, 난간을 온통 등나무 등걸로 엮어 놓은 나무 계단을 따라 내려왔다. 그는 신처럼 빛을 가르며 모습을 드러냈다.

"내가 마르셀이요."

검은 새틴 가운을 걸친 그의 얼굴이 보였다. 조각상처럼 뚜렷한 이목구비에 밝은 갈색 머리를 올백으로 빗어 넘겼다. 강렬한 눈빛에 아주 차가운 인상이어서 안 그래도 긴장하고 있던 해용은 더욱 주눅이 들었다. 해용만큼이나 어정쩡하게 서 있던 넬리는 얼른 자세를 바로 하고, 사무적이면서도 예의 바르게 해용을 소개했다.

"블라베 선생님께서 말씀하셨던 조선인입니다. 일본이 통치하는 조선에서 중국으로 탈출했고, 거기서 중국 여권을 받아 프랑스까지 오게 됐지요."

해용은 서툰 프랑스어로 얼른 자신을 소개했다.

"봉주르 므시외, 제 이름은 정해용…… 중국 여권…… 있습니다. 하지만 조선인입니다. 대학생입니다."

"당신이 중국인이든, 일본인이든, 조선인이든, 대학을 나왔건 아니건, 그건 내게 중요하지 않소. 맡은 일만 잘 해내면 되니까. 그런데 다리가 불편한가요?"

"쉬이프에서 폭발 사고가 있었습니다. 목숨은 건졌지만, 다리의 상처는 수술해도 완치될 수 없다고 하더랍니다. 장애가 심하지는 않으니 일하는 데는 아무런 문제가 없을 거고요."

넬리의 설명이 이어졌다. 해용은 쉬이프에서 발급받은 녹색 체류증과 여권을 마르셀에게 내밀었고, 마르셀은 잠시 들춰 보더니 체류증만 다시 돌려주며 말했다.

"여권은 내가 보관하고 있을 테니 필요할 때 얘기해요. 넬리 양이 마틸드와 함께 이 사람이 해야 할 일을 잘 설명해 주면 좋겠소."

  마르셀은 넬리에게 눈짓을 했다. 넬리가 해용의 '하인 수업' 선생이 되기로 미리 얘기가 되어 있었다. 수업을 받는 동안에는 해용에게 월급을 주지 않고 숙식만 제공한다는 조건이었다. 그것은, 다시 말해 해용이 주인의 마음에 들지 않을 때는 고용하지 않겠다는 이야기도 되었다. 비록 하인의 신분이었지만 해용은 이제야 프랑스인들의 '정상적인' 일상 속으로 첫발을 내딛게 되었다. 해용은, 신분도 보장할 수 없고 말도 잘 통하지 않는 자신을 왜 고용하는 것일까 하고 잠시 의구심이 들기도 했지만, 그런 것을 따질 때는 아니었다. 파리 위원부에 사무실을 임대한, 시인 블라베 선생이 자신의 인맥을 동원해서 조선인들이 정착할 수 있도록 힘을 써 주고 있었다. 마르셀 르콩트 또한 알자스 출신이어서 도이칠란트에 지배당해 본 경험 때문에 피압박 민족의 고통을 이해한다는 것을 나중에 알게 되었다.
  이 별나게 생긴 집에서 하인들이 묵는 방은, 집 뒤편으로 연결된 소박한 별채에 따로 있었다. 주방 시설과 하인들의 방을 별채에 두고, 주방에서 만든 음식은 작은 승강기를 통해 본채의 식당으로 운반할 수 있는 시스템을 갖추고 있었다. 집주인 마르셀은 음식 냄새가 집에 배어 있는 것을 극도로 싫어했기 때문이다. 집의 구조는 자유분방하고 기발했지만, 그 안에서의 생활 방식에는 엄격한 질서가 있었다. 해용이 할 일은 청소와 잔심부름, 한 달에 한 번 은이나 동으로 만든 식기와 주방용품 닦기, 방문객 맞이하기, 식사 시중, 옷시중, 목욕 시중 등이었다. 얼핏 생각하기에 간단해 보이는 이 일들도 숙련되지 않은 초보자에게는 매우 까다롭고 복잡했는데, 청소만 보더라도 닦아야 할 것들은 오만 가지인 데다가, 각각의 청소에 필요한 솔, 비, 먼지떨이, 걸레 등의 도구나 세제들 또한 그만한 숫자였고, 식탁 예절 또한 복잡해서, 사용하는 포크와 나이프와 각종 술잔, 접시의 종류가 셀 수도 없이 많았기 때문이었다. 은식기는 '사봉 누 아르'라는 검은 비누를 풀어 부드러운 솔로 닦는데, 달걀과 식초 때문에 포크의 끝부분이 검게 착색되었을 때는 '블랑 데스파뉴'라는 하얀 석회 가루로 문질러 닦은 뒤 비눗물로 씻어 냈다. 흠집이 나지 않게 하나하나 마른행주로 닦고, 서랍 속에 종류별로 분류해서 정리한 후, 없어진 것이 없는지 매일 그 숫자를 잘 세어 두어야 했다. 식탁 위에서 반짝이는 은식기는 하인의 자부심이라고 했다. 은식기를 자부심으로 만들기 위해서는 그것을 강박적으로 관리해야 했다. 하기야 해용의 고향에서도 지체 높은 가문에서 놋그릇을 닦을 때면, 하인들이 팔이 빠지라 고생하곤 했었다. 식탁 시중을 들 땐 똑바로 서서 입을 다물고 서빙을 하라고 했다. 누군가 부르면 예, 아니요 따위의 대답도 하지 말고 조용히 필요한 것만 가져다주고 '투명 인간'처럼 행동하라고 했다. 하지만 명민하고 눈썰미 있는 해용은 이 나라의 복잡한 생활 방식을 매우 빠른 시간에 익혔다. 기능적인 일들에는 예외 조항이 없으므로 새롭게 익히고 암기하며 반복하면 수행할 수 있지만, 해용에게 가장 어렵게 느껴진 것은 방문객을 맞이하는 법이었다.

이 집에는 수많은 사람이 드나들었고, 그중에는 잡상인이나, 별다른 용무도 없으면서 사전 약속도 없이 불쑥 들이닥치는, 주로 제멋대로인 예술가나 배우 지망생들이 종종 있었다. 어떤 사람을 집으로 들이고, 어떤 사람을, 주인은 출타 중이시라고 말하며 돌려보내야 하는지 판단하고, 마르셀 르콩트 부부의 수많은 지인 얼굴과 이름을 기억하는 것은, 짧은 시간에 할 수 있는 일은 아니었다. 넬리는 매우 꼼꼼하게 모든 것을 알려 주었다. 해용은 자신이 능숙한 하인의 역할을 맡은 배우라고 생각했다. 동이 터 오면 또 하나의 막이 오르고, 일과가 끝나고 취침 시간이 되면 막을 내리는 것으로 생각했다. 그는 잠들기 전에 그날 새로 배운 단어와 표현을 모두 기록하고 다시 한번 암기했다. 이번 배역에 필요한 대사를 암기한다고 생각했다. 이 역할이 끝나면 또 다른 배역이 기다리리라 생각했다.

"이젠 나 없이도 기본적인 일은 할 수 있겠죠?"

어느 날 넬리가 웃으며 말했다. 넬리는, 해용과 함께 가장 많은 시간을 보낸 프랑스인이었지만 사적인 대화를 나눈 적은 거의 없었다. 해용의 프랑스어가 서툰 탓도 있었지만, 프랑스인인 넬리로서는 그렇게 하는 것이 예의이기에, 해용의 사생활에는 관심을 보이지 않았고, 해용은 자신에 관한 이야기를 남에게 하는 것이 익숙지 않았다. 무거운 삶을 나귀의 등짐처럼 매고 있는 사람들은 표정이 없어지며 입을 다물거나, 혹은, 오히려 그 반대로 행동이 과장되고 가벼워지기 쉬웠다. 해용은 전자에 가까웠다. 그리고 말수가 줄어들수록 생각은 더욱 섬세해졌다. 넬리는 그가 검은 눈동자에 말수가 적으니 어쩐지 슬퍼 보인다고 생각했다. 어릴 때 어머니를 잃고 거의 고아처럼 자랐다는 사실은, 그가 지닌 슬픔의 바탕색이었다. 넬리는 그 알 수 없는 슬픔의 색에 이끌렸다. 활짝 웃을 때조차, 뿌리 깊게 배어 있는 옅은 그림자가 그의 미소를 더 아름답게 만들었다. 넬리는 거의 한 달 가까이 매일 출근하던 그 집을 떠나면서, '급한 도움이 필요할 때를 위해' 해용에게 자신의 주소를 남겼다.

해용이 어느 정도 생활에 적응해 나가던 즈음에, 그때까지는 말이 영화감독이지 한량인 줄로만 알았던 마르셀이 새 작품을 촬영하게 되었다. 해용은, 마르셀이 영화감독으로서 하는 일이 어떤 것인지 가늠할 수가 없었다. 경성의 단성사인가 하는 극장에서 영화를 상영한다는 이야기만 들었을 뿐, 해용은 한 번도 영화를 본 적이 없었다. 어떤 원리로 사람과 똑같은 모습의 그림자가 하얀 벽 위에서 움직이게 되는지 상상도 할 수 없었다.

마르셀은 평소에 거의 모든 시간을, 혼자서 책을 뒤적이고 뭔가를 쓰면서 지냈다. 그러던 어느 날, 사람들이 모여들어 회의가 이어지더니 본격적인 촬영이 시작되었고, 그때부터는 파리 동쪽 뱅센 숲 너머, 주앵빌의 영화 촬영소 근처 호텔에서 묵으며 작업에 몰두했다.

 마르셀의 아내, 루이즈는 배우였다. 이번 영화에도 출연하게 되었다고 했다. 마르셀의 집 지하에는 소극장이 있었는데, 이 부부는 가끔 친구들을 초대해서 자신들이 찍은 무성 영화를 함께 보거나 즉흥 카바레 쇼를 하기도 했다. 그의 지인들만 모여도 음악, 춤, 노래, 재담, 마술이 어우러진 미니 쇼 정도는 즉석에서 가능했기 때문이다. 그것이 때로는 신인들의 데뷔 무대로 이어지기도 했다. 그런 날에는 해용도 평소보다 두세 배로 일이 많아졌다. 루이즈는 그 야단법석을 진두지휘했다. 사실 해용이 루이즈와 직접 이야기를 나누는 일은 거의 없었다. 그들 사이에는 요리사 마틸드가 있었다. 마틸드를 통해서 루이즈의 모든 지시 사항이 하달된다고 할 수 있었다. 중년의 마틸드에게서는 상냥함이라고는 찾아볼 수 없었지만 음식 솜씨 하나는 일품이었다. 그 여자는 온종일 노래를 흥얼거렸다. 처음엔 늘 기분이 좋은가 보다 생각했는데, 가만히 듣자니 즐겁기만 한 노래는 아니었고, 일이 고되게 느껴질 때도, 슬픈 표정을 짓고 있을 때도, 입에서는 노랫가락이 떠나지 않았다. 그이는 노래하는 행위로 무엇인가와 거리 두기를 하고 있었다. 예컨대, 노래를 부르면 발바닥이 지상에서 한 뼘쯤 떨어진 것 같은 느낌을 받았던 것이다. 입에선 노래가 흐르지만 늘 거의 무표정이었던 마틸드의 말로는, 마르셀과 루이즈 부부는 물려받은 유산으로 주식, 채권, 부동산에 투자하여 돈 걱정 없이 영화를 만든다고 했다. 예술적인 감각과 경제적인 감각을 겸비하기란 쉽지 않은 일인데, 정말 대단하고도 팔자 편한 사람들이라며 마틸드는 그들을 부러워했다. 해용은 말없이 그들의 질서에 따랐고, 조선의 관습대로 자신보다 나이가 많은 마틸드를 손윗사람으로 대했다. 해용은 첫 월급을 받아 쉬이프의 조선인 노동자들을 중심으로 결성된 재법 한국민회의 대표에게 독립운동 자금으로 보냈고, 상하이에서 마르세유로 오는 에르메스호 선상에서 만난, 부유한 유학생 윤주명에게서 빌린 돈을 갚는 데 썼다. 윤주명은 베를린으로 갔다. 철학도인 그의 꿈은 서양 철학을 배우는 것이 아니라 동양 철학을 서양에 알리는 것이라고 했다. 마르셀과 루이즈가 주앵빌의 호텔로 잠시 거처를 옮기고 나서 며칠 후, 마침 넬리가 집에 들렀다. 미국으로 건너간 한대영이 보내온 구미 위원부 발행 홍보물, 『코리아 리뷰』를 전해 주러 왔다고 했다. 햇살 좋은 늦은 오후였다.

"한 위원장님은 미국에 잘 도착하셨군요. 파리에 더 있으면…… 우리를 더 도울 거예요."

해용은 프랑스어의 시제를 일치시키지 못해 서툴지만 간단한 표현으로 말을 이었고, 넬리는 자신이 들은 소식을 해용에게 전했다.

"워싱턴 구미 위원부 쪽도 재정적으로 어려워서 『코리아 리뷰』도 곧 종간될 거라 하네요."

"그렇군요."

대화 중간에 어색한 침묵이 흐르자, 넬리가 말했다.

"귀신이 지나가요."

"네? 어디요?"

넬리는 깜짝 놀라며 의자에서 벌떡 일어나 무서워하는 해용을 보며 폭소를 터뜨렸다.

"하! 하! 하! 하!"

해용은 어쩔 줄 모르며 넬리의 안색을 살폈다.

"귀신이 어디?"

해용은 그렇지 않아도 정원에 나무가 울창한 데다 기이하게 생긴 집에 살면서 가끔 유령이라도 나오는 것은 아닐까 하며 밑도 끝도 없이 무서워질 때가 있었다. 해용이 무서워하던 귀신을 드디어 넬리가 본 것이다. 그런데 웬 폭소인가? 놀라서 실성이라도 한 것인가?

"우린 대화하다가 잠시 끊기면 어색한 분위기를 깨 보려고 그런 표현을 써요."

말하기 좋아하는 사람들다운 습관이었다. 해용은 멋쩍게 말했다.

"난 어렸을 때부터…… 잘 놀라고 겁이 많았어요. 삼촌은…… 큰 산불이 난 뒤에…… 너무 놀라서…… 내 눈이 커졌다고 했어요. 어머니를 잃었어요. 그때."

"그게 몇 살 때인데요?"

"서너 살쯤……. 잘 기억 안 나지만……."

"유감이네요."

넬리는 얼른 화제를 다른 데로 돌렸다.

"여기서 특별히 어려운 점은 없었어요?"

이 질문에 해용은 매우 난감한 표정을 지으며 대답했다.

"난 파티가 힘들어요."

"재밌지 않고요?"

"난 시끄러운 걸…… 별로 좋아하지 않아요. 술도 마시지 않고, 또……"

해용은 조금 더 난감한 표정으로 말을 이었다.

"우리나라는 수백 년 동안…… 유교 믿었고…… 난 거기서 나고 자랐어요. 당신들이 남들 앞에서 껴안고 입을 맞추거나…… 특히…… 벌거벗은 댄서들이 춤추는 건…… 난 보기 힘들어요. 이해할 수 없어요. 미친 사람들 같아요."

해용은 얼마 전, 마르셀이 주최한 파티에 초대되었던 일본인 화가 야마모토 류이치를 떠올렸다. 그는 광대 분장을 하고, 옷을 거의 입지 않은 백인 여자와 함께 등장해서 밤새도록 놀다간 적이 있었다. 그와 잠시 눈이 마주쳤지만, 그는 개의치 않고 다른 사람들과 어울렸다. 그는 이곳의 문화에 완전히 적응하다 못해, 분위기를 이끌고 있었다. 파리에서 이제 막 명성을 얻기 시작한 화가라고 했다.

"흠……. 그럴 수도 있겠네요. 뭐, 같은 프랑스 사람이라도 보수적인 사람들도 많으니까, 당신이 이상한 건 아니에요. 이 집에 드나드는 사람들은 좀 별난 사람들이 많으니까요. 그래도 당분간 이 집에서 지내려면 이들의 문화에 익숙해져야 해요. 그리고 당신이 그들과 거리를 두고 시중을 드는 처지여서 더 힘들게 느껴지는 것일 수도 있어요. 그러니까……"

"나도 같이 미치라고요?"

결국, 넬리는 해용에게 한 가지 제안을 했다. 파티를 시중드는 사람이 아닌 파티를 즐기는 경험을 해 보자는 것이었다. 우선은, 당장 그날 저녁에 동네 주점에서 가볍게 즐기는 분위기로 시작해 보기로 했다. 그 부근엔 가난한 예술가들이나, 시트로엥 자동차 생산 공장 노동자들이 드나드는 허름한 술집들이 있었다. 밥도 먹고 술도 마시다가, 슬그머니 시작된 누군가의 아코디언 소리에 장단 맞춰 춤도 추는 그런 곳이었다. 넬리의 말로는, 파리 북쪽의 몽마르트르나 동쪽 벨빌에 가면 '갱게트'라고 부르는, 먹고, 마시고, 춤추는 주점들이 많다고 했다. 파리 시내가 모두 내려다보이는 언덕 위에서 전등을 별빛처럼 밝히고 밤새 춤을 출 수 있는 곳도 있다고 했다. 해용은 이런 외출이 처음

이어서 어색하고 불편했지만, 넬리의 정성을 생각해서 어렵사리 마음을 먹었다. 집에서 몇 블록 떨어진 곳에 허름한 주점이 있었다. 이제는 파리의 거리에서 '중국인'과 마주치는 것이 놀라운 일은 아니었지만, 백인 프랑스 여자와 중국인 노동자 '쿨리'가 문을 열고 들어서자, 이 낯선 조합에 사람들은 일제히 그들을 쳐다보았다.

넬리는 뭔가 요기가 될 만한 음식과 포도주를 시켰고, 아무렇지 않게 해용과 대화를 이어 가려고 애를 썼지만, 해용은 주변의 시선이 따갑게 느껴져서 견딜 수가 없었다. 넬리는 아니라고 했지만, 모든 사람이 자기 이야기를 하는 것 같았다. 게다가 넬리와 마주하려니, 연인 사이가 아니었음에도, 단옥의 모습이 자꾸 겹쳐 보였다. 마지막으로 본 것이 언제였는지도 잘 기억하지 못하면서 그랬다. 주먹깨나 쓰게 생긴 근육질의 남자가 음식을 들고 왔을 때, 해용은 그의 힘줄 불거진 팔뚝의 문신을 쳐다보게 되었는데, 자신도 모르게 그의 얼굴을 올려다보았을 때 마주친 그의 시선은 경멸에 가득 차 있었다. 그것은 확실히 경멸이었다. 밑도 끝도 없는 경멸이었다. 사람들은, 백인 남자가 유색 인종 여자와 관계 맺는 것은 대수롭지 않게 생각해도, 유색 인종 남자가 백인 여자와 함께 있는 것을 더 부적절하게 생각했다. 그들 사이에서 아이가 태어나면 자신들에게 위협적인 존재가 되리라 생각하는 사람도 있었다. 백인 남성 중심의 식민주의적 사고방식이 평균적인 사회였다.

그다음부터 해용에게는 아무 소리도 들리지 않았고, 주변의 모든 것이, 언젠가 마르셀이 지하 극장에서 보여 준 무성 영화처럼 소리 없이 돌아가고 있었다. 해용은 마법에 걸려 스스로는 벗지 못하는 코뿔소 가면이라도 쓰고 있는 기분이었다. 기차로 압록강을 건너고, 상하이에서 배를 타고 마르세유에 내려서도, 자신을 따라다니던 소리 없는 그림자들의 시선도 유령처럼 다시 나타났다. 그것은 비단 자신의 뒤를 쫓고 있는 일본 경찰뿐이 아니었다. 엄마 없는 아이라고 불리며 아버지의 부재를 견뎌야 했던 어린 시절, 친척 집을 전전하며 눈칫밥을 먹어야 했던 일, 소눈깔이라는 놀림을 받으며 따돌림을 당하던 일, 그런 자신의 처지와는 어울리지 않았던, 지체 높은 집안의 딸 단옥과의 추억, 단옥을 자신이 불행하게 만들었다는 죄책감의 그림자. 이 모든 '과거'라는 그림자에 해용은 줄곧 쫓기고 있었다. 마르셀의 집에서 일을 배우고 새로운 환경에 적응하느라 잠시 잊고 있던, 그 '쫓기는 자'의 불안이 한꺼번에 다시 몰아쳤다. 해용은 자리를 박차고 뛰어나왔다. 그런데 자기가 어떻게 거기서 나왔는지 기억이 나질 않았다. 아니, 그보다는, 그런 행동의 이유를 설명할 수 없었기 때문에 기억에서 지우고 싶었다. 넬리는 당황해서 해용의 뒤를 쫓아갔으나 그는 이미 골목 저편으로 사라져 버리고 난 뒤였다.

얼마 전 그 요란한 파티가 있던 날, 어수선한 틈을 타서 누군가 해용의 방을 뒤진 흔적이 있었다. 뭔가를 찾으려 했던 것처럼 서랍과 옷장과 침대 밑까지 침입자의 흔적으로 가득했다. 해용은 여전히 미행당하고 있었고, 표적이 되고 있었다. 그 물건 탓이었다. 해용은 이런 경우를 대비해, 주인의 눈을 피해서 나무가 숲처럼 우거진 정원 구석에 이미 물건을 파묻어 놓았다. 마르셀 부부에게도, 마틸드에게도 그날의 일은 얘기하지 않았다. 어렵게 얻은 직장을 잃고 싶지 않았다. 이런 일이 반복되다 보니 해용의 신경은 극도로 예민해져 있었고, 하필 넬리와 저녁 나절을 함께 보내기로 한 날을 망쳐 버리고 만 것이다.

며칠 후, 마르셀의 아내 루이즈가 혼자서 집으로 돌아왔다. 계속되는 촬영에 지쳐 일정이 비는 사흘 동안 집에서 푹 쉬고 싶다고 했다.

"해용, 한 가지 더 해 줘야 할 일이 있어."

4층의 옥상 정원 한쪽에 대나무를 세워 만든 작은 울타리 안에다, 일본식 노천 온천을 본떠 설치한 편백 욕조에, 해용이 더운물을 받는 동안, 루이즈는 알몸에 실크 가운 하나만 걸친 채 긴 의자에 누워 포도주를 마시며 말했다. 루이즈가 해용에게 직접 말을 거는 일은 매우 드물었다. 아직은 말이 잘 통하지 않기 때문이기도 했다. 루이즈는 손짓, 발짓을 해 가며 설명하기 시작했다.

"들랑브르 거리 5번지에 화가 야마모토 류이치의 작업실이 있어. 거기 가서 세트장 스케치 수정본을 받아 와야겠어. 마르셀이 급하게 수정을 요구하는 바람에……. 촬영 일정에 맞추려면 서둘러야 해. 세부적인 것을 바꾸고 싶어 해서. 받아서 촬영장으로 곧장 가져다줘. 주소하고 택시비는 여기……."

눈치 빠른 해용은 설명을 대략 이해하긴 했지만, 루이즈와 눈이 마주치자 차마 똑바로 바라보지 못했다. 눈부시게 아름다워서였다. 주소를 적은 쪽지와 돈을 받으려 하니, 그의 손을 가까이서 볼 수밖에 없었다. 가늘고 긴 손가락에, 피부는 희다 못해 뼈가 들여다보이는 듯한 착각을 불러일으킬 정도로 투명했다. 섬섬옥수라는 표현이 있지만 그런 손을 눈으로 직접 본 것은 처음이었다. 루이즈는 자신도 모르게 붉어진 해용의 얼굴을 보고 장난기 어린 표정으로 또 한 마디를 건넸다.

"해용, 넌 눈이 참 예뻐."

루이즈는 갑자기 자신의 완벽한 몸을 해용에게 밀착시켰다. 잠시 후, 해용은 얼굴이 빨개진 채 도망치듯 자리를 빠져나왔다. 일부러 발소리를 크게 내서, 구두 굽이 거리의 포석에 부딪히는 소리로, 심장이 쿵쾅대는 소리를 덮어 버리고 싶었다. 그래서 거의 뛰다시피 걸었다. 도망치고 싶은 대상이 루이즈인지 자기 자신인지 혼란스러웠다.

들랑브르 거리는 걸어서 갈 만한 거리였다. 몽파르나스 역을 끼고 걷다가 크레프 전문 식당들이 모여 있는 골목을 지나 모퉁이에 약국이 있는 곳에서 그 길은 시작되었다. 몽파르나스가, 작가며 화가들이 많이 사는 지역이라고는 했지만, 대낮에 거리를 걸을 때 그런 사람들이 특별히 눈에 띄지는 않았다. 누구든 얼굴에 자신의 직업을 써 붙이고 다니지는 않으니 알 도리가 없기도 했다. 그런 사람들이 자주 드나드는 카페가 몇 군데 있다고는 하지만, 해용은 카페에 드나들 겨를 없이 살았다. 카페에 앉아서 특별히 만날 사람도 없었다. 함께 배를 타고 와 파리에 흩어져 사는 동포들이 몇 명 있기는 했지만, 각자 살기에 바빠 서로 만날 시간이 없었다. 그들은 거의 모두 대학에 입학하는 것을 목표로, 언어 공부와 생계를 위한 직업 활동을 함께 하고 있었다.

건물 관리인에게 야마모토 씨를 찾아왔다고 했다. 그의 안내대로 3층으로 올라가 벨을 눌렀다. 문이 열리자 동그란 안경을 쓴 류이치가 일본식 실내복 유카타를 입고, 물감이 잔뜩 묻은 앞치마를 두른 채 서 있었다. 안경 뒤로 비친, 쌍꺼풀 짙은 동그란 눈동자에는 장난기와 총기가 함께 빛났다. 해용은 프랑스어로 마르셀 르콩트 감독이 보내서 왔다고 했다.

"어서 들어와요, 들어와요! 알리스! 당신도 잠깐 쉬어요."

류이치는 안쪽으로 고개를 돌리며 누군가에게 소리쳤다. 현관을 지나 안으로 들어가자, 알몸의 모델이 홑이불로 몸을 둘둘

감으며 한 손으로는 담배에 불을 붙이고 있었다.

"작업 중이었어요. 여기 잠깐 앉아요."

류이치는 큼직한 방석을 해용 앞으로 밀어 주었다. 그리 넓지 않은 작업실에는 창문 옆으로 좌식 책상을 놓았는데, 그 위에는 온갖 책이며 화구며 알 수 없는 도구들이 잔뜩 쌓여 있었다. 그 맨 꼭대기에는 줄무늬 고양이 한 마리가 낯선 방문객을 잔뜩 경계하는 눈빛으로 쏘아보다가, 이내 무관심한 척 바닥으로 뛰어내리는 바람에 해용은 놀라서 뒷걸음질을 쳤다. 류이치가 고양이를 잡아채서 안쪽에 있는 방으로 던지듯 들여보내고 문을 닫았다. 일본에서부터 실어 왔을 다다미 몇 장을 마룻바닥 한쪽에 평상처럼 깔아 반쯤은 좌식 생활을 하고 있었다. 이젤도 거의 바닥에 앉아 작업할 수 있는 높이로 고정되어 있었다. 해용은 빨리 가야 한다며 사양했지만, 이에 아랑곳하지 않고, 류이치가 차를 내리는 동안, 해용은 천천히 방을 둘러보았다. 벽에는 몇 점의 그림이 걸려 있었는데, 알리스라는 모델은 해용과 눈이 마주치자, 고양이가 있는 방으로 들어가 버렸다. 고양이처럼. 류이치는 명랑 쾌활했고 친절했다. 그래서 해용은, 그는 일본인이고 자신은 조선인이라는 사실을 잠시 잊을 뻔했다.

"언젠가 내 그림의 모델이 돼 줘요."

류이치는 차를 따르며 뜬금없이 말했다. 해용은 당황했다.

"네?"

"동양인치고는 얼굴선이 독특해서."

류이치는 해용이 어느 나라 사람이냐고 묻지 않았다. 해용은 일본어를 할 줄 알았지만, 일부러 하지 않았다. 류이치는 해용이 누구인지 이미 알고 있다는 것을 해용은 몰랐다.

"선생님도 아주 특별해 보이세요."

"하! 하! 하! 그게 바로 내가 노리는 거지. 특별해 보이는 것! 난 여기서 유명해질 거요. 그리고 이미 조금 유명해졌고. 유명해지려면 어떻게 해야 하는지 아시오?"

"글쎄요……."

"사람들 눈에 띄어야 하지. 그리고 아주 부지런히 백인 여자들을 유혹하고, 쉴 새 없이 그림을 그려 대는 거요."

루이즈의 말로, 류이치라는 화가는 밤새도록 술 마시고 춤추며 놀다가도, 새벽에 집에 들어가 그림을 그리는 사람이라고 했다.

"난 파리에 온 후 미친 듯이 그림을 그렸어요. 추운 날에는 땔감을 아끼려고 카페에 가서 카페오레 한 잔을 시켜 놓고 온종일, 오가는 사람들을 모조리 그렸지. 사람들을 만날 때도 냅킨 위에다 앞에 앉아 있는 사람을 그렸어요. 하! 하! 하!"

해용은 녹차 한 잔을 마시고 마르셀에게 전달해야 하는 도면을 받아서 나왔다. 이상한 기분이었다. 그때까지는 힘겹고 모호하게만 느껴지던 파리 생활에서 류이치를 만나고 나니 뭔가 안개가 걷히는 기분이었다. 그는 낯선 땅에서 힘찬 기운으로 뿌리를 내리고 있었다. 목적이 확실하고, 그것을 위해서 어떻게 해야 하는지 분명히 알고 있는 사람이었다. 해용은 오랜만에 머리가 맑아지는 것을 느꼈다. 국가로서의 일본은 여전히 원수였지만, 개인으로서의 류이치는 매력이 넘치는 인간이었다. 하지만 파리 위원부를 적극적으로 지원했던 중국인 홍 박사의 말대로라면, 그 또한 일본의 첩자 노릇을 하지 않는다는 보장은 없었다. 해용은 자신도 목표를 분명히 해야겠다는 의지가 생겨나는 느낌이었다. 류이치와 자신의 처지는 완전히 다르지만 뭔가 실마리를 찾은 기분이었다. 해용은 생각에 잠긴 채 몽파르나스 대로로 들어섰다. 막 모퉁이를 도는데, 비좁은 도로변 카페의 테라스 좌석에서 누군가 의자를 뒤로 성급히 잡아 빼며 일어나는 것을 보지 못하고 그와 부딪히고 말았다.

"어이쿠!"

해용의 입에서 자기도 모르게 조선말이 튀어나왔다. 갑자기 의자 다리에 걸려 넘어지면서 손에 들고 있던, 류이치의 스케치를 담은 화판을 놓쳐 버렸다. 해용은 급한 마음에 또 한 번, "아이고, 이런!"하고 소리쳤다. 넘어지면서도 스케치가 상하지 않게 화판을 붙잡았으나 두어 장이 빠져나와 보도 위로 날아갔다. 의자를 붙들고 엉거주춤 서 있던 노신사는, 몸이 불편한 듯 동작이 느렸다.

"아, 조심해요!"

마침 지나가던 행인들이 흩어진 종잇장들을 대신 주워 준 덕에 한숨 돌리게 된 해용은 잠시 귀를 의심했다. 노신사가 조선말을 썼기 때문이다. 해용이 입고 있던 바지의 무릎 부분이 찢어지고 손바닥에선 피가 흘렀다. 스케치 종이를 잡으려고 공중에 몸을 날렸다가 떨어진 탓이다.

"이런, 이런, 많이 다쳤소?"

노인은, 이번엔 프랑스어로 걱정스럽게 말했다.

"조금 전에 조선말을 하셨나요?"

"맞아요, '어이쿠!' 하는 소리를 듣고 조선 사람인 줄 알았소.

그나저나 괜찮겠소?"

옆 테이블의 어떤 부인이 건넨 물로 대충 상처를 닦고 손수건으로 지혈을 했다. 해용은 스케치가 상하는 줄 알고 잔뜩 긴장했다가 팔다리에 힘이 풀렸다. 그나저나 지체할 시간이 없었다. 다리를 절뚝거리며 일어나는 해용에게 노신사가 명함을 내밀며 말했다.

"많이 다쳤다면 연락해요. 여기서 멀지 않으니."

주앵빌로 가는 택시 안에서, 해용은 노신사의 얼굴을 다시 떠올려 보았다. 숱이 많은 콧수염, 갈색의 짙은 눈썹에다 미간에 힘이 들어가 범상치 않은 인상을 풍기고 있었다. 아까는 정신이 없어 무심코 받아들였던 명함을 다시 펼쳐 보았다. 그 순간, 넬리와 함께 마르셀의 집에 처음 갔던 그날처럼 가슴이 두방망이질하기 시작했다.

예술품 수집가
앙리 랑베르
크루아직 스퀘어 56번지
파리 15구

그 노신사는 남배호였다. 동명이인이 아니라면. 해용이 상하이에서 넘겨받은 짐 속에 들어 있던 편지의 수신인이었다. 한대용 위원장이 미국으로 떠나기 직전에 알려준 바에 의하면, 그 이름은 조선의 초대 프랑스 공사였던 앙리 랑베르의 조선식 이름이었다.

떠나는 길, 돌아가는 길

1960년 파리 근교

해용이 집안의 작은 정원에서 조촐한 파티를 열기로 한 것은, 결혼 25주년이라는 숫자가 주는 의미 때문만은 아니었다. 문득 아이들에게 깨강정을 만들어 주고 싶었다. 마지막으로 만들어 준 것이 언제인지 생각이 나지 않았다. 그리고 그것 말고도 또 다른 이유가 있기도 했다.

"오늘 시내에 다녀오려고요?"

넬리는 신문을 읽다 말고 안경 너머로 눈을 치켜뜬 채, 외출 준비를 하는 해용을 쳐다보며 물었다.

"응. 중국 식품점에 들렀다가 치산 형님도 만나기로 약속했어요."

"오늘은 잊지 말고 꼭 지팡이를 가지고 가세요. 지난번처럼 다리 아파 애먹지 말고. 물건도 많이 사지 말아요. 들고 오기 무거우니까. 그날 초대할 사람들 명단과 초대장도 만들어야 하고, 메뉴도 생각해야 하고, 식기며, 정원에 놓을 의자도 더 있어야 하는데……."

넬리는, 평소답지 않게 먼저 파티를 열자고 말을 꺼낸 해용을 보며 웬일인가 싶었지만 내심 상기된 마음을 감출 수 없었다. 젊어서는 말을 아끼고 행동이 날랜 편이던 넬리도 세월이 흐를수록 행동은 더디고 말은 장황해졌다. 완치될 수 없다는 해용의 다리 통증은 나이가 들면서 점점 심해졌다.

"즐기자고 하는 일에 너무 힘 빼지 말고 적당히 합시다. 그럼 저녁에 봐요."

해용은 넬리와 결혼하여 딸 하나와 아들 하나를 낳았다. 이 결혼이 성사된 것은 아나키스트 성향의 무신론자 영국인 넬리 아버지 덕분이라고 할 수도 있었다. 넬리의 어머니는 프랑스인이었다. 평소에 독특한 인생관을 가지고 있던 넬리 아버지에게, 세상의 편견은 그다지 중요하지 않았다. 1930년대 프랑스에서 이들의 결혼이란, 거의 지구인과 외계인의 결혼이나 다름없었다. 아버지를 닮아, 뻔하게 정상적인 삶에 대한 거부감이 있었던 넬리는 외계인 해용의 슬픈 미소, 예민한 감수성, 명민

함에 이끌렸고, 해용 쪽에서는, 불같은 사랑은 아니더라도, 냉정하고 생활력 강한 넬리에게서 모종의 신뢰감을 느낄 수 있었다. 해용이 망망대해의 일엽편주라면 넬리는 닻과 같은 여자였다. 어머니와 아버지가 어떻게 결혼에까지 이르게 되었는지 끝내 이해하지 못했던 마리즈와 앙투안은, 아버지가 직접 만들어 준 깨강정을 좋아했다. 설탕과 물을 섞어 열을 가해 녹인 다음, 볶은 깨를 함께 버무려 식히면 단단한 강정이 되었다. 아이들은 다른 어디에서도 맛볼 수 없는 달콤하고도 고소한 맛을 아버지의 맛으로 기억했다. 그렇다고 해서 해용이 다정다감한 아버지는 아니었다. 그 시절의 웬만한 아버지들처럼 오히려 그 반대였다. 본인은 완전한 한국 사람이었지만, 이 땅에서 살기 위해서라면 아이들만은 완전한 프랑스인으로 키워야 했다. 자신이 태어나고 자랐던 그 땅에 대해서, 이야기를 꺼내 봤자 아무도 알아주지 않는 한국에 대해서는 한마디도 하지 않았다. 넬리 역시 한국에 대해서는 그다지 관심이 없었고, 당연히 집안에서 한국말을 쓰지도 않았다. 아이들에게 한식을 해 먹이는 일도 없었지만, 깨강정만은 예외였다. 아버지로부터 단 한 번도, 그것이 어릴 적에 먹던 과자라는 설명을 들은 적은 없었지만, 다른 곳에서는 먹어볼 수 없는 그 맛을, 아이들은 다만 그러리라 추측할 뿐이었다.

  사실 해용이 조국이라고 생각하는 나라는 이 세상에 존재하지 않았다. 그 나라는 일제의 통치에서 벗어나는가 했더니, 왼쪽이 오른쪽을, 오른쪽이 왼쪽을 서로 죽이는 것으로 모자라,

왼쪽도 오른쪽도 아닌 사람들, 왼쪽이었다가 오른쪽이었다가 오락가락하는 사람들, 어디가 왼쪽인지 오른쪽인지 분간도 못 하는 사람들, 왼쪽 오른쪽이 다 무슨 소용이냐고 냉소하는 사람들까지 마구잡이로 죽이더니, 기어코 피비린내 나는 전쟁을 겪고 두 동강이 나 버려, 해용은 차마 그 나라를 조국이라고 부를 수 없었다. 한국 전쟁 소식을 신문과 방송으로 전해 듣는 것밖에는 아무것도 할 수 없었던 해용은, 마음속으로 똑같은 전쟁을 치렀다. 나이 탓이었는지, 마음고생 때문이었는지, 해용은 그즈음 머리가 하얗게 세어 버렸다. 종전도 아닌 휴전 이후, 두 동강이 나 버린 양쪽을 이번엔 두 독재자가 통치하고 있었다. 해용이 30년대에 파리에서 개인적으로 스쳐 지나간 적이 있었고, 그 후, 치를 떨며 싫어하던 남한의 독재자는 다행히 시민 혁명으로 자리에서 밀려났다. 그러나 그다음은 또 어찌 될 것인지, 어지럽게만 보이는 한국의 상황을 해용은 가늠하기 어려웠다.

해용은 동네 시장에서는 구할 수 없는 음식 재료를 사러 가끔 소르본 대학이 있는 라탱 구역에 가곤 했다. 1차 대전 전시 노동력으로 동원된, 중국 본토의 학생과 노동자들의 대규모 프랑스 이주 이후, 특히 인도차이나반도가 프랑스의 지배에서 벗어난 50년대부터, 그곳에서 살던 중국인들이 또 한차례 대거 이주하면서, 라탱 구역에는 중국, 베트남 식당의 숫자가 급증했다. 식료품점도 몇 군데 생겨나, 배추나 참깨, 생선 소스 등도 구할 수 있었다. 국수 종류도 다양했다. 1900년대 초반, 한 중국인이 파리 근교 가렌 콜롱브에 두부 공장을 세웠고, 거기서 제조한 두부를 구할 수도 있었다. 하지만 그 재료들로 한식을 만드는 법은 없었다. 해용은 주로 소르본 대학 건너편 뒷길에 있는 중국인 상점에 갔다. 크지는 않지만 제법 구색을 갖춘 곳이다. 그 부근에 갈 때마다 자연스럽게 30년 전에 학교를 오가던 생각이 나곤 했다. 루이즈와의 스캔들로 영화감독 집에서 나온 이후, 시간제로 병원의 간호조무사 일을 하며 잠시 학교에 다닐 수 있었다. 그땐 모든 가능성이 열려 있다고 생각했고, 환경은 힘들었지만, 청년이기에 솟아나는 힘이 있었다. 하지만 그 기억들도 모두 괄호 안에 묶여 버린 듯, 이제는 옛 기억이 남아 있는 거리를 걸어도 아무 느낌이 없었다. 그 거리는 이제 해용의 일상 속에 깊숙이 자리 잡고 있었기 때문이다.

해용은 깨 한 봉지를 사 들고, 뤽상부르 공원 건너편 작은 골목에 있는 중국 식당으로 들어갔다. 1910년대 파리에서 가장 처음 문을 열었다는 중국 식당이었다. 흰 바탕에 붉은색 한자와 프랑스어로 '천하 낙원'이라고 쓴 조그마한 간판이 전부였다. 개점 이후 약 50년이 지났지만, 여전히 같은 모습이었다. 상아색 벽과 포도주색 가죽 방케트 의자에 대비되어, 식탁을 덮은 흰 테이블보의 광택이 더욱 두드러져 보였다.

"형님, 먼저 와 계셨네요!"

"오랜만이네, 어서 오게."

해용을 맞이한 사람은 쉬이프에서부터 알고 지내던 황치산이었다. 그로부터 40년이 흘렀고, 유럽 땅에 연고라고는 없는 해용에게 황치산은 각별한 존재였다. 황치산 쪽에서도 마찬가지였음은 두말할 필요도 없었다. 그 또한, 오랜 감옥살이까지 하는 우여곡절을 겪으며 살아남았다. 이제는 라탱 구역에서 발 관리 숍을 운영하며 비교적 안정된 생활을 하고 있었다. 치산은 아이들과 넬리의 안부를 묻고는, 북경식 수프와 새우튀김, 버섯을 넣은 완자 요리, 광둥식 볶음밥과 고량주를 주문했다. 한국 유학생들이 하나둘씩 늘어나고 있다는 소문은 들었지만, 한국 식당은 언제쯤 생겨날지 알 수 없었다.

"자네 동생에게서 답장이 왔다고 하네."

해용은 몹시 흥분되었다. 그에게는 고향인 함경북도 경성에 이복동생이 하나 있었다. 얼마 전 치산의 권유로 동생에게 편지를 보냈었다. 동베를린의 북한 대사관을 통해서였다. 한국 전쟁 이후 북한은, 50년대 말부터, 유럽에 거주하는 한국 교민이나 유학생들을 대상으로 적극적인 체제 선전에 나섰다. 동독과 국경을 마주하고 있는 서독에서는, 그들의 우편함에서 북한의 선전물을 심심치 않게 발견할 수 있었다. 주로 북한에 가족이 있는 이들을 대상으로 했다. 동베를린의 북한 대사관으로 초대를 받아 융숭한 대접을 받고 오는 이들도 있었다. 프랑스 쪽도 사정은 비슷했다.

"동베를린에 이미 다녀온 사람들 얘기로는, 거기 가면 아주 융숭한 대접을 해 주고, 또 얼마간 학비나 생활 지원금도 준다 하두만. 남한 독재자도 물러간 마당에, 서울에서는 통일 이야기가 자주 오간다는데, 이참에 저쪽하고 통일을 논의해 볼 기회이기도 하고. 요즘 유럽 교민들에게 아주 우호적이라더군. 한반도를 원상 복구해야 하지 않겠나? 저렇게 두 동강이 나서야 우리 고향에는 언제 또 가 보겠나? 우리처럼 저쪽에 가족을 둔 사람들이 조금씩 자꾸 왕래해야 통일도 앞당겨지지 않겠나?"

특히 북한이 고향인 교민들은 한국이 전쟁으로 분단국이 되었지만, 아직 이데올로기의 반목을 크게 실감하지 못했다. 남북한이 이념의 차이로 피를 흘리는 것을 가슴 쓰라리게 생각할 따름이었다. 유럽에서 지내는 동안 한국 전쟁의 참화를 직접 겪지 않았고, 순박하게도 남북한은 여전히 한 나라라고 생각하며 그저 오래전에 떠나온 고향을 그리워할 뿐이었다. 그리움은 구멍 난 양말을 비집고 자꾸 삐져나오는 발가락처럼 아무리 숨기려고 해도 숨겨지지 않았다.

치산이 처음 편지 이야기를 꺼냈을 때, 해용은 오랫동안 기억 저편으로 접어 두었던 고향을 끄집어내 보았다. 아버지야 당연히 돌아가셨을 테고, 늘 객지로 떠돌던 아버지를 대신해서 자신을 거두긴 했지만, 머슴 취급했던 작은아버지와는 연락하고 싶은 마음이 없었다. 고향을 생각하면 배다른 동생이긴 해도 늘 웃는 낯으로 해용을 곧잘 따랐던 어린 동생의 얼굴이 아스라이 떠오를 때가 많았다. 그리고 단옥, 그이의 생사가 궁금하기도 했다. 해용이 고향을 떠난 이후의 소식은 전혀 알지 못했다. 동생이라면 혹시 떠도는 소문으로라도 알고 있을지 모른다. 하지만 3년간의 전쟁으로 쑥대밭이 된 곳에서 그들이 살아있기나 할지 알 수 없는 일이었다. 그런데 동생의 편지가 도착했다니 가슴이 두방망이질 치기 시작했다.

"형님, 그렇다면 한번 가 봐야죠. 우리 파티에는 오실 수 있는 거죠?"

"아무렴, 가야지."

북한, 그곳은 해용과 치산의 고향이 있는 곳이지만, 파리라는 지명과 함북 경성이라는 지명 사이에는 40년이라는 시간도 함께 놓여 있었다. 공간의 거리보다는 시간의 길이가 두 장소를 더 멀리 떨어뜨려 놓은 것처럼 느껴졌다.

해용은 어쩌면 자신보다 더 굴곡 많았던 치산의 삶에 큰일이 있을 때마다 그의 곁을 지켰다. 도움이 될 수 있는 일이라면 만사를 제치고 나섰다. 쉬이프를 떠난 치산이, 20년대 파리의 한 중국 식당에서 허드렛일을 하고 있을 때, 조선인이라고 업신여겨 임금은커녕 식사도 제대로 주지 않던 중국인 주인에게 격분한 나머지, 우발적인 살인을 저질러 7년간 감옥살이를 할 때도, 십여 년 전, 파리 유엔 총회에 참석한 남한 대표들에게 귀국을 도와달라고 사정했지만, 당장 쓸 수 있는 여분의 비용이 없다는 이유로 거절당했을 때도, 치산의 마음을 달래 준 사람이 해용이었다. 치산은 천신만고 끝에 작은 사업을 일구어 어느 정도의 재산을 모았고, 이제는 마음만 먹으면 고향에 갈 수도 있는 상황이 되었다.

 북한 땅을 생각하니 해용에게는 떠오르는 이름이 또 하나 있었다. 한자로 남배호(南湃護)라는 이름을 가지고 있었던 앙리 랑베르였다. 해용은 문득, 자신이 어릴 적 한약방에서 보았던, 약초 이름이 적힌 서랍이 가득 달린 약장을 떠올렸다. 거기엔 독초 따위를 숨길 수 있는 비밀 서랍도 있었을 것이다. 앙리 랑베르는 그 비밀 서랍의 약초 이름 같은 것이었다. 자물쇠를 채우고 오랫동안 열어 보지 않은 서랍이었다. 돌아보면 자신의 지나온 삶은, 그 안에서 허우적대기만 했을 뿐, 끝내 빠져나오지 못한 거대한 덫처럼 느껴졌다. 자유를 찾아서 먼 길을 따라왔지만 한 번이라도 가슴 후련한 자유를 느껴본 적이 있었던가. 떠나온 거리가 자유를 보장해 줄 수 있다면, 우주의 다른 행성으로 간다고 해도 마다하지 않았을 것이다. 앙리 랑베르가 세상을 떠난 지 거의 40년이 흘렀다는 사실도, 해용은 믿을 수가 없었다. 흘러 버린 시간이 망각을 보장해 준다면, 어제의 기억이 오늘의 기억에 덮여 사라진다면, 하루하루가 새로 태어난 첫날인 것처럼 새로운 세상만을 마주하며 살 수 있을 텐데, 오래된 어떤 기억들은 마치 지금 바로 눈앞에서 벌어지고 있는 일처럼 생생하기만 했던 것이다. 약장의 서랍을 열기만 한다면 그때의 불안과 압박감, 고통, 허무함이 지금 여기에서 언제고 재생될 수 있었다.

해용이 결혼기념일 파티를 마친 후, 어떻게 집을 떠나게 되었는지 그 이유를 아는 사람은 없었다. 주변 사람들은 이런저런 추측을 할 뿐이었다. 그의 돌발적인 행동을 이해할 수 있는 사람은 거의 아무도 없었다. 치산만이 알고 있었다. 다만 해용이 왜 가족들에게 아무런 설명도 없이 사라진 것인지는 그도 알 수가 없었다. 뭔가 이유가 있을 것이라는 생각에, 해용의 딸 마리즈가 해용의 행방을 물었을 때도 함구했다. 해용은 자신의 행동 뒤에 일어날 일들에 대해서는 생각하지 않은 것이 분명했다. 다만 그는 늙어 가고 있었고, 남은 시간이 그리 길지 않다는 사실에 대한 각성이 있었다. 복잡하게 꼬리를 무는 생각에 저항하고 거부한 것이 아니라, 아예 아무런 생각이 없었을 수도 있다. 각성에 따르는 행동은, 자칫 경솔함이나 무모함과 혼동을 불러일으키기도 한다. 어떤 돌이킬 수 없는 행동들에는 아주 단순한 동기가 있다. 이 단순한 동기가 엄청난 결과를 가져오기도 한다. 어떤 행동에는 그다지 깊은 생각이 필요치 않을 때가 있다. 그 행동은 너무도 자연스러워서 아무런 변명이 없어도 순리처럼 생각되기도 한다. 문제는, 어떤 이에게는 순리로 생각되는 것이, 다른 어떤 이들에겐 그렇지 못하다는 것이다.

동생의 편지가 도착했다는 소식을 들었을 때, 해용은 인제 그만 집으로 돌아가고 싶다는 생각이 불쑥 솟았다. 그 '집'이라는 것의 실체가 무엇인지도 확실치 않기는 했다. 집이라고 해 봐야, 자신을 머슴처럼 부리던 작은아버지의 집이 그의 마지막 집이었는데 그곳은 아니었다. 그 이전의 집은 할아버지와 함께 살던 집이었다. 어머니도 없고, 아버지는 어쩌다 가끔만 만나던 그 집에는, 그 '불안의 집'에는 할아버지의 서당이 있었다. 서당에서 글을 배워 읽고 외우던 그 순간은, 어린 해용에게 가장 빛나는 시간이었다. 살뜰히 돌봐 주는 사람이 없어 머리에는 이가 득실거리고, 배는 늘 고프고, 엄마 없는 아이라고 손가락질을 당해도, 동몽선습에 사자소학을 외우기 시작하면 아무도 건드리지 못했다. 서당에서 제일 나이가 많은 아이보다도 더 잘 외웠다. 유년의 불안을 잠재워 주었던 것은 문자의 세계였다. 암호를 풀듯이 글을 해독해 나가던 그 자신감과 거기서 비롯되는 안도감이, 고아에 가까웠던 어린 해용의 버팀목이었다. 이젠 모두 사라져 버린 신기루 같은 기억들이지만, 마음속 나침반이 여전히 가리키고 있는 곳으로, 그는 떠나고 싶었다. 하지만 그가 돌아가고 싶었던 곳은 한 장소가 아니라, 특정한 시간의 그 장소였다는 것을, 해용은 한참 나중에야 알아차렸다.

그는 왁자지껄했던 결혼 25주년 파티가 끝난 다음 날, 한 막이 끝나고 다음 막에 오르는 배우처럼 홀연히 집을 떠났다. 시들어 버린 나뭇잎이 바람에 떨어지듯이 아주 자연스럽게. 집에는 아무도 없었고, 그는 가방을 들고 현관문을 나서다 말고 잠시 멈추었으나, 뒤를 돌아보지 않고 집 밖으로 나갔다. 완만한 사면의 비탈길 아래, 아이들과 뱃놀이하던 마른강의 지류가 흐르고 있었다. 해용은 강을 모질게 등지고 비탈길을 올라갔다.

 넬리는 해용에게 닻과 같은 여자였지만, 그 닻은 불안한 조각배를 매달고 어디에 머물러야 할지 몰라 종종 흔들렸던 것이 사실이다. 해용은 편지나 간단한 메모 따위도 남기지 않았다. 넬리는 이 일로 인해 돌이킬 수 없는 감정을 맛보았으며 내면에는 어떤 흔적이 남았다. 해용은 동베를린으로 가기 위해 우선 스위스 제네바행 열차를 탔다. 곧장 동베를린으로 갈 수도 있었지만, 일부러 우회로를 택했다. 무엇보다 제네바에서 확인해 보고 싶은 것이 있었기 때문이다. 40년을 기다린, 아니 망설인, 끊임없이 주저했던 일이었다. 책으로 배우는 역사와, 몸으로 부딪치는 역사의 간극은 너무 컸다. 해용 혼자서는 감당하기 어려운 일이었고, 터놓고 도움을 청할 만한 상대도 없었다. 정확히 말하자면 기다리거나 망설인 것이 아니라, 가능한 한 그 일을 잊고 싶었다는 편이 더 맞았다.

1922년 파리

 해용은, 앙리 랑베르가 무심코 건네준 명함에 적힌 주소지 앞에 서 있었다. 마르셀 르콩트 감독의 저택에서부터 도보로 15분 거리였다. 이렇게 가까운 곳에 그가 살고 있었다니 진정 등잔 밑이 어두웠다. 처음 몽파르나스 대로변에서 우연히 마주친 이후, 그가 바로 자신이 찾고 있던 사람이라는 것을 알고 나서도, 사실 해용은 그를 다시 찾아가 무어라 말을 꺼내야 할지 몰랐다.

"무슨 일로 오셨죠?"

자그마한 키의 중년 여성이 의심스러운 눈초리로 해용을 뜯어보며 물었다. 해용은 길게 말하고 싶지 않아서 앙리 랑베르의 명함을 내밀었다.

"중요한 일입니다."

해용은 미심쩍은 안색을 거두지 못하는 관리인이 마지못해 열어 준, 육중한 진녹색 문을 통과해서, 붉은 양탄자를 깐 나선형 계단의 중심축을 관통하는, 검은색 철제 엘리베이터를 타고 5층에서 내렸다. 벨을 누르자, 조금 전 1층 현관에서 있었던 장면이 그대로 반복되었다.

"중요한 일입니다. 랑베르 씨가…… 오라고…… 하셨습니다."

이번엔 관리인보다 키가 더 크고, 목에 더욱 힘이 들어가, 각도 상으로 눈을 아래로 내리깔 수밖에 없는, 권위적인 눈빛의 여자였다.

"성함이?"

"몽파르나스 대로에서 만난…… 조선인이라고…… 전해 주십시오."

안으로 들어갔던 여성이 한참 만에 나와서야 들어오라는 허락이 떨어졌다. 현관 벽에는 금빛 테두리의 커다란 거울이 걸려 있고, 거울 앞에 놓인 콘솔에는 북아프리카풍의 이국적인 목각 조각품과, 형형색색의 꽃이 탐스럽게 꽂혀 있는 화병이 놓여 있었다. 마룻바닥의 헤링본 문양이 복도에서 거실까지 이어졌다. 금술이 달린 하늘색 자카드 커튼 너머 유리창 밖으로는 바람에 흔들리는 나뭇가지가 보였다. 조선의 초대 프랑스 공사였던 앙리 랑베르는, 한성의 공사관 건물을 지은 장본인이기도 한데다가, 공관을 장식하기 위해 수만 리 길을 마다하지 않고, 프랑스 중서부 루아르강 변의 슈농소 성에서 쓰던 가구를 옮겨온 사람이다. 또한, 예술품 수집가로서 특히 조선의 도자기에 매료되어 왕실 도자기를 굽는 경기도 광주의 분원까지 찾아가 도자기 파편 더미를 파헤치며 연구했고, 본국의 세브르 도자기 박물관 등지에 수많은 도자기를 기증하기도 했다. 하지만 예술품 수집가의 집이라고 하기엔 이상할 만큼 단출한 분위기였다.

"잠시 기다리세요."

여자는 잠시 후 휠체어를 밀며 나타났다. 앙리 랑베르였다. 거리에서 마주쳤을 때보다 더 쇠약해 보였지만, 눈빛 하나는 여전히 형형했다. 무릎 담요를 덮은 환자였지만 품위를 잃지 않은 꼿꼿한 모습이었다.

"시간이 좀 흐른 듯한데……. 다친 곳은 어떤가요? 치료비가 들었다면 배상하겠소."

그에게서 아직 미안하다는 말은 듣지 못했다.

"돈 때문…… 아닙니다. 나는…… 할 말이…… 있습니다."

앙리 랑베르는 여자에게 따뜻한 차를 가져다 달라 청하고는 휠체어 바퀴를 밀어 탁자 앞으로 좀 더 가까이 다가오며 말했다.

"파리의 거리에서 조선인을 만나게 될 줄은 몰랐소. 난 한성에서 오랫동안 외교관 생활을 한 사람이요."

"공사님 이름…… 알고 있었습니다. 거리에서 만날 줄은…… 몰랐습니다. 나는 공사님을…… 찾고 있었습니다."

해용은 자신이 어떻게 파리까지 오게 되었는지 서툰 프랑스어로 간략하게 설명했다.

"나는 중국 학생들과…… 함께 있었습니다. 프랑스로 가는…… 학생들입니다. 한국 학생들도 있었습니다. 약 20명 정도. 우리는…… 중국 여권 받았습니다. 나라를…… 잃어버렸기 때문입니다. 상하이에…… 우리 임시 정부가 있습니다. 중국 정부에…… 도움을 청했습니다. 나는 배를 타기 위해…… 돈을 벌었습니다. 서류도…… 만들었습니다. 다 끝나고 나서…… 여러 가지 감정이 많았습니다. 감격했고 무서웠습니다. 나는 프랑스를 몰랐고…… 프랑스는 너무 멀었습니다. 세상은…… 너무 컸고, 나는…… 너무 작았습니다. 그런데…… 그런데…… 상하이에서 배를 탈 때…… 이상한 일이 있었습니다."

"어떤?"

당시를 설명하자니 해용의 머릿속에는 그간 겪었던 일들이 주마등처럼 스쳐 지나갔다.

"항구에는…… 사람들이…… 많이 있었습니다. 에르메스호. 그 큰 배를 타기 위해서…… 우리는 작은 배를…… 타고 갔습니다. 큰 배는…… 깊은 물에 있습니다. 거기까지…… 작은 배를 타고 갑니다. 작은 배를 탔는데…… 갑자기…… 항구에…… 일본 경찰들이 왔습니다. 우리는 무서웠습니다. 우리를…… 잡으러 왔습니다. 나도 조선에서…… 일본 반대 데모해서…… 중국으로 도망쳤습니다. 며칠 전…… 상하이 임시 정부 건물이…… 문을 닫았습니다. 일본이 프랑스에…… 압력 넣었습니다. 임시 정부 건물이…… 프랑스 구역에 있습니다."

프랑스 구역이라는 것은 프랑스 조계를 뜻하는 것이었다. 앙리 랑베르는 해용의 서툰 문장이 길어지는 것에 다소 피로감을 느끼기 시작했다. 그만큼 쇠약해진 탓이었다.

'이자는 대체 무슨 말을 하고 싶은 것인가…….'

앙리 랑베르는 해용에게 자신의 명함을 준 일이 조금 후회되었다.

1919년 상하이

중국인과 개의 출입이 금지된 황푸강 변의 〈퍼블릭 가든〉은, 서에서 동으로 흘러 황푸강과 합류하는 쑤저우강 어귀에 있었다. 중국인들이 '외국인들의 부두'라는 의미로 '와이탄'이라 부르는 지역의 북단이었다. 상하이에서 가장 오래되었지만 가장 작기도 한 서양식 공원이었다. 서양 아이들을 돌봐 주는 중국인 유모들이 서양인들과 동반한 경우에만 출입할 수 있었다. 중국인들은 이에 분노하여 계속해서 상하이 시의회에 항의서를 제출하고 있다고 했다. 해용은 언젠가 그 앞을 지나다가 노자의 가르침을 소리 높여 외치는 중국인을 본 적이 있었다.

"누가 너에게 해악을 끼치거든, 앙갚음하지 말고 강가에 조용히 앉아 강물을 바라보라! 그럼 머지않아 그의 시체가 떠내려올 것이다!"

강변을 따라 조금 더 남쪽으로 내려가면 외국의 무역 회사나 은행 건물이 이어지는데, 아편 무역을 해 온 영국 회사의 건물도 있었다. 프랑스 조계가 시작되는 곳 부근에는 지상에서부터 높이가 족히 50미터는 되어 보이는, 원주 형태의 기상 탑이 우뚝 서 있었다. 강으로 드나드는 서양의 상선들에 기상 정보를 알리는 용도로, 역법을 계산하는 수학자이거나 과학자였던 예수회 신부들이 건설한 탑이라고 했다. 하루에 다섯 번, 기온과 풍향, 간조와 만조의 시간을 알리고, 태풍이나 급격한 기상 변화가 있을 때는 깃발을 올려 신호했다. 역사상 가장 야비한 전쟁 중 하나라는 아편 전쟁 이후, 하나둘씩 늘어 가는 서양식 건물과 구조물들, 강을 오가는 상선들이 의미하는 바를 이해해 보려고 했으나, 해용의 사고력 안에서 그것은 이해할 수 있는 대상이 아니라는 것만을 확인했다. 다만 그 야비한 전쟁이 지성과 과학의 힘 덕택에 이루어진 것이라면, 해용은 유럽으로 가서 지성과 과학의 눈부신 치적과 더불어, 그 한계와 허점, 위선과 야비함 또한 발견하게 되리라 생각했다. 그리고 그곳에서 그 점을 알고 인정하는 이를 만난다면 그를 스승으로 삼아야겠다고 생각했다. 하지만 역설적으로 '근검 공학 유학생단'의 기치는 과학과 산업으로 중국을 구하자는 것이었고, 프랑스로 가기 위한 형식적인 절차를 거쳐야 했기 때문에, 해용 역시 그 무리 안에 포함되어 있었다.

서양식 정장을 차려입은 해용은, 숙소가 있던 샤페이루에서부터, 평소에는 걸어 다니던 길을, 오늘만은 인력거를 타고 부두가 있는 강변 쪽으로 향하고 있었다. 드디어 프랑스로 떠나는 날이 왔다. 40일이 넘는 긴 항해와, 그 끝에 펼쳐질 완전한 미지의 세계가 그를 기다리고 있었다. 간밤엔 잠을 설쳤다. 시위용 전단을 소지하고 있었다는 이유로 일본 경찰에 쫓기던 중에, 경성역에서 기차를 타고 압록강을 건너 상하이까지 오는 길도 쉽지 않았지만, 이제부터는 더욱 각오를 단단히 해야 할 것 같았다. 모든 것이 불확실한 상황에서 오로지 하루가 자신에게 허락하는 일들만을 따라오다 보니 여기까지 왔다. 앞으로도 그럴 것이다. 학생 노동자 신분으로 중국인들 틈새에 끼어들어 유럽으로 갈 수 있는 길이 있다는 정보를 전해 준 친구는 오히려 경성을 떠나지 못했다. 역마살이라는 것이 정말 있을까? 어릴 때, 할아버지는 해용에게, '넌 니 애비처럼 사주에 역마살이 있으니 고향을 떠나서 사는 게 좋다'는 말을 종종 하셨다. 할아버지는 해용을 떼어놓고 싶어 그런 말을 했을까? 그런 말로 자꾸 세뇌를 시키면 고향을 떠나게 될 거로 생각했을까? 생각해 보면, 하루하루가 고만고만한 시골 마을의 생활은 고생스럽고 따분했다. 머슴살이 같은 작은아버지 댁의 생활을 벗어나 혼자서 경성으로 올 결심을 한 것은, 늘 넓은 세상에 대한 갈증이 있었고, 무엇보다도 배고픔 때문이었다. 허기는 괴로운 것이기도 했지만 몸을 움직여야 하는 동인이 되어 주기도 했다. 결핍은 어떤 갈망 같은 것으로 변해 가고 있었다. 일본 경찰의 추적으로 중국까지 왔다면, 이젠 그 갈망 덕분에 그보다 더 먼 유럽으로 향하는 배에 오르게 되었다.

서양인들이 '프렌치 번드'라고 부르는 부두는 여느 때보다도 번잡했다. 사람을 태우거나 내려 주는 인력거들, 온갖 짐들을 이리저리 옮기고 있는 항만 노동자 쿨리들, 굴뚝으로 검은 연기를 연신 뿜어 대는 증기선, 자그마한 움막 같은 것을 싣고 다니는, 얼핏 보면 달팽이처럼 생긴 중국 배, 네모난 돛을 단 삼판선, 빽빽한 돛대들……. 누런 황톳빛 강물이 보이지 않을 정도로 강변은 배로 꽉 들어찼다. 그중에서 'WHANGPOO Shanghai'라고 쓴 연락선이 보였다. 에르메스호가 정박 중인 황푸강 어귀까지 승객들을 태우고 갈 중형 선박이었다. 이미 승선 절차를 마친 이들이 나무다리를 건너 배에 오르고 있었다. 해용도 짐을 들고 서둘러 한국인 일행에게 합류했다. 모두 중국 여권을 지니고 있었다. 여권의 영문 이름 표기는, 각자의 한자 이름을 중국식 발음으로 옮겨 적었다. 줄을 지어 배에 오르려는데 누군가 뒤에서 등을 툭툭 치는 것이 느껴졌다.

"인력거에 짐을 두고 내리셨소."

아주 반듯하게 서양식 정장을 차려입은 조선인이 말을 걸었다. 해용은 의아했다. 자신은 짐을 놓고 내린 적이 없었기 때문이다.

"짐이라뇨? 전……"

해용이 말을 마치기도 전에, 그는 해용에게 바싹 다가오며 말소리를 낮추었다.

"일본 경찰에게 쫓기고 있습니다. 부탁드립니다. 잘 좀 전달해 주십시오."

쫓기는 사람이라고는 생각할 수 없을 정도로 말끔하게 생긴 신사가 정중하게 청을 하는데, 강렬한 눈빛이 하도 진중하고 의미심장하여, 영문은 알 수 없었지만, 자신도 모르게 무엇에 홀린 것처럼 작은 가방을 받아들었다.

"행운을 빕니다."

내용물이 무엇인지 묻기도 전에, 남자는 짧은 인사를 남기고 사라졌다. 판자를 잇대어 만든 통로를 따라 학생 일행은 줄 지어 승선하기 시작했다. 마지막 사람이 배에 오르고 굴뚝에서 연기가 피어오르며 배가 움직이기 시작했을 때, 부두 쪽에서 여자들의 비명과 함께 소란스러운 소리가 들렸다. 돌아보니, 조금 전 해용에게 가방을 전해 준 신사가 일본 경찰에게 체포되어 끌려가는 모습이 보였다. 해용은 배에 오르고 나서도 한참 동안 그 가방을 열어 보지 않았다. 일행 중 아무도 그것을 이상하게 생각하는 사람은 없었다. 다들 인력거에 놓고 온 가방을 돌려받은 것으로 생각했다.

유리 벽

1995년 서울

"내년 예산 목록입니다."

현우는 회계 담당관 위베르스펠드 씨 사무실의 반쯤 열린 문을 활짝 열고 들어서며 말을 하다 말고, 눈이 휘둥그레져 걸음을 멈추지 않을 수 없었다. 바닥에 꽤 많은 양의 서류가 낱장으로 마구 흩어져 있어 지나갈 수가 없었기 때문이었다. 고개를 들어 보니, 위베르스펠드 씨는 한쪽 벽을 지탱해서 얼굴이 시뻘게진 채로 물구나무서기를 하고 있었는데, 현우가 들어가니 얼른 다리를 내리고 몸을 일으켰다.

"일이 너무 많아서 두통이 생겼어요. 물구나무서기를 하면 좀 나아져서……."

그는 어리둥절해 있는 현우가 묻지 않았는데도, 여전히 붉은 기운이 가시지 않은 얼굴로, 변명하듯 더듬거리며 말했다. 그의 생김새로 말하자면, 희극 배우와도 같은 인상이었는데, 꿈을 꾸고 있는 듯이 보이는 눈동자와는 어울리지 않는, 날카로운 매부리코, 약간 돌출되어 입을 다물어도 치아가 살짝 보이는 입매, 말하기 전에 코를 한번 씰룩하는 버릇 등, 어딘가 주변의 시선을 끄는 데가 있었다. 게다가 어떤 종류의 계산이고 한 번에 정리되는 법이 없는, 기이한 업무 능력 때문에 모든 부서의 손가락질을 받고 있었다. 어떻게 그가 다른 일도 아닌 회계 업무를 맡게 되었는지는 불가사의한 일이었다. 바닥에 널려 있는 저 종잇장들은 극도의 스트레스를 받은 상태에서 서류철을 공중에 날렸을지도 모른다는 의심을 매우 타당한 것으로 만들고 있었다. 소문에 따르면, 위베르스펠드 씨는 서울에 부임하기 전에 아프리카의 한 초등학교 서무과에서 근무했다는 설도 있었다. 현지 직원들은 본국에서 부임하는 직원들이 어떤 과정으로 서울까지 오게 되는지 자세한 사정을 알기는 어려웠다. 본국에서 온 직원들끼리 소문을 흘리면, 그것이 입에서 입을 통해 퍼져 나가고, 그것을 듣는 이들은 한 귀로 듣고 한 귀로 흘리는 식이었다. 내년 예산을 항목별로 정리해 올리기는 했지만, 컴퓨터를 모르는 그가 그것을 손으로 옮겨 적다가 한 칸씩 뒤로 밀리는 재앙은 언제고 일어날 수 있는 일이었다.

"미스터 김, 시간 있으면 다음 주 토요일에 하는 공연에 올 생각 있어요?"

그가 내민 초대장에는 아마추어 극단이 올리는 연극 공연 관람권이 끼워져 있었다.

"내가 주인공으로 나와요. 시라노 드 베르주라크."

그는 아주 진지하게 으스대며 자랑했다. 그런데 그의 표정은 진지하면 진지해질수록 더 우스꽝스러웠다.

"와! 축하해요! 연극 동호회 활동을 하시는군요! 꼭 갈게요."

현우는 어쩐지 그의 기분을 맞춰 주고 싶어서 일부러 약간 과장된 반응을 보였다. 시라노 역할이 의외로 그와 꽤 어울릴지도 모르겠다고 생각하고 있을 때까지만 해도, 토요일 공연에서 위베르스펠드 씨가 직업 배우 뺨치게 열연하게 되리라고는 전혀 예상하지 못했다. 그는 무대 위에서 그 누구보다 확신에 차 있었고, 동작이 완벽했으며, 발성과 발음은, 전문적인 훈련을 받은 것으로 보일 정도였다. 게다가 시라노의 길고 긴 독백을 소화하는 그의 재능은 참으로 놀라운 것이었다.

그러나 노래하고,
꿈꾸며, 웃고, 돌아다니고, 혼자서 자유를 즐기며
정확히 보는 눈과 떨리는 목소리를 가지고,
마음이 내키면 펠트 모자를 비스듬히 쓰고는,

찬성이냐 반대냐를 놓고 싸우거나, 시를 쓸 거야!
명예나 돈 따위는 아랑곳없이 일하고,
달나라 여행이나 꿈꾸면서!

그가 2막 8장의 대사를 하는 대목에선, 완전히 시라노라는 인물과 한 몸이 된 듯 느껴졌다. 현우는, 배우로서의 재능을 접고 생계를 위해 선택한 직업이 자신의 적성에 전혀 맞지 않는 사람의 불행을 가늠하기 어려웠다. 그의 우스꽝스러운 얼굴 언저리에서 어딘지 모르게 묻어나는 슬픔의 출처를 그날 알게 되었다고 생각했다. 하지만 위베르스펠드 씨 본인은 자신의 생활에 매우 만족하며 살고 있었다. 그에게, 단번에 딱 떨어지지 않는 계산 정도는 일상적인 업무상의 작은 문제였을 뿐이다. 그가 슬프고 불행할 것이라는 생각은 현우의 선입견에 지나지 않았다. 잡동사니 문구류와 서류가 뒤죽박죽으로 쌓여 있는 책상 위에다, 가지고 간 파일을 간신히 올려놓고 나오는데, 옆방에서 현우를 부르는 소리가 들렸다. 디렉터인 자벨 씨였다.

"미스터 김! 이리 좀 들어와 봐요."

"네? 무슨 일로……?"

현우는 그 방 앞을 지나가다 말고 뒷걸음질로 허리를 젖히고 얼굴을 내밀며 물었다.

자벨 씨는 정년퇴직을 2년 남겨 둔 상태였고, 서울에서 그의 직무를 마무리할 참이었다. 서울이 마지막 부임지라는 사실은, 가끔은 그 반대의 경우가 있기는 해도, 그에게 야심 찬 포부가 있을 리는 없다는 것을 의미하기도 했다. 직원들 사이에서 그는 '헐크'라는 별명으로 불렸는데, 그 이유는 그저, 그의 얼굴을 바라보고 있으면 떠오르는 캐릭터가 헐크이기 때문이었고, 현우는 가끔 그의 얼굴색이 초록색으로 보이는 착시 현상을 겪을 때도 있었다. 그렇다고 해서 그가 늘 화가 나 있는 것은 아니었다. 화가 나지는 않은, 평온한 표정의 헐크였지만 그렇다고 온화하진 않았다. 그는, 체중 탓에 걸음걸이는 무겁고 느릿했으며, 출근 시간에는 생활 주임 선생처럼 승강기 앞에 서서 지각하는 직원들에게 면박을 주는 것이 취미이기도 했다. 직원들이 짧은 휴식 시간을 갖는 것, 두 사람이 잠시 복도에서 마주쳐 이야기하는 것도 싫어했다.

"다른 직원들에게, 업무 시간에 인터넷을 사용하지 말라고 다시 한번 얘기해 줘요. 지난번에도 얘기했는데 시정이 되지 않는 거 같아."

"저, 죄송하지만, 인터넷을 사용해야 업무에 관련된 여러 가지 정보를 검색할 수도 있고……."

"긴 얘기 듣고 싶지 않아요. 업무를 핑계로 사적인 일도 처리하고 딴짓들 하는 거 다 알고 있어요."

"요즘 한국에서는, 팩스나 전화만큼이나 이메일로 소통을 많이 하는 추세라 그건 좀 불가능한 일일 것 같은데요."

"불가능하다니! 모든 걸 대표 메일로 처리하면 되지 않소! 내가 모르는, 외부와의 접촉이 있어서는 안 돼요!"

자벨 씨는 두 팔을 번쩍 들어 올리는 몸짓까지 써 가며 완강한 태도로 말했다. 그의 얼굴이 초록색이 되려 하고 있었다.

현우는 난감했지만, 일단은 알았다 하고는 방을 나왔다. 한국에서는 인터넷이 전국적으로 상용화되고 있는 터에, 컴퓨터에 대한 지식이라고는 조금도 없는 데다가, 동안 자신이 하던 방식을 고수하겠다는 노인 특유의 고집 때문에, 그를 설득하기는 쉽지 않은 일이었다. 게다가 현지 직원이 디렉터를 설득한다는 것은 넘기 어려운 장벽이기도 했다. 현지 직원들은, '어떤 생각도 할 필요 없고, 그저 지시 사항을 이행하기만 하면 된다'고 공공연하게 주지시켜 오던 터였다. 컴퓨터 업무 담당 직원인 장피에르를 앞세울 수밖에 없을 것 같았다.

"장피에르, 요즘 바쁜가? 자네 도움이 필요해."

"무슨 일인데?"

"자벨 씨 말이야. 전부터 인터넷을 쓰지 말라고 성화인데 어떻게 하면 좋을까?"

"휴! 갈수록 태산이군."

장피에르는 깊은 한숨을 쉬었다.

"왜, 일이 많아?"

"내가 요즘 뭐 때문에 일이 많은지 알아?"

"이 안에서 일이 적은 사람이야 자벨 씨 한 사람뿐이지 뭐. 월급은 제일 많이 받지만."

"자벨 씨가 지난번엔 메일 보내는 법을 가르쳐 달라고 해서 그거 가르치는 데 한 세월 걸렸어. 거기다가 컴퓨터를 고장 내는 사람들까지."

"아니, 신제품을 새로 설치한 지 얼마 되지도 않았잖아? 어떻게 고장이 날 수 있지?"

장피에르의 설명에 따르면, 퇴근도 하지 않고 밤늦게까지 사무실에 불을 켜고 열심히 일하는 줄 알았던 옆 부서의 동료 도

미니크가, 알고 보니 매일 밤 불법 야동을 내려받아서 보다가 악성 바이러스로 하드 디스크를 날렸다고 했다.

"하여튼, 자네가 자벨 씨를 좀 설득해 줘. 내 말은 전혀 듣지 않으니까."

"아! 한국어 공부할 시간도 모자라는데, 짜증 나네."

군 복무 대신 해외에 파견 근무를 나온 장피에르는 컴퓨터를 전공한 공학도 출신으로, 종종 그의 비판 대상이 되는, 나이 지긋한 상관들보다는 한층 개방적인 사고방식을 가지고 있었다. 한국에서 IT 강국으로서의 가능성을 보았다고 하며, 훗날, 한국 기업에 취업까지도 생각하고 있는 눈치였다. 프랑스 내에선 일자리가 없어 실업률이 높은 탓도 있었다. 프랑스가 세상의 중심이라고 생각하는 이들은 한국에 부임해 와도 현지 언어를 배우는 일은 꿈에도 생각하지 않았다. 그래도 장피에르 같은 젊은 세대는 낯선 문화에 개방적이어서 다행이었고, 현우는 그와 가깝게 지냈다.

장피에르의 방을 나서는데 휴대 전화가 울렸다. 어머니의 전화였다. 멀리서 자벨 씨가 점심을 먹으러 나가는 모습이 보였다. 적당한 구김이 가서 더욱 멋스러운 크림색 리넨 상의를 입고, 공작의 것만큼 화려한 작은 깃털을 꽂은, 연한 올리브색 중절모를 쓰고 느긋한 자세로 엘리베이터를 기다리고 있었다. 거리가 꽤 떨어져 있었는데도 자벨 씨의 예사롭지 않은 향수 냄새가 코끝에서 느껴졌다.

"네, 어머니, 어쩐 일이세요?"

"형이 응급실로 실려 갔어. 네가 좀 와 줄 수 없겠니?"

어머니의 음성이 가늘게 떨리고 있었다. 현우는 이런 일이 처음은 아니라서 당황하지도 놀라지도 않았다. 이런 호출에 익숙해져 있었다.

현우의 형인 현세는, 현우가 중학생이던 1975년 어느 날, 저녁 식사를 하다 말고 경찰서로 끌려갔다. 현우는 그날 형이 먹다 말고 남기고 간, 국에 말아 불어터진 밥알과, 두 명의 사내가 형에게 수갑을 채워 그 안으로 떠밀어 넣은, 검은 지프의 뒷모습을 뚜렷이 기억한다. 시위를 주도하다가 몇 달간 도피 중에 잠깐 집에 들렀던 그 순간이, 아마도 형에게는 일생일대의 잘못된 선택이었을 것이다. 어머니 또한, 가벼운 짐만 챙겨 급하게 다시 나가는 형을, 밥을 먹고 가라며 불러 세운 것이 평생을 두고 후회할 일이 되었다.

급히 반차를 내어 병원으로 향하면서, 현우는 형을 생각했다. 명문대에 진학한 형은 집안의 자랑이었고 현우 역시 그런 형을 잘 따랐다. 현우가 또래들보다 조숙했던 것은 형의 서가 덕분이었다. 거기에 꽂혀 있는 책들을 현우도 함께 읽었다. 어떤 책은 어려웠지만, 어떤 책에는 금세 빠져들었다. 중학생이었던 현우가 '문지'와 '창비'의 한국 현대시 선집들, 30년대의 한국 단편들, 도이칠란트 작가, 헤르만 헤세와 레마르크, 잉게 숄을 알게 된 것도, 프랑스 화가, 반 고흐, 고갱, 툴루즈 로트레크를 알게 된 것도 모두 그로부터 시작되었다. 형의 서가는, 현우에게 지식과 감수성의 못자리가 되어 주었다. 현세는 현우의 우상이 될 뻔했지만, 그러기에 현세의 마음속에는 현우가 따라가지 못할, 어떤 좁고 가파른 비탈길이 있었다. 그 길은 어쩌면 천 길 낭떠러지로 이어져 있을지도 모른다고 생각한 적이 있었다. 그 예감은 벗어나지 않았다. 같이 가자고 칭얼대는 현우를 내버려 두고, 현세는 그 길을 서둘러 혼자서 갔다. 현세의 뒷모습을 바라만 보던 현우는 화가 나서, 그 길을 따라갈 마음이 없어져 버렸다. 명문대에 입학했다는 기쁨은 잠시였을 뿐, 현세는 귀가 시간이 점점 늦어지더니, 학업을 접고 독재 정권에 항거하는 운동권의 투사로 변신했다. 그 행보는 언제나 위태로웠고 어머니의 불안증과 강박증이 심해진 것도, 그즈음, 현세의 자살 기도 사건을 전후해서였다. 어머니는 현세의 행동들이 모두 두렵고 불안해서 아들의 뒤를 캐고 다녔다. 자신의 가장 큰 자랑거리였던 아들이 어머니라는 모행성의 궤도를 벗어나는 것을 용납할 수 없었던 것인지도 모른다. 운동권 활동 중에 만난 현세의 여자 친구까지 어머니는 모두 반대하고 거부했다. 그렇게 하면 아들이 자신의 궤도 안으로 다시 돌아올 거로 생각했던 모양이었다.

어머니는 집 마당에다 군용 야전 침대를 펴 놓고 그 위에 형을 눕혔다. 속을 게워 낸 형은 그 야전 침대 위에서 다음 날까지 잠을 잤다. 학교에서 돌아온 현우는 그렇게 비일상적인 자세로 마당에 누워 있던 형을 발견했다. 어머니는 아무 말이 없었지만, 현우는 어찌 된 일인지 다 알 것 같았다. 그래서 형이 왜 이러냐고 묻지 않았다.

중학생 현우도 조금씩 현실에 눈을 뜨기 시작했다. 형이 목숨을 걸고 대항하던 서슬 퍼런 군사 정권도 그랬지만, 아직 나이가 어린 현우는 학교생활을 통해서 이 사회에는 자신이 넘어설 수 없는 유리 벽이 있다는 것을 처음 알게 되었다. 현우도 형을 닮아서 공부를 잘했다. 국민학교에서 중학교로 진학했을 때는 첫 시험에서 전교 1등을 하기도 했다. 언제나 가면을 뒤집어 쓴 것 같은 짙은 화장에 완벽한 웨이브의 짧은 파마머리를 하고, 진한 향수 냄새를 풍기던 담임은 어느 날 현우를 조용히 불렀다.

"현우가 이번에 전교 1등을 했네. 축하해. 한턱내야겠어."

국민학교에서도 그 비슷한 성적을 유지하고 있었기 때문에 별다른 느낌은 없었지만, 한턱낸다는 말이 무슨 의미인지 알 수 없었고, 특히 그 뒤에 이어진 말은 오랫동안 현우의 기억 속에 남았다.

"현우가 1등을 했지만, 반장은 다른 아이를 뽑았어. 넌 키가 작지 않니?"

담임은 금테 안경 너머에서 가느다란 눈으로 웃으며 말했다. 현우는, 자기는 괜찮다고, 다른 아이가 반장이 되어도 아무 상관이 없다고 했고, 국민학교 시절 내내 임원 자리를 놓치지 않기는 했지만, 감투 따위에는 별 관심이 없다고 대답했다. 그리고 담임이 다른 아이를 반장으로 뽑은 이유가, 진실로 자신의 키가 작기 때문이기를 바랐다. 반장으로 뽑힌 아이는 키가 컸기 때문이다. 하지만 현우의 키는 작다기보다는, 평균은 넘는 키였고, 반장이 되려면 큰 키가 필수 조건이어야 한다는 소리는 그때까지 어디서도 들어본 적이 없었다. 현우는 반장이 된 아이와 자신을 곰곰이 비교해 보았다. 그 아이는 키가 컸고, 좋은 옷을 매일 바꾸어 입었고, 사립 국민학교를 나왔고, 아버지가 판사인지 변호사인지, 법조계에 계신 분이라고 했다. 부반장으로 뽑힌 아이는, 성적은 그보다 못했으나 반장인 아이와 거의 비슷한 '사회적' 조건을 갖추고 있었다. 그에 비해 공립 학교를 나온 현우의 옷차림은 형에게서 물려 입은, 낡은 옷이었다. 아직 교복 업체 지정이 되지 않은 터라, 학년 초 몇 주간 사복을 입고 다녔기 때문에 빚어진 일이었다. 아버지는 맨몸으로 피난 내려온 실향민이었으며, 직업은 시장에서 신발을 파는 상인이었다. 아버지의 사업이 잘 풀리지 않았던 시기였다. 새 학년이 되면 부모의 직업과 재산 상황까지, 예컨대 집에 있는 가전제품은 무엇인지, 집은 자가인지 전세인지 월세인지, 자가용은 있는지까지 모두 학교에 적어 내야 했다. 담임은 자연스럽게 반 아이들 부모의 사회적 위치와 부의 정도를 한눈에 알아볼 수 있었다. 현우는 그때까지 자신의 사회적 위치에 대해 한 번도 생각해 본 적이 없었는데, 그 일을 계기로 자신의 좌표를 확인하게 되었다. 어머니가 원망스러웠다. 현우는 자라면서 새 옷을 입은 기억이 별로 없었다. 늘 형이 입던 옷을 물려 입었다. 구멍이 나면 기워서, 늘어난 고무줄은 새것으로 갈아 끼우며, 마르고 닳도록 입었다. 겨울 스웨터가 낡으면 올을 다 풀어, 낡은 부분의 실을 잘라내고 다시 이어서 장갑이나 모자를 뜨개질해 입었다. 현우는 그때까지 어머니의 방식을 묵묵히 받아들이며 살았지만, 옷차림이 차별의 주요한 근거가 되었다고 생각하니 속에서 불만이 싹텄다. 그것은 어느 한쪽에 대한 원망이 아니라, 어머니와 선생님 양쪽 모두를 향한 원망이었다.

현우는 그해 열네 살이었다. 담임 선생 덕분에 속물도 겉모습은 그럴듯할 수 있고, '그런 사람은 되지 말아야 한다'라는 훌륭한 가르침을 준다는 것도 알았다. 현우는 그날 일기장에 '학생이 공부를 잘하면 선생님께서 칭찬해 주셔야지, 돈도 없는 학생이 무엇으로 한턱을 낸단 말인가'라고 썼다가, 교무실에 불려가 야단을 맞고, 그것으로도 모자라 평생 남을 생활 기록부에 '매사에 불만이 많다'라는 평가를 받게 된다. 그 사실도 고등학교에 진학하고 나서 알았다. 고등학교 1학년 때 담임 선생님은 그 생활 기록부를 보고, 교무 수첩 속 현우의 이름 옆에다가 '매사에 불만이 많다(?)'라고 표시를 해 둔 것이다. 현우는 그렇게 '불온 세력'으로 분류되었다. 나중에 안 일이지만, 그렇게 전교 몇 등 정도를 하는 학생의 부모 중에는 학년 전체 선생님들을 초대해서 회식을 시켜 주거나, 그와 비슷한 답례를 하는 사람들이 종종 있었다. 현우의 부모는 현우가 일등을 해도 별 반응이 없었다. 특히 어머니는, 돈에 대한 강박 때문에 돈이 들어가는 일이라면 절대 하지 않는 사람이었으므로, 아들이 전교 1등이 아니라 전국 1등을 했다고 해도, 학년 전체 담임 선생들을 초대한다는 것은 상상도 해 보지 않았을 것이다.

현우는, 부모의 물질 강박의 그늘 속에서 지내야 했던 어린 시절에 『털보 가족』이라는 미국 드라마를 즐겨 보았다. 뉴욕의 높은 빌딩 안에 있는 최고급 아파트에서, 사고로 부모를 잃은 조카들을 돌보며 사는 부유한 삼촌의 이야기였는데 그 드라마에 나오는 상류 사회 미국인들의 생활 방식을 부러워했다. 어린 아이의 눈에 들어온 생활 방식이라야, 침대가 있는 넓은 방, 소매를 부풀린 원피스에 메리제인 스타일 구두를 신은 어린 소녀와, 깨끗한 셔츠에 조끼를 입고, 때로는 나비넥타이를 매기도 하는 소년의 옷차림, 언제나 먹거리가 가득한 대형 냉장고, 캐딜락 자가용 차 같은 것이 전부였지만, 그때 자신은 평생 그런 생활은 해 보지 못할 거라는 체념 비슷한 것을 어느새 하고 있었다는 것이, 생각할수록 놀라웠다. 그만큼 부모의 강박은 현우에게 영향을 미쳤다. 결국, 낡은 옷차림이 가져온 결과는 썩 유쾌하지 않았고, 그때 느꼈던 유리 벽은, 형태가 조금씩 변형되기는 했어도, 그 이후 내내 곳곳에서 이어졌다. 그래도 가만히 생각해 보면 미국식의 물질주의를 향한 동경보다는 고등학생 시절 읽었던, 카뮈의 소설 《이방인》이 현우를 먼 유럽까지 가게 한 동인이 되어 주었다. '오늘 엄마가 죽었다. 어쩌면 어제인지도 모르겠다'라는 첫 문장에서 받은 충격을, 현우는 오랫동안 기억했다.

 현세가 어디로 끌려갔는지 겨우 알아낸 것은 한국 기독교 교회 협의회였다. 쥐도 새도 모르게 사라진 학생들의 거취를 밝히라는 성명서를 낸 것이다. 현우가 형을 다시 본 것은 현세가 8개월 뒤 집행 유예로 풀려나 집으로 돌아왔을 때였다. 현우가, 형이 끌려가던 날을 절대 잊지 못하는 것은, 현세가 정상적인, 그러니까 현우가 우상으로 생각했던 똑똑하고 멋진 형의 모습을 마지막으로 본 날이기 때문이었다. 도피 생활 중에 초췌한 몰골이었을 때도 눈빛 하나만은 살아 있었다. 그러나 집으로 돌아온 형은, 전과는 완전히 다른 사람이었다. 머리는 경련이 일어나는 것처럼 좌우로 미세하게 흔들렸고, 눈빛은 흐릿했으며, 손과 발의 움직임도 편치 않아 보였다. 말도 어눌했다. 그날부터 현세는 술을 마시지 않고는 잠을 자지 못했다. 학교에서 퇴학을 당한 것은, 그나마 그에게 일어난 일 중에서 가장 심각하지 않은 일이었다. 현우는 남영동에 치안 본부 대공분실이라는 곳이 있다는 걸 나중에 전해 들었다. 형은 그곳에서 거의 3주 동안 모진 고문을 당했다고 했다. 물고문과 전기 고문을 번갈아

당했다는 얘기를, 현세는 술자리에서 친구에게 말했다. 현우는, 형이 그런 고초를 당하고 있는 시간에도, 자신은 아무것도 모르고 일상을 영위했다는 사실이 두고두고 괴로웠지만, 그런 괴로움을 안겨준 형도 원망스러웠다.

   현우의 아버지는 공산주의를 피해 남으로 내려온 사람인데, 자기 아들이 공산주의자들의 사주를 받아 체제 전복을 기도했다는 말을 들어야 했다. 누구보다 똑똑하고 잘났던 아들을 하루아침에 잃었다. 죽음보다도 더 참혹한 상실은, 망가진 상태로 살아 있는 것이었다. 그 상실의 실체를 눈앞에서 매일 확인해야 하기 때문이다. 현세가 죽었다면 영웅이 되었을 것이다. 하지만 그렇게 망가진 채 살아 있는 자는, 영웅이 되지 못한다. 모든 이들의 망각 속으로 조금씩 스며들어 끝내는 사라지게 될 것이다. 현우는 현세를 어떻게 대해야 할지 혼란스러웠다. 가능한 한 평정심을 유지하고 싶었다. 현우의 나이는 어렸지만, 이제는 자신이 어떤 식으로든 이 상실을 만회하고, 한쪽으로 기울어 버린 가족들의 감정에 균형을 잡아야만 한다는 책임감을 느끼며 긴장감 속에 살았다. 그로부터 20년이 지났지만, 현세의 고통은 여전히 계속되고 있었다. 고문의 후유증으로 알코올 의존증과 파킨슨병이 남았고, 그로 인한 망상과 환청을 약물 치료로 제어하고 있었다. 현세는 그렇게 현우에게 또 하나의 유리 벽을 만들어 주었다. 아무리 다가가려 해도 가까이 갈 수 없었다.

   그날 현우는, 현세의 병상을 지키며 밤을 보냈다. 불편한 잠자리 탓이었는지 밤새 꿈을 꾸었다. 생활에 꼭 필요한 물건들이 담겨 있다는 작은 여행용 가방을 들고 있었는데 그걸 잃어버렸다. 도둑을 맞은 것 같았다. 현우가 가지고 있는 전 재산이었다. 동전 한 푼 없이 완전한 빈털터리가 되어 시장 바닥을 헤매는데, 저쪽 골목 한 귀퉁이 어떤 집 처마 밑에 각목 몇 개로 뼈대를 세우고, 거적으로 지붕을 덮은 거지의 잠자리가 보였다. 현우는 그 앞에 서서 거지의 잠자리를 부러워하다가 잠에서 깨어났다. 모든 것을 완전히 박탈당한 사람의 심정을 잠시 맛보았는데, 문득 아버지의 이야기가 생각났다. 아버지는 지금도 꿈을 꾸면, 단돈 오만 원을 빌릴 곳이 없어 이리저리 헤매는 꿈을 꾼다고 했다. 그게 가장 무서운 악몽이라고 했다. 젊은 나이에 맨주먹으로 피난을 내려와, 아는 사람 하나 없는 낯선 땅에서 아버지가 견뎌야 했을 삶의 굴곡을, 현우는 헤아리기 어려웠다. 병원에서 그 꿈을 꾸었던 날, 현우는 아버지가 영원한 피난민으로 살아왔다는 것을 깨달았다.

박스 기사와 녹음테이프

2000년 서울

 현우가, 2년 전 파리 출장길에서 우연히 손에 넣게 된 서영해의 책을 읽은 것은, 서울로 돌아오는 귀국길 기내에서 잠깐 들춰 본 것이 전부였다. 직장인으로 살며, 업무와 관계없이 읽고 싶은 책을 읽을 시간을 갖는 일은 쉽지 않았다. 지하철을 타고 출근해서 일하고, 집에 돌아오면 식사 후 잠이 드는 생활의 연속이었다. 출퇴근길의 지하철 안에서나, 일과 중에 자투리 시간이 생길 때는, 국내외의 신문만 들여다보기에도 빠듯했다. 그런데 그 조각난 시간, 조각난 신문 기사들 사이에서, 무심코 지나친다 해도 전혀 이상한 것이 없는, 짧은 박스 기사 하나가 현우의 단조롭고 반복적인 생활에 똑똑 노크를 해 왔다. 그 노크 때문에, 그리로 빗물이 스민다 해도 한참 후에나 알아차릴 정도로 가느다란 금이 생겼다. 아주 작고 사소한 균열이 생긴 것이다. 현우가 늘 기다려온 것이었다.

 서영해라는 인물이 쓴 책을 서가에 꽂아 놓았다는 사실조차 까맣게 잊고 있던 어느 날이었다. 지하철은 시청 앞을 통과해서 을지로 어디쯤을 지나고 있었다. 현우는 비좁은 지하철에서 어깨를 움츠리고 신문을 최대한 작게 접어, 요리조리 종이접기 하듯이 뒤집어 가며 읽고 있었는데, 「1919년에 프랑스로 건너간 한국인」이라는 기사 제목이 튀어 오르듯 눈에 들어왔다. 국제영화제 참석차 방한한 도이칠란트 출신 배우의 짧은 인터뷰 기사였는데, 그 배우의 남편이 1919년에 프랑스로 건너간 한국인의 손자라는 내용이었다. 그 배우는 프랑스 무대에서 활동하고 있다고 했다. 현우는 거의 반사적으로, 지인을 통해서 신문사에 연락했고, 레나타라는 배우의 메일 주소를 어렵사리 얻어 냈다. 그때까지는 현우 자신조차, 자기가 왜 그 사람과 꼭 연락해야 하는지 알지 못했다. 이를테면 한 번도 가본 적 없는 낯선 길을 가는데 같은 장소를 가리키는 표지판들을 연달아 발견하는 기분이었다. 처음부터 그리로 갈 생각은 없었지만 거부할 수 없는 우연에 이끌려 낯선 장소를 향해 가게 되는 것이다. 아직 그 장소의 의미를 깨닫지 못했지만, 현우는 자기도 모르게 이미 어떤 길로 한 발짝을 내디뎠다. 그렇게 마음이 그 길 위에 오르니, 길은 자연스럽게 열리며 현우를 빨아들이고 있었다. 어딘가에 가닿는다고 해서 그것의 실체를 알 수 있을지는 모를 일이다. 인생이 그런 것처럼, 한 치 앞도 알 수 없었지만, 눈앞에 나타나는 표지와 힌트들을 따라가 보자고 생각했다.

현우는 레나타에게 메일 한 통을 보냈고, 현우에게 답장을 보낸 것은 레나타의 시어머니, 즉 1919년에 프랑스로 간 장본인

정해용의 딸, 마리즈였다. 마침 남동생 앙투안과 함께 한국 방문을 계획하려던 참이라고 했다. 우편으로 정해용의 생전 사진을 복사해서 몇 장 보내오기도 했다. 그리고 얼마 후, 현우는 그들을 서울에서 만나게 되었다.

"그날로부터 몇 달이 지났을까, 아버지는 결국 집으로 돌아오셨어요. 그 몇 달간 우리, 특히 어머니는 큰 충격에 빠져 있었죠. 처음 하루 이틀은 아버지가 그저 무언가 답답해서 환기가 필요했었나 보다 하고 생각했는데, 보름이 지나도 돌아오지 않더군요. 아버지의 행방을 아는 사람이 아무도 없다는 것이 확인되면서 경찰서에 실종 신고까지 했으니까요. 가깝게 지내던 황치산 아저씨도 아버지가 어디로 갔는지 모른다고 했어요."

현우는 마리즈의 이야기를 말없이 듣고 있었다. 그의 처지에서는 대놓고 뭔가 구체적인 취재를 하겠다는 마음도 아니었기 때문에 녹음기를 들이대기도 민망했다. 현우는 작은 수첩을 펴고, 문장도 아닌 단어의 형식으로 점을 찍듯이 메모했다. 실은 현우 자신도 왜 이들을 만나고 있는지 확실한 이유를 알 수 없었다. 그 이유는 이제부터 찾아내야 할 것이다. 그들의 이야기를 소설의 자료로 쓰겠다고 둘러대기는 했지만, 직장 생활을 하면서 장편 소설을 쓴다는 건 당치도 않은 일이었다. 전업 작가들도 몇 년씩 걸리는 일이라는 걸 잘 알고 있었다.

"아버지가 동베를린에서 돌아왔을 때, 뭔가에 몹시 흥분해서 불안정한 상태였는데, 아무튼 그 모습은, 우리가 평소에 알던 아버지의 모습이 아니었어요. 아무 말도 없이 몇 달 동안 집을 비웠으면서, 잠시 시내에 다녀온 사람처럼 현관문을 열고 들어왔어요. 얼굴이며 온몸이 만신창이가 된 채로요. 나는 아버지가 그때처럼 낯설게 느껴진 적이 없었죠. 아버지가, 또 세상이, 너무 난폭하다고 생각했어요. 아버지는 누군가에게 물리적인 폭력을 당했지만, 아버지가 우리에게 휘두른 보이지 않는 폭력이 어쩌면 물리적인 폭력보다도 더 힘들 수도 있어요. 보이지 않으니까 누구에게도 이해받지 못하죠. 위로받을 곳이 없어요. 그런 폭력은, 오히려 피해자들끼리 서로를 혐오하게 만드는 거 같아요. 서로를 혐오함으로써 책임을 전가하는 거죠. 자기 탓이 아니라고 생각하기 위해서. 안 그래도 좋지 않았던 나와 어머니의 사이가 틀어진 데에는 그런 이유가 있지 않았을까 생각해요. 게다가 가해자는, 자신이 가해를 한 줄도 모른다는 것이, 그런 종류의 폭력이 지닌 속성이 아닐까요?

어쨌든 그 사건 이후 우리는 이전과는 달라졌고, 거기서 벗어나기가 힘들었어요. 아버지는 어머니와 방에 들어가 뭐라고 얘기를 하다가 '종간나 새끼들, 지들 멋대로 하기 전에 내 생각을 한 번이라도 물어본 적이 있었느냐 말이다! 쪽발이든 빨갱이든 파쇼든 다 똑같아! 빌어먹을!' 뭐, 그 비슷한 말로 소리를 질렀던 것 같아요. 그때 아버지는 프랑스어와 한국어를 섞어서 썼는데, '종간나 새끼들'이라는 한국어는 아버지가 가끔 한국인 친구들을 만났을 때 뭔가에 흥분해서 쓰는 단어였지요. 정확한 의미는 몰랐지만, 누군가에게 하는 욕이라는 거 정도는 눈치로 알 수 있었어요. 어머니는 어떤 상황에서도 눈물을 보이거나 하는 사람은 아니었어요. 아버지가 집을 나갔을 때도, 다시 돌아왔을 때도 감정을 드러내지 않았지요. 내가 할 수 있는 일은 그저, 텔레비전 드라마나 영화를 보듯이 한 발짝 떨어져서 시간이 지나가기를 기다리는 것뿐이라고 생각했어요."

 그들은 창덕궁 부근의 한 카페에서 만났다. 옛날부터 그 근방은 북촌이라고 불렸다. 지금은 가회동을 비롯한 몇 개의 동을 아우르는데, 조선 시대 양반들의 거주지여서, 한옥이 많이 남아 있었고, 그중에는 실내를 손봐서 외국인들을 상대로 게스트 하우스를 운영하는 곳이 하나둘 늘어나고 있었다. 카페에서 자리를 옮겨 그들이 묵고 있는 숙소로 갔다. 마리즈는 좀 더 편안하게 이야기를 나누고 싶어 했다. 보여 주고 싶은 것이 있다고도 했다. 골목을 따라 한참을 들어가니 길가 양쪽으로 화분을 줄지어 세워 놓은 집이 나왔다. 게스트 하우스라는 간판도 보일 듯 말 듯, 일부러 힘을 주어 꾸미지는 않은 소박한 한옥이었다. 대문의 문지방을 넘자마자 우측으로, 쪽마루 달린 문간방이 있는 현관을 지나니 마당 한구석엔 수돗가가 있고, 그 주변에 키 크고 하늘하늘한 코스모스들이 성글게 심겨 있었다. 꾸미지 않아서 더욱 여염집처럼 느껴졌다. 현우는 어릴 적 살던 동네 옆집에 놀러 온 것 같은 기분이 들었다.

"나도 어릴 때 이런 집에서 살았어요. 친근하고 정겹네요. 상업적인 느낌이 없어서 더 좋아요."

그렇게 말하면서 문지방을 넘어 들어서는 현우 일행에게, 집처럼 소박하게 생긴 중년의 여성이 주인인 듯 나와서 인사를 했다. 가볍게 눈인사로 답하고 방에 들어서니, 한옥답게 가구도 별로 없이 단출했다. 한쪽 벽에 옷을 걸 수 있는 고리가 몇 개 박혀 있고, 이불장, 전기 포트를 올려놓은 낮은 소반, 작은 티브이가 전부였다.

"한국 전쟁이 나자, 사람들은 우리를 보고 남한 쪽이냐, 북한 쪽이냐 묻곤 했죠. 그럴 때마다 대답하기가 어려웠어요. 아버지의 고향은 북한이긴 했지만, 그건 남북 분단 이전이었고, 우리는 그 어느 쪽도 아니라는 생각이 들었으니까요. 사실 아버지의 고향도 지리적으로 북한이긴 하지만, 동베를린에 다녀오신 이후론 공산주의라면 치를 떠셨어요."

"저희 아버지도 북한에서 자라셨어요. 태어나긴 만주에서 태어나셨지만." 현우가 거들었다.

마리즈는 고개를 끄덕이며 무슨 말을 더 하려다가 말았다. 여태껏 이야기를 듣고만 있던 앙투안도 무거운 입을 열었다.

"사실, 다른 아시아 국가를 여행할 기회도 있었지만, 이상하게도 한국은 망설여졌어요. 외국인의 신분으로 한국을 방문하는 게 좀 거북하게 느껴졌달까. 난 늘 이런 식이죠. 망설이고, 주저하고, 불확실하고. 이쪽도 저쪽도 아니게 엉거주춤한……. 우리 아버지처럼요."

마리즈는 혼자서 잠시 생각에 잠긴 얼굴을 하고 있다가 앙투안을 잠깐 바라보고는 말을 이었다.

"앙투안은 어릴 때부터 부모님과 사이가 좋지 않았어요. 아버지는 말이 없었고 어머니는 냉정하셨죠. 난 어머니하고 좋지 않았고. 내가 전쟁 중에 태어나서 어머니가 너무 고생하시는 바람에, 넌 태어나지 말았어야 했다는 말을 들으며 자랐어요. 우린 언제나 부모님을 불편해했고 그것이 일상이었어요. 부모님 앞에서 마음 편하고 다정하게 행동하는 것이 더 어색할 만큼."

현우가 캐묻지 않았는데도, 그들은 나도 모르게 흘러나오는 속내 이야기를 멈출 수 없는 듯이 보였다. 사람들은 가까운 사람에게는 하기 어려운 말을 오히려 처음 본 사람에게 더 쉽게 하기도 한다. 그런데 현우마저도 어느새 그들의 이야기에 감정이입이 되고 있었다. 모두가 다 부모를 사랑하지는 않는다. 부모와의 불편한 관계는, 첫 단추를 잘못 끼어 일그러진 옷을 평생 입고 사는 것과도 같아서, 단추를 모두 풀어 다시 끼우는 일이 생각보다 쉽지는 않다. 그런데도 부모에 대한 힘든 감정을 두고 지나치게 사랑해서라거나, 사랑의 또 다른 형태라고 얼버무리기도 한다. 알고 보면 부모도 자식도 서로가 좋아서 선택한 것은 아니다. 어느 날, 벼락처럼 맞닥뜨린 존재들이다. 마리즈도 앙투안도 외계인 아버지를 선택한 적은 없었다.

"게다가 어린 시절엔 학교 다니기도 끔찍했죠. 늘 좀비 취급을 당해야 했으니까."

머리카락이 희끗희끗한 앙투안이 그렇게 말하면서, 갑자기 감정이 허물어져 울먹이는 모습을 보고, 현우는 좀 당황스럽기도 하고 가슴이 아프기도 했다. 좀비 취급을 당하는 일은 그의 기억 속에서 여전히 '현재 진행형'인 것으로 보였다. 과거라는 유령에게 발목을 잡힌 채 살아가는 것이다.

"그럼, 이번 여행은 어떻게 마음먹게 된 거죠? 두 분 모두?"

"물론 현우 씨의 메일이 결정적인 역할을 했죠." 앙투안은 사람 좋은 미소를 지으며 금세 표정을 바꾸었다.

"마리즈는 사진작가이기도 하고 다큐멘터리 영화를 찍기도 해요. 마리즈는 아마도 아버지가 잠시 일하셨던 주앵빌의 영화 촬영소에 놀러 갔을 때, 깊은 인상을 받았을 거예요. 엄청난 규모의 촬영소였으니까요. 아버지는 거기서 소품 나르는 일을 하셨어요. 그렇지, 마리즈?"

"거긴 아주 특별한 장소였지. 게다가 어렸을 때니까, 우리가 평소에 생활하던 공간과는 아주 다른 별세계로 보였지."

앙투안은 다시 말을 이어갔다.

"우린 아버지가 돌아가시고 난 후에야 한국의 이산가족 문제에 관심이 생겼고, 이번 여행에 가능한 한 많은 영상을 담아 가지고 가려고 해요. 나 역시 기자 생활을 하다가 은퇴한 사람이니 마리즈의 작업에 도움을 주고 싶기도 하고. 작품을 만들기 위한 작업이라고 생각하니, 그것이 나와 한국 사이에 완충 역할을 해 주는 것 같아서, 전보다는 확실히 마음이 더 편안해졌어요. 우리는 여전히 이방인이지만……."

"그래서 말인데……"

마리즈가 적절한 순간에 끼어들었다.

"현우 씨는 우리 아버지의 삶이 왜 궁금해졌는지 모르겠지만, 우리도 역시 현우 씨 아버님의 삶이 궁금해요. 궁금하다는 건 단순한 호기심이 아니에요. 자기 의지든 타의에 의해서든 자신의 뿌리에서 떨어져 나와 고향을 떠나야 했던 사람들의 이야기를 카메라에 담고 싶었어요. 현우 씨도 알다시피, 실향민을 뜻하는 프랑스어의 '데라씨네(déraciné)'는 뿌리가 뽑혔다는 의미 잖아요. 그런데 우리는 프랑스 사람으로 프랑스에서 살고 있는데도 가끔은, 우리가 '데라씨네'인 기분이었어요. 아버지를 보고 있노라면 더욱 그랬죠."

마리즈는 짐 속에서 소니 캠코더를 꺼냈다.

"큰 모니터로 연결해 보면 좋겠지만, 이걸 보여 드리고 싶었어요. 아버지의 말년에 틈틈이 찍어 놓았던 영상이에요."

앙투안은 캠코더로 작은 크기의 녹화 테이프를 재생시켰다. 영상 속 정해용의 모습은 백발노인이기는 했지만, 어딘지 모르게 이국적인 윤곽이 엿보였다. 해외에서 오래 산 사람들의 외모에는 그 나라의 풍토가 스며 있어서인지 본향에서만 살아온 사람들에게는 없는 어떤 이미지가 있다. 그리고 말투는, 자신이 고향을 떠난 시점에서 멈추어 있다. 주름진 얼굴에, 한때는 기백이 넘쳤을 눈동자, 굽은 어깨……. 젊은 시절의 사진 속 부리부리하던 큰 눈이 영상에서는 보이지 않았다. 같은 사람이라고는 보이지 않을 정도로 인상이 많이 변해 있었다. 마리즈는 아주 일상적인 아버지의 모습을 담았다. 특별한 것 없는 소박한 식사를 하고, 휠체어를 타고 동네를 산책하고, 베란다에서 일광

욕하며 고양이와 노는 모습이 아주 느리게, 표준 속도였지만 슬로비디오인 것처럼 재생되었다. 그 영상은 너무도 평범했는데, 그 평범함 때문에 현우는 가슴이 먹먹해졌다. 아버지에 대한 마리즈의 사랑이 느껴졌다. 지극히 일상적인 모습을 하나도 빠짐없이 기억하고 싶은 욕망이 고스란히 전해졌다. 살아있는 사람을 떠올릴 때는 특별한 장면들이 기억에 남지만, 사별한 누군가를 다시 기억할 때는 특별한 장면보다도 가장 평범했던 일이 더 그리워지기도 한다. 마리즈는 그걸 알고 있었다.

"이미 인터뷰이 몇 분과 연락해 놓은 상태이긴 하지만 현우 씨 아버님께도 인터뷰 요청을 드릴 수 있을까요?"

"말씀드려 볼게요."

현우는 그렇게 대답해 놓고는 갑자기, 자신 또한 아버지의 삶에 대해서 알고 있는 것이 별로 없다는 생각이 들었다. 물론 현우 쪽에서 물어본 적도 없었다. 어쩐지 물어보면 안 될 것 같다는 생각이 들어서였다. 아버지의 어린 시절은 가난하고 고생스럽기만 했을 것 같았다. 게다가 한국 전쟁 당시 혈혈단신으로 월남했다고 하니 그 고생담을 다시 입 밖에 내고 싶지 않을 만도 했다.

현우는 마리즈와 앙투안에게 아버지와의 인터뷰 약속을 잡는 대로 다시 만나자 하고는 게스트 하우스를 나왔다. 가방 속에는 마리즈가 전해 준 카세트테이프 하나가 들어 있었다. 아버지의 유품에서 나왔다고 했다. 돌아가시기 전에 육성을 녹음한 것인데 그런 녹음을 한 줄은 아무도 몰랐다고 했다. 한국어로 녹음이 되어 있어 내용이 너무 궁금했지만, 아버지의 지인들은 모두 고인이 되어 물어볼 사람이 없었다고 했다. 들어 보고 내용을 좀 알려 달라고 부탁해 왔다. 출퇴근길에 음악을 듣기 위해 언제나 휴대용 워크맨을 들고 다니던 현우는, 급한 마음에, 지하철에 오르자마자 마리즈에게서 받은 테이프를 서둘러 플레이어에 넣고는, 이어폰을 끼고 재생 버튼을 눌렀다. 지하철은 마침 한강 다리를 건너는 중이었고, 하늘은 지는 해로 붉게 물들어 가고 있었다. 건너편의 창을 통해 현우의 얼굴에도 노을이 번졌다. 이어폰을 통해 흘러나오는 정해용의 음성을 듣고 있던 현우는 점점 눈시울이 붉어지더니 코와 귀가 빨개졌다. 다른 승객들은 노을빛 때문에 눈이 부셨거나, 이웃에게 별로 관심이 없었으므로, 그가 울고 있다는 것을 눈치채는 사람은 아무도 없었다.

현우는 집으로 돌아와 책상 앞에 앉아서 글을 쓰기 시작했다. 먼저, 테이프에 녹음되어 있던 내용을 프랑스어로 번역해서 그대로 기록했다. 그 일을 끝내고는 곧장 새 문서 파일을 열어 백지상태의 모니터에 또 다른 글을 쓰기 시작했다. 이번에는 자기 자신의 글이었다. 정해용의 목소리가 현우의 등을 세게 치기라도 한 듯이, 첫 구절이 각혈처럼 쏟아졌다. 혼자서 스탠드 불빛만을 마주하고 있는데 수많은 사람이 그 책상 위를 지켜보고 있는 느낌이 들었다. 언제부터인가 생긴 이상하고 낯선 감각이었다. 서영해의 책으로부터 시작해서, 마리즈와 앙투안을 만나 정해용에 관한 이야기를 듣게 되면서부터 생겨난 느낌이었다. 혼자 있을 때도 혼자가 아닌 느낌. 수많은 사람이 등장하는 어떤 이야기가 내 앞에 앉아서 자기를 써 달라고 재촉하는 느낌. 상상으로 이야기를 만들어 내는 것이 아닌, 이야기의 실체가 성큼 눈앞으로 다가왔고, 자꾸 사라지려고 하는 그 실체를 붙잡으려고 허우적대고 있는 느낌. 커다란 돌덩이를 앞에 둔 조각가 헨리 무어가, 저 돌이 원하는 게 무엇인지 알아내려고 했던 것처럼, 어떤 줄거리가 아니라, 이야기가 원하는 것이 암시하는 것, 오르한 파묵이 말했던 그 '중심'을 써낼 수 있을지, 현우는 자신이 없었다. 이 글의 운명이 어떻게 될지 알 수 없었다. 크기를 가늠할 수 없는 실타래의 중심은, 실이 다 풀어져야 보일 것이므로, 언제나 한 치 앞도 보이지 않는 상태로, 다만 전진하게 될 것이었다.

그런 불확실성 가운데에서 이상하게도, 그의 마음속에서 분명하게 떠오르는 생각 하나가 있었다. 현우는 이제, 사전에 나와 있는 것처럼, 우연과 필연이 서로 반대되는 의미라는 것에 동의할 수 없었다. 우연은 필연의 시작이고, 몰랐던 필연을 우연이라 이름 붙인 거라는 생각이었다.

사이퍼

1960년 파리

  돌멩이 하나 때문에 목숨을 잃을 뻔했던, 40년 전 쉬이프에서의 폭발 사고는 지우고 싶은 기억이었지만, 그의 다리에 영원히 잊을 수 없는 형태로 새겨졌다. 슈트를 입고 중절모를 쓴 노신사 해용의 손에는 그리 크지 않은 여행 가방이 들려 있었고, 가볍게 절룩거리는 그의 발걸음이 리용역사의 대리석 바닥에 부딪히는 소리는 타악기의 연주처럼 들렸다. 지우고 싶은 기억이 남기는 멜로디 없는 리듬은, 해용이 걸어가며 주변을 바라보는 시선만큼이나 무심했다. 작은 가방은, 그가 짧은 여행을 한 뒤 길어도 이삼일 후면 집으로 돌아올 것이라는 추측을 하게 할 만한 것이었지만, 정작 본인은, 자신이 언제 돌아올지 알지 못했다. 돌아올 것인지도 확실치 않았다. 그는 집을 나서는 순간부터 어떤 다른 사람이 된 느낌이었다. 행동은, 과거 시제가 존재하지 않는 별에서 온 사람처럼 하고 있었지만, 머릿속은 그 어느 때보다도 과거의 기억으로 가득했다.

해용은 리용역에서, 제네바로 가는 기차표를 샀다. 동베를린으로 가기 전에 제네바에 들르기로 한 것이다. 출발 시각을 기다리는 동안 역사 안에 있는 식당에서 점심을 먹기로 했다. 평소대로라면 간단히, 바게트에 버터를 바르고, 얇게 저민 햄을 끼운 샌드위치를 사서 승차장 앞의 벤치에 앉아 먹었을 것이다. 〈뷔페 드 라 갸르〉는 벨에포크 시대의 신바로크 양식으로 실내를 장식하여 겉모습이 화려한 식당이라, 외려 발길이 닿지 않던 곳이다.

평범한 옷차림의 동양 노인 해용은, 이 식당의 주 고객들 사이에서 눈에 띄는 편이었기 때문에, 웨이터들은 음식을 나르면서 해용을 흘끔흘끔 쳐다보며 자기들끼리 무어라 쑥덕거리기도 했다. 하지만 해용은 그 무엇에도 개의치 않고 어린 양의 허벅지살을 한 입 한 입 음미하며 삼켰다. 해용은 식사를 하면서, 이 식당이 문을 열었을 때 여섯 살이었던 자신의 어린 시절을 잠시 떠올렸고, 프랑스에 도착한 이후, 자신의 일상에 이런 식당은 빠져 있었다는 생각이 새삼 들었다. 그렇게 자신이 속해 있으나 동시에 속하지 않은 시간과 공간들, 자신의 삶에서 벗어나 있는 시간과 공간들도, 생각해 보면 자신의 삶과 완전히 무관하지는 않다는 생각도 들었다. 앞으로의 여정을 생각하니, 더욱 그런 생각이 들었는지도 모른다. 음식은 먹을 만했지만, 관광객들이 좋아할 만한 식당의 분위기가 자신의 취향은 아니라고 생각하며, 웨이터들의 미심쩍은 시선을 뒤로하고 문을 나섰다.

"승객 여러분, 니스행 열차, 니스행 열차가 곧 출발합니다. 열차 문을 닫겠습니다. 곧 출발합니다. 즐거운 여행 하시기를 바랍니다."

스피커에서 안내 방송이 흘러나왔다. 해용은 니스행 열차의 중간 기착지인 리옹 페라슈에서 제네바행 열차로 갈아탈 예정이다. 긴 여행이 될 것이다. 출발하긴 했지만 앞으로 있을 모든 일이 안갯속처럼 흐릿했다. 아주 간단히 생각한다면, 해용은 '집으로 돌아가는 길'에 잠시, 다른 볼일을 보러 제네바에 들르는 것이다. 그런데 이 다른 볼일이라는 것이 자신에게 어떤 의미가 있을지 가늠이 되지 않았다. 열차는 서서히 움직여 승차장을 빠져나가기 시작했다. 파리와 그 근교를 거의 벗어나지 않고 살았던 해용에게, 장거리 기차 여행은 십수 년 만이었다. 파리에서 리옹까지, 그리고 리옹에서 제네바까지 선로 위에서 마주쳤던 수많은 역 이름을, 그 낯선 이름들을, 해용은 정거장에 정차할 때마다 천천히 발음해 보았다. 그 이름 뒤에 있는 미지의 세계, 자신이 앞으로 그곳에 가볼 수 있을지 없을지 알 수 없는 그 작은 마을들의 이름에 애잔함을 느꼈다. 영영 가볼 수 없을 것이라는 아쉬움 끝에 따라오는 감정이었다. 그것은 마치 결코 만날 수 없는, 얼굴을 모르는 이들의 위패만 놓여 있는 사당이나, 모르는 이름이 새겨진 비석들이 일렬로 늘어선 묘지에서 느끼는 낯선 슬픔과도 비슷했다.

1922년 파리

앙리 랑베르의 얼굴에서 피곤한 기색이 비치자, 해용은 얼른 본론을 이야기해야겠다고 생각했다.

"이걸 공사님께 전해 드리려고 왔습니다."

해용은 가지고 온 가방을 열어, 한지 봉투 하나와, 노끈으로 묶은, 작지만 묵직해 보이는 상자를 꺼내 탁자 위에 올려놓았다. 앙리는 돋보기를 꺼내 들고 먼저 봉투를 살폈다. 봉투는 여러 겹으로 싸여 있었는데, 여러 겹의 한지를 풀어내자 붉은 인장이 찍힌 밀봉된 봉투가 나왔고, 그 봉투를 열자, 또 하나의 봉투에는 한자로, '이 편지는 비밀리에 간직하고 기다린 후에 날을 깊이 살펴 보내야 한다'라고 쓰여 있었다. 그는 조선에 부임하기 이전에 중국에서 중국어와 동양학을 전공한 중국통이었기 때문에 한자의 독해에 능했다. 그가 종이를 펼치자, 한자로 '황제어새'라고 쓰인 인장 자국 말고는 아무것도 쓰여 있지 않았다. 앙리는 당황하는 기색도 없이 매우 자연스럽게, 해용에게 그것을 건네며 벽난로의 불길 가까이 대 보라고 했다. 어리둥절해진 해용이 시키는 대로 하니, 이내 글씨들이 나타났다. 그런 것이 있다고 말로만 들어 왔던 화학 비사법으로 쓴 편지였다. 앙리는 편지의 내용을 다 읽더니 해용에게 물었다.

"이걸 누가 전해 주었나요?"

"상하이 항구에서…… 어떤 조선인이…… 주었습니다. 모르는 사람이었습니다. 배는 떠났고…… 일본 경찰은…… 빨리…… 그 사람을 잡았습니다. 그래서…… 프랑스에 와서…… 나는 위험했습니다. 따라오는 사람들이 있었습니다. 나는…… 공사님 찾고 있었고, 그날…… 몽파르나스에서 만났습니다. 지금은…… 프랑스인 영화감독 집에서…… 일하고 있습니다. 조금 안전합니다. 그래서 공사님 만나러 왔습니다."

해용은 말이 서툴기는 했지만 해야 할 말을 하나도 빠뜨리지 않았다.

"상하이에서 만난 사람은 아마도 전 익문사 요원이었을 거요. 마지막 순간에 발각이 되니 이런 무리수를 두었군. 이건 마치 구조 요청을 적은 쪽지를 유리병에 담아 바다에 던진 격이 아니겠소. 대한 제국과 함께 그 기능을 다한 줄 알았더니, 여전히 움직이는 사람들이 있었군. 하지만 이제 태상왕께서도 승하하신 마당에 이게 다 무슨 소용이겠나."

뭔가가 소용없다는 애기를 듣자, 해용은 기운이 빠졌다. 편지의 내용이 무엇인지 물어보고 싶었지만 그러지 않았다. 그 내용을 알게 된다면 더 큰 위험에 빠지게 될지도 모르는 일이었다.

그간의 수고에 비해서 너무 허무한 결론이긴 했다. 뭔가 미심쩍은 상황이었지만, 인제 그만 이 일에서 손을 떼고 싶었다.

"전 이제 가 보겠습니다. 그럼……."

"그런데 영화감독 누구라고 했소?"

"마르셀 르콩트씨입니다."

"그랬군. 그간 고생이 많았어요."

앙리 랑베르는 해용을 보내고 난 후, 창밖을 바라보며 생각에 잠겼다. 이런 한발 늦은 메시지를, 그것도 낯선 사람을 통해 보낼 수밖에 없었던, 긴박한 사정이 무엇이었을까 곰곰이 생각했다. 태상왕의 망명 개시 일자와 그 일정에 관한 메시지였고, 그에 따라 준비해 달라는 요청이었다. 태상왕이 친히 작성한 글이었다. 수년 만의 기별이었다. 중국으로 갈 예정으로 북경 부근에 행궁을 마련하라는 지시를 하는 동시에, 그 막후에서는 유럽행을 준비하고 있었다. 일제의 정보망을 교란하는 작전이었다. 러일 전쟁을 전후로 망명은 이미 예견된 일이었고, 을사늑약 이후 어려운 상황에서 행한 여러 차례의 망명 시도는 모두 실패했다. 한일병탄 이후에, 이제 태상왕은 모든 것을 체념한 것이 아닌가 했는데, 노령에도 또다시 망명을 시도한 것이다. 어쩌면 그 시도가 왕의 죽음을 초래했을지도 모른다는 생각도 들었다. 사인은 병사로 발표되었지만, 독살설이 파다하게 나돌고 있었다. 복잡한 생각이 꼬리에 꼬리를 물었던 것은, 앙리 자신이 병든 몸이기 때문이었다. 이제는 전처럼 왕성하게 일할 수 있는 의지도 체력도 없다. 갑작스러운 태상왕의 서거로 나머지 일들은 어떻게 해결해야 할지 혼란에 빠져 있었던 것이 사실이다.

일단은 도라 슈미트와도 이야기해 봐야겠다고 생각했다. 하지만 슈미트 부인도 그다지 든든한 의논 상대는 아닐 수도 있었다. 그 여성이 관리하는 황실 재산이 얼마나 되는지, 어떻게 관리하고 있는지도 알 수 없었기 때문이었다. 사실 이런 종류의 일은 서로 의논을 할 만한 일은 아니었다. 보안이 더 중요했기 때문이다. 왕의 갑작스러운 죽음으로 사태를 어떻게 수습해야 할지 모르기도 했고, 자신의 병세는 점점 나빠지고 있었기 때문에 차일피일 해결을 미루고 있었는데, 해용의 방문으로, 이제 일을 더 미룰 수만은 없다고 생각했다. 어떻게든 해결해야 할 일이 있다고 생각하니 다시 생기가 조금 도는 것 같기도 했다. 문득, 해용이 놓고 간 상자에 눈길이 머물렀다. 묶여 있던 노끈을 풀고 상자를 여니 거북 모양의 작은 어새가 나왔다. 이것 하나로 충분할 것인가? 지상에 존재하지 않는 제국의 황제, 게다가 강제로 양위 당한 채 서거한 태상왕의 어새는 과연 쓸모가 있을까? 혹시 또 다른 메시지가 들어 있지는 않은지 상자 속도 꼼꼼히 들여다보았지만, 아무것도 발견되지 않았다.

앙리는 온갖 정성을 쏟아 건축한 한성의 공사관이 이따금 그리웠다. 설계 단계에서부터 조선에서는 구하기 힘든 건축 자재를 동원했다. 조선 내에서 자국의 존재감을 높이는데 건축만 한 것이 없다고 생각해서, 인접한 러시아 공사관과 은근한 신경전이 있기도 했다. 때마침 명례방 쪽에서는 성당 건축이 한창이었다. 새 공사관은 프랑스 북부 브르타뉴 지방의 디나르 해변에서나 봄 직한 부유층의 저택을 한성 한복판에 옮겨다 놓은 형국이었다. 공사관 옆을 지나는 한양 도성의 성벽과, 멀리 보이는 인왕산은, 벽돌과 화강암으로 지은 높은 첨탑의 서양식 공사관에 조선의 운치를 더해 주어 매우 독특한 경관이 조성되었다. 겉모습뿐 아니라, 실내를 장식할 가구는, 프랑스 중부 루아르강 변의 슈농소 성에서 나온 것을 공수해 올 정도로 신경을 썼다. 골동품 수집가답게 실내 곳곳을 값진 소품과 가구들로 장식했다. 소품과 가구에는, 조선에서 수집한 온갖 종류의 골동품이 포함되어 있었다. 프랑스에서는 일본풍이 대유행이었지만, 앙리는 일본과는 완연히 구별되는 한국 문화의 아름다움에 일찍 눈을 떴다. 특히 도자기에 대한 애정이 각별하여 왕실 도자기를 생산하는 경기도 광주의 분원을 방문하고, 도자기 파편들을 수집하여 세브르의 도자기 제작소에 보내기도 했다. 정원 가꾸기에도 정성을 들여, 봄에는 벚나무와 자두나무에 꽃이 피고, 가을에는 색색의 국화꽃이 그 뒤를 이었다.

　앙리는 실로 문화적인 소양은 물론이고, 수완이 뛰어난 외교관이었다. 한때는 대한 제국의 외국인 고문 스물한 명 중 프랑스인만 열네 명에 달했고, 그들의 수준 또한 조선에 거주하는 타국의 외교관들도 인정하는 인재들이었다. 그만큼 대한 제국에서의 이권을 착실하게 챙기기도 했다. 하지만 실리만을 추구한 것은 아니었다. 앙리는 자신이 양국의 문화 교류에 상당한 업적을 남겼다는 자부심이 대단했다. 1900년에 열렸던 파리 만국 박람회에 한국관을 설치했던 대규모 사업을 벌인 덕에, 프랑스와 대한 제국 간의 교류는 더욱더 활발해지는 계기가 되기도 했다. 그는 자신이 조선에서 한 일들을 회상하며 잠시 감회에 젖었다. 하지만 그 모든 것은 한낱 물거품이 되었다. 대한 제국이라는 나라가 지도상에서 사라졌기 때문이다. 중국과 러시아, 강대국들과 잇단 전쟁에서 모두 승리한 일본이 최종 승자였다. 어리숙한 먹잇감을 놓고 으르렁대던 하이에나들이, 가장 강한 승리자가 나타나자 포기하고 물러나는 모양이나 진배없었다. 하지만 각자 자신들의 뱃속을 어느 정도는 채웠다. 물밑으로는 일본과 이런저런 조약들을 맺으며 서로 편의를 봐주고 있었다. 세계 정세는 정글의 법칙에 따라 돌아가고 있었다. 앙리는 그 아름다운 공사관을 등지고 쫓기듯이 떠나야 했던 날을 잊을 수 없었다. 수백 상자에 달하는 이삿짐을 제물포항으로 먼저 보내고 난 뒤였다. 외교 행랑으로 처리된 사연 많은 이삿짐이었고 이후에도 큰 문제를 일으킬 상자들이었다.

앙리 랑베르와 왕의 관계는 언제나 공적인 선을 넘지 않았다. 아관파천으로 러시아 공관에 머물고 있을 때, 그는 종종 왕을 방문하여 위로를 건네곤 했지만, 그 위로 또한, 외교관으로서의 공식적인 위로였다. 왕과 공식적인 친분을 유지하는 일은 외교관으로서 매우 중요한 일이기 때문이다. 외무성의 지시대로, 조선에 정치적 이해를 두지 않고, 왕의 총애를 받아야 하며, 조선에서 포교 활동을 하는 가톨릭 교단의 보호자 역할에도 신중해야 했다. 반면에 왕은 때때로, 매우 절제된 방식이기는 하나, 조선의 상황에 대해 외국 열강에 도움을 청하면서 감정에 호소하는 모습을 보이곤 해서 곤란함을 느낄 때도 있었다.

앙리는 어새가 담겨 있던 상자를 이리저리 살펴보다가 문득, 자물쇠 장식이 튼튼하게 달린 상자를, 굳이 노끈으로 다시 감은 것이 좀 이상하다고 생각했다. 노끈은 한지를 꼬아서 만든 것이었는데, 한지는 워낙 질겨서 노끈으로 꼬았을 때는 그 강도가 배가된다. 랑베르는 아무렇게나 푸는 바람에 엉켜 버린 노끈을 천천히 다시 풀어서 꼬인 방향의 반대로 돌려 납작한 종잇장이 될 때까지 풀어내기 시작했다. 이런 종류의 노끈을 한성에서 지낼 때 많이 보아온 덕분이다. 곧 종이 위로 글씨들이 드러나기 시작했다. 랑베르는 두근거리는 심정으로 노끈을 끝까지 풀었다. 이번엔 암호화된 알파벳이었다. 랑베르는 상하이의 하정무와 연락을 주고받던 시절의 원칙대로 암호를 해독했다.

황제의 승인도 없이 일제의 총칼 앞에 을사늑약이 강제로 체결된 후, 외교권을 박탈당한 대한 제국에서 기존의 외국 공관들이 철수하게 되자, 앙리 랑베르도 1906년에 공사관을 떠날 수밖에 없었다. 1904년 러일 전쟁의 전운이 한반도를 짙게 감싸고 있을 때, 한성 장안에는, 황제가 프랑스 공사관으로 파천한다는 소문이 파다했다. 프랑스 공사가 황제의 측근들에게 일본 은행의 돈을 모두 인출해서 공사관에 보관시키라는 제안을 했고, 공사관 내에 황제가 기거할 방을 마련하기 위해 온돌 공사를 한다는 것이었다. 이 소문은 완전히 근거가 없는 것은 아니었다. 전쟁이 임박했음을 직감하고 있던 어느 날, 앙리는 지하실의 배수로 공사를 지시했다. 지난여름 장마 때 배수가 원활하지 않아서 지하실이 물에 잠겼다는 이유에서였다. 하지만 프랑스 공사관은 지대가 높아 웬만큼 비가 와도 지하실이 잠기는 일은 거의 있을 수 없다는 것을, 알 만한 사람이라면 다 알았다. 공사관으로 흙과 벽돌, 배수관 등의 건축 자재들이 몇 수레 들어갔다. 배수관 공사 치고는 너무 많은 분량의 자재들이었다.

국운이 위태로운 상황에서, 황제는 황실의 재산을 최대한 해외로 분산시키는 노력을 기울이고 있었다. 러시아, 도이칠란트 은행들에도 이미 내탕금을 예치해 두고 있었다. 앙리는 만약의 경우를 대비해서 상하이항에 정박 중이던 해군 병력을 파견해달라는 요청을 이미 해 두었었다. 전쟁이 발발할 경우, 공사관 보호에 필요하다는 이유를 들었다. 덕분에 서대문 민가 밀집 지역 어딘가에서 건축 자재를 실은 수레들이, 무장한 프랑스 해병 39명과 장교 2명이 지켜보는 가운데, 안전하게 이동했다. 그렇게 건축 자재 속에 숨겨 운반된 금괴들이 공사관의 지하에 보관되어 있었다. 금괴 운반에 동원된 인원은 극소수 정예로, 주로 공사관의 통역관을 비롯한 직원들이 인부로 위장했다. 공관에서 완전히 철수해야 할 시점이 되었을 때, 그 금괴를 처리할 방도를 생각해 내야만 했다. 그때까지는 본국 정부에서도 금괴의 존재를 모르고 있었다. 한반도에 정치적으로 개입하지 않으려는 정부의 외교정책과는 상충하는 행동이었고, 앙리 랑베르 혼자서 독단적으로 저지른 일이다. 황제와는 늘 공식적인 관계만을 유지해 오던 외교관 앙리 랑베르를 아는 사람이라면 절대 상상할 수도 없는 일이 일어났다.

금괴는 곧 공사관을 매각하고 받은 대금으로 변신했다. 앙리는 을사늑약 직후, 본국 외무성의 허락도 없이 공사관을 급히 처분했다. 지체하다가는 공사관 건물은 물론이고 금괴까지 일본의 손으로 넘어갈 수 있었다. 원칙대로라면 해외에 있는 국가의 재산을 처분하게 될 때 정부의 승인이 있어야 했지만, 시간적인 여유가 없었다. 황제의 측근에서 활동하던 덴마크인 고문을 매수자로 내세우고, 그 배후에서 황제는 금괴를 지급했다. 그리고 실제 금액보다 많은 금을 서대문의 모처에서 공사관으로 옮겼다. 군부대신 이수찬이 해외로 나가기 전에 한 가옥에 보관시켰던 금괴들이었다. 황제는 이렇게 국내와 해외에서 친분이 있는 외국인들로부터 집이나 땅을 사는 형식을 통해 내탕금을 피신시켰다. 앙리는 이삿짐이 배에 선적되고 난 후에 한숨을 돌렸지만, 그 뒤에 생길 골치 아픈 문제를 생각하면 이제부터가 시작이었다. 그는 각오가 되어 있었다. 극동아시아에서 외교관으로서 전성기를 보냈기에 여한은 없었다. 은퇴를 눈앞에 두고 있었고, 자신이 한 행동에 후회하는 타입은 아니었다. 지금까지는 직책상 조국의 국익을 위해 이해타산적인 행동을 했다면, 한 번쯤은 자신이 사랑했던 조선과, 격동의 시간을 통과하고 있는 황제를 인간적인 차원에서 돕고 싶었다. 황제는 최악의 상황에서 자신의 옥좌를 간신히 지켜 내고 있었다. 사실 이제는 거의 손을 쓸 수가 없게 되어 버렸지만 앙리는, 황제가 독립 협회와 수구파 사이에서, 입헌 군주제를 추진하려 했던 독립 협회의 손을 들어주었다면 어땠을까 생각했었다. 그가 시대의 흐름을 조금이라도 감지했더라면, 상황이 지금과는 달라질 수 있었을지도 모른다고 생각했다. 하지만 결국 일본은 황제의 지지를 받지 못한 세력을 배후에서 조종하여 분열을 초래했을 테니, 이렇게도 저렇게도 조선을 굴복시키겠다는 야욕에 불타는 무뢰배 일본을 당해낼 수는 없었을 것이라고 고개를 내젓곤 했다.

앙리가 처음부터 조선을 좋아한 것은 아니었다. 문명화시켜야 하는 미개한 나라가 아닌, 조선 본연의 모습을 보는 서양인들은 드물었다. 무지에서 비롯된 몰이해였다. 정치적으로는 혼란스러웠고, 민중은 가난했지만, 문화적으로는 색깔이 분명하고 깊은 전통을 간직한 나라였다. 앙리는 조선을 떠날 때가 되어서야 서양어로는 번역하기 어려운, 조선어의 '정(情)'이 무엇인지 어렴풋이 알 것 같기도 했다. 사람에 대한 연민, 그것은 서양의 가톨릭 기도문에 나오는, '주여 저희를 불쌍히 여기소서'와 일맥상통하는 것일까, 그래서 사람의 모습을 불쌍히 여겨 자비를 베푸는 신의 관점을 조선인들은 저마다 가지고 있는 것이 아닐지 생각하기도 했다. 조선어에는 '미운 정, 고운 정'이라는 표현이 있는데, 어떤 사람이 미운데도 정을 느낀다는 것이 가능한지는 여전히 이해하지 못했다. 원수를 사랑하라는 예수의 가르침 또한, 데카르트의 후예인 앙리에게는 여전히 넘지 못할 산이었다.

그 이후, 금괴 사건을 수습하기 위해 프랑스 외무성은 골치를 앓았고, 공사관의 매각 대금 처리도, 수많은 보고서가 오가는 가운데 법까지 개정하면서 10년이 지나서야 간신히 국고로 입금되었다. 앙리 랑베르는 결국 나머지 금괴는 '개인적'으로 처리한다는 조건으로 외교관직을 박탈당하고 말았다. 하지만 해고당했다는 소문이 돌면, 또 그 이유에 대해서 온갖 뜬소문이 퍼질 것이 분명했으므로 은퇴를 가장했다. 은퇴 시기와 우연히 맞아떨어지기도 했다. 그리고 이 사실은 극비에 부쳐졌다.

노끈에 적혀 있는 비밀 전언은 프랑스어를 구사하는 하정무가 암호화한 것이었다. 그렇다면 그가 변절했다는 것은 소문에 불과한 것일까? 아니면 변절한 하정무가 놓은 덫인가? 전언을 모두 읽은 랑베르는 수심에 잠겼다. 자신은 병이 들었으므로, 이 일을 부탁할 수 있는 이는 방금 다녀간 정해용밖에 없다고 생각했다. 하지만 그는 아무런 사정도 모르는 젊은이다. 그를 믿고 일을 맡겨도 될까. 그는 자신의 생계를 유지하는 일만으로도 힘겨운 형편이다. 하지만 위험한 일을 책임감 있게 끝까지 해낸 용기와 끈기는 높이 살 만했다. 앙리는 또 다른 가능성은 없는지 좀 더 생각해 보고 싶기도 했다. 정해용 혼자서 할 수 있는 일이 아니다. 하지만 그를 통해서 누군가 다른 사람의 도움을 받을 수도 있지 않을까. 어쨌든 자신이 처한 상황을 조선인에게 알려야 한다고 생각했다.

그간 황제의 재산을 해외로 피신시키는 일에 구심점이 되었던 군부대신 이수찬은 해외에서 활동 중에 사망하였고, 역시 상하이로 망명하여 러시아 정보국 일에도 관여하던 하정무는 사업가로 활동하다가, 태상왕의 승하 이후에는 변절했다는 소문이 돌았다. 그는 프랑스어 통역관 출신이었고, 그를 궁중에 취직시켜 준 것도 앙리였다. 그간 태상왕의 망명 계획에 대한 정보도 러시아 정보국 채널을 끼고 있던 그를 통해서 알고 있었다. 을사늑약 이후, 육로를 통하거나 해로를 거치는 망명이 세 차례나 시도되었지만, 한일병탄 이후로는 아무런 언급도 없었다. 한 나라의 이름이 사라졌고, 세상이 변하는 만큼 사람들도 변해 가고 있었다. 상하이의 러시아 정보국은 폐쇄되었고 정보 루트도 와해하였다. 시시각각 움직이는 정세를 이제는 파악하기도 힘들었다. 하정무와 연락이 끊어진 이후로는 다른 루트가 없었다. 이제는 자리에서 물러난 마당에 외교관 네트워킹을 가동하기도 어려웠다.

도라 슈미트에 관한 소문은, 사실이 확인되지 않았지만, 러시아 외교관과 결혼한 동생을 통해 큰 재산을 러시아에 투자했다든지, 남프랑스에 여러 채의 호화 빌라를 가지고 있다든지, 최근에는 큰 포도밭을 끼고 있는 성을 통째로 사들였다는 말도 돌고 있었다. 그의 재산 형성에 태상왕이 이바지한 바가 큰 것이 사실이었고, 어디까지가 사례로 받은 돈이고, 어디까지가 피신시킨 황실 재산인지 본인을 제외한 누구도 알 수가 없었다. 태상왕의 서거 이후, 그 재산의 미래가 어떻게 될 것인가는 흥미진진한 일이 아닐 수 없었다. 도라 슈미트는 태상왕의 마지막 히든카드였을 수도 있었다. 앙리는 자신을 돌봐 주고 있는 알바레 부인을 불렀다.

"마르셀 르콩트 감독의 연락처를 알아보고 거기서 일하는 정해용 씨와 약속을 잡아 줘요."

해용이 그의 초대를 받아 다시 만나기로 한 날, 앙리 랑베르는 병세가 급격히 악화하였다. 그의 아파트로 들어서니 의사와 간호사, 알바레 부인이 병상을 지키고 있었다. 의사는 할 수 있는 조치를 다 했다며 방을 나서려는 참이었다. 알바레 부인이 해용에게 가까이 오라고 눈짓하며 자리를 비켜 주었다. 앙리 랑베르는 가쁜 숨을 몰아쉬며 해용의 귀에 대고 다급하게 말했다.

"제네바에 비밀계좌가 있소. 그 돈을…… 상하이 임시 정부로…… 보내 달라는…… 또 다른 암호문이 들어 있었소. 부탁해요. 비밀번호는…… 황제의 서명……."

불행인지 다행인지 알바레 부인도 자초지종을 정확하게 알지는 못하고 있는 것 같았다. 첫인상이 좀 거만하게 보이긴 해도 입이 무겁고, 신중한 타입의 여성이었다. 결국, 해용은 자신이 랑베르에게 전해 주었던 물건들을 고스란히 되돌려받게 되었다. 상하이에서 처음 넘겨받았을 때보다 더 당황스러웠다. 이번에는 두 가지가 더 추가되어 있었는데, 그것은 스위스 은행 계좌 관련 서류와, 17세기에 중국에 파견되었던, 프랑스 예수회 소속 조아킴 부베 신부가, 도이칠란트의 수학자이자 철학자 라이프니츠에게 보내 주었다는 《주역 본의》 괘상도의 사본이었다. 주역의 64괘 모양이 원으로 그려져 있고, 그 원 안에 64괘가 가로 8괘, 세로 8괘씩 순서대로 배치된 모양이었다. 알바레 부인의 말로는 이 괘상도가, 황제로부터 하사받았던 백자청화 운룡문 대호의 굽에서 나왔다고 했다. 구름에 쌓인 푸른 용이 그려진 백자는 한눈에 보기에도 황실의 위엄이 느껴졌다. 백자 항아리를 들어 밑바닥의 굽을 살피니, 이상하게도 굽 안쪽 원형의 가운데가 반쯤 깨져 있어 이중 구조임이 드러나 보였고, 괘상도를 작게 접는다면 충분히 그 속에 숨길 수 있을 만한 공간이 보였다. 해용은 점점 미궁 속으로 빠져드는 느낌 때문에 가슴이 답답하고 현기증이 날 지경이었다.

은인들의 관계

1960년 파리

 해용이 사라졌다. 치산은 근래 들어 옛 생각에 사로잡히는 일이 잦아졌다. 운영하는 발 관리 숍은, 규모는 작아도 안정적으로 돌아가고 있었다. 세 명의 직원이 교대로 근무하고, 치산은 직원들을 관리했다. 십수 년을 한 자리에 있다 보니 단골도 생겼고, 생활이 안정되니 창밖을 내다보고 있는 시간이 늘어났다. 한동안 바다에서 바라보았던, 해무에 휩싸인 에든버러의 모습이 눈에 어른거렸다. 무르만스크를 떠날 무렵, 이미 겨울은 시작되었다. 하늘은 흐려 낮았으며, 추위는 물론이고 바람도 점점 거세졌다. 겨울이면 12월에서 1월 초순까지 한 달이 넘게 해가 보이지 않던 하늘을 생각했다. 해가 없는 겨울을 여섯 번 보냈다. 낮에 해가 없다고 해서 완전히 캄캄한 밤이 계속되는 것은 아니었다. 일출이나 일몰 직전의 하늘을 생각하면 된다. 그래서 구름이 없는 날엔 맑게 갠 하늘도 잠시 볼 수 있었는데, 그 하늘은 해가 있을 때보다 더 아름답게 보이기도 했다. 다만 당시 치산의 삶은 자연의 아름다운 신비를 감상하기에는 너무 피폐해져 있었다.

볼세비키군은 다행히도 무르만스크까지 단번에 진격하지 않았기 때문에, 철수 작전은 비교적 큰 소란 없이 이루어졌다. 치산은 배에 함께 타지 못한 300여 명의 조선인 노동자들이 어찌 되었을지 궁금했다. 군인들은 혼란을 막기 위해서 다음 배가 있을 거라고 둘러댔지만 다음 배는 영영 오지 않았다. 바렌츠해와 노르웨이해를 지나 너댓새는 왔을까, 갑자기 주변이 어수선해지더니 갑판 위로 사람들이 몰려나갔다. 육지의 모습이 희미한 구름처럼 수평선 위로 얇게 퍼져 있었다. 조금 이른 감이 있었지만, 이제 살았다며 서로 얼싸안고 기뻐하는 사람들도 있었다. 원래는 남아메리카와 도이칠란트를 오가던 상선이었으나, 전쟁이 터지자, 수상 비행기가 뜨고 내릴 수 있는 수상기 모함으로 개조된 산타 엘레나 호에 민간인 팔백여 명이 타고 있었다. 볼세비키들을 피해서 후퇴하는 연합군과 민간인들은 무르만스크항을 통해 북러시아를 탈출하는, 약 4개월에 걸친 영국군의 철수 작전을 통해 구조되었고, 산타 엘레나호는, 마지막 날 떠난 다섯 척의 배 중 하나였다. 거기에는 조선인 200여 명이 포함되어 있었고, 그들은 거의 철도 노동자나 항만 노동자들이었다. 1919년 10월 12일의 일이었다.

에든버러의 리스 항에 근접했을 때, 이미 지나온 북해의 바다 쪽에는 칠흑 같은 어둠이 내려앉아 있었다. 돌이키고 싶지 않을 만큼, 노예처럼 비참했던 철도 건설 공사장 생활의 기억을, 치산은 그 어둠 속에 묻어 버리고 싶었다. 사고로, 혹은 추위와 배고픔으로 죽어 나가는 노동자들을 가까이서 보며, 치산은 이를 악물고 살아남았다. 저편 뭍에서는 도시의 불빛들이, 이리저리 퍼지는 안개의 움직임을 비추고 있었는데, 하늘과 맞닿은 도시의 윤곽은 신기하게도 안개 위로 솟아있어, 안개가 모자를 쓰고 있는 것처럼 보였다. 그중에서도 아주 높은 곳에 있는 듯 보이는 성채의 윤곽이 눈에 들어왔다. 항구에 가까이 다가갈수록 도시는 조금씩 그 모습을 드러냈고, 황량하고 거친 곳에서 지내던 노동자들에게는 색다른 신세계가 펼쳐지는 듯 보였다. 배에서 내릴 때 치산은 뒤를 돌아보았고, 배 옆구리에 뭔가 글씨가 씌어 있었지만, 영어라서 읽지는 못했다.

  어둠이 걷히고, 다음 날 햇빛에 드러난 에든버러는 부유하고 아름다운, 유서 깊은 도시였다. 그러나 그 아름다운 도시가 난민들을 반겨 맞지는 않았다. 볼셰비키의 포로로 잡혀 있는 영국군 아들들 대신 외국 난민들을 데려왔다고 항의하는 어미들도 있었다. 자식을 잃은 어미들의 울부짖음은, 이유를 막론하고, 사람으로서 맛볼 수 있는 극한의 불행에서 비롯된 것이어서, 그것을 바라보는 사람들에게 막연한 죄책감을 느끼게 하는 힘이 있다. 무언가로부터 있는 힘을 다해 도망치던 자신의 과거를 기억하면서, 치산은 해용을 생각했다. 있는 힘을 다해 도망쳤던 곳으로 다시 돌아가게 하는 힘은, 도망치게 했던 힘의 반작용은 아닐 것으로 생각했다. 치산 자신은 다시 돌아가려는 마음이 조금도 없었기 때문이다.

해용이 실종되고 난 후, 치산은, 해용이 밝게 웃던 모습이 자꾸 떠올랐다. 2차 대전이 일어나기 직전, 파리 라상테 감옥의 D 블록에서 7년을 지내고 출소하던 날이었다. 마중 나온 해용이 정문 맞은편에서 웃는 얼굴로 손을 흔들며 서 있었다. 그는, 치산이 감옥에서 몇 년을 보내는 동안 자신을 잊지 않고 한결같이 옥바라지해 주었던 유일한 친구였다. 살인은 생각보다 매우 간단했다. 우발적이어서 더욱 그러했다. 치산은 다시금 생각해도, 자기가 사람을 죽였다는 사실이 믿기지 않았다. 그 때문에 7년간이나 감옥 생활을 했는데도 여전히 남의 이야기처럼 생각되었다. 시베리아 철도 공사판에서 노동자들을 노예처럼 부리던 로스케 십장들에게 수도 없이 살의를 느꼈지만, 한 번도 실행에 옮긴 적은 없었다. 인간이 지닐 수 있는 모든 악덕을 빠짐없이 행하던 한 인간을 죽음으로 몰아넣게 된 것에는 자신의 의지보다는 불운이 조금 더 많이 작용했다는 생각을 지울 수가 없었다. 사실 살의는 로스케 십장들에게 더 불타올랐지, 중국 식당 주인을 살해할 생각은 없었다. 치산은 일본 놈들보다 러시아 놈들에게 더 이를 갈았다. 직접 몸으로 당한 것이 있었기 때문이었다. 중국인은 버릇을 좀 고쳐 줘야겠다고 생각한 정도였는데 일이 커져 버렸다. 결과적으로는 죗값을 치러야 했다. 사실은 이런 치산도, 국적으로 사람을 분류하는 것이 싫었다. 같은 국적이라도 다양한 사람들이 있기 마련인데, 어느 나라 사람이라고 무조건 동류로 취급하는 것은 부당하다고 생각했다. 평소에 부당하다고 생각한 일을 자신이 당했기 때문에 더욱 분노했다.

식당 주인 역시 남의 나라에 와서 더부살이하는 처지인 것은 치산과 다를 바 없었는데도, 타인의 시선으로 자신을 돌아보는 눈이 그에게는 없었다.

치산은 이제까지 그랬던 것처럼 지금 이대로가 좋다고 생각하며 시간이 흐르는 대로, 뒤돌아보지 않으며 살고 싶었다. 도이칠란트 유학생 윤주명은 해용의 은인이었고, 해용은 치산의 은인이었는데, 이번엔 치산이 윤주명의 은인이 될 차례였다. 아마도, 치산이 귀띔해 준 해용의 사연은, 북한에서 윤주명의 정치적 입지를 탄탄히 해 줄 수 있을지도 모르는 일이다. 치산은 이따금 윤주명에게 프랑스 쪽 교민들의 소식을 알려 주곤 했다. 그가 어떻게 해서 윤주명에게까지 선이 닿았는지, 그 대가로 무엇을 얻었는지 아는 사람은 없었다.

1960년 동베를린

해용은 동베를린 오스트반호프에서 택시를 잡아타고 북한 대사관 앞에 내렸다. 그곳이 한때는 부귀영화를 누렸던, 베를린 최고의 호화 호텔 카이저호프의 부지라고는 상상하기 힘들었다. 탈만 광장의 주변에는 거센 폭격도 버텨 낸 몇 채의 건물들만이 남아 있었다. 드넓은 광장 한쪽은 주차장으로 변했고, 키 큰 가로등 몇 개가 드문드문 서 있었다. 전후 15년이 지났지만, 여전히 살풍경이었다. 전쟁 전 베를린의 모습만을 알고 있는 해용이 사진으로 보았던, 초토화된 베를린의 건물들은 골조만 남아, 백골이 된 동물의 사체처럼 보였다. 창살뿐인 창문들은 해골의 눈구멍처럼 보였다. 그 사체들은 간신히 치워졌으나, 베를린은 아직 새롭게 건설된 도시의 면모를 드러내지는 못하고 있었다. 객실이 260여 개나 되었다는 카이저호프 호텔은, 나치 시대에 히틀러의 거주지였으며, 괴벨스가 단골로 드나들었고, 맨 꼭대기 층에는 나치의 본부가 들어서기도 하여 '히틀러 호텔'로 불렸다. 히틀러가 연인과 함께 최후를 맞은 벙커도 바로 그 부근에 있었다. 그런 역사가 있는 자리에 '조선 민주주의 인민 공화국'의 대사관이 들어서 있었다.

해용이 택시에서 내려 대사관 입구를 향해 걸어가고 있을 때, 시위하는 도이칠란트 여성 두세 명과 마주쳤다. 그들은 도이칠란트어와 영어로 쓴 피켓을 들고 서 있었는데, 남편과 함께 북한으로 가게 해 달라는 내용이었다. 50년대 동독에는 수백 명의 북한 학생들이 유학 중이었다. 한 해 전에 북한 유학생들이 서독으로 탈출한 사건 이후로, 북한 학생들이 서구의 자유사상에 물드는 것을 우려하여, 당에서 이들을 본국으로 강제 소환하기 시작했다는 이야기를 전해 들은 적이 있었는데, 그 학생 중에는 도이칠란트 여성과 결혼해서 가정을 이루어 사는 경우도 더러 있었다. 시위하던 여성들은 누군가의 아내였고, 누군가의 연인이었다. 서로 다른 이념이라는 것은, 옮아서는 안 되는 전염병 같은 것이어서, 사람들은 상대의 병균이 무서워서 스스로 격리했다. 하지만, 북한 유학생 강제 소환의 또 다른 이유 중 하나로 꼽히고 있는 것은, 스탈린 사망 후 중국과 소련의 지속적인 반목이었다. 결국 사람을 하나로 단합시키는 것은, 결코 이념이 아니라 각자의 이익이고 패권인 셈이었다. 국제 사회의 작동 원리는, 정의가 아닌 자국의 이익 우선주의라는 것을 조선인인 해용은 누구보다 잘 알고 있었다. 정의는 그저 힘센 자들의 추악한 모습을 가려 주는 멋진 의상에 불과했다. 시위하던 도이칠란트 여성들은 해용이 대사관 직원인 줄 알고 달려와 절박한 눈빛으로 무어라 하소연했지만, 해용은 도이칠란트어를 할 줄 모른다고 손을 내저으며 그들을 점잖게 뿌리쳤다.

정문에서부터 여러 사람을 거쳐 해용이 안내된 곳은 대사의 집무실이었다. 고향을 방문하게 해 달라고 청하면, 영사과의 실무 직원 선에서 처리가 될 줄 알았는데, 대사를 만나게 되리라고는 미처 생각지 못했다. 이미 제네바에서 있었던 일로 격렬한 감정 소모를 겪고, 그 이후 수차례 기차를 갈아타며 도착한 끝이라, 젊지 않은 해용은 피로감으로 정신이 맑지 못했다. 집무실에 들어서자 마주 보이는 벽에 걸린, 김일성의 초상화가 눈에 거슬렸기 때문에 대사의 얼굴보다 먼저 보였다. 방은 터무니없이 컸고, 그런 방의 크기만큼이나 큰 소리로 오랜만이라고 외치는 대사의 얼굴을, 해용은 한참 동안 알아보지 못했다.

"이게 얼마 만인가!"

어리둥절해 있는 해용에게 대사는 얼굴을 가까이 들이밀었다.

"날세. 윤주명."

40년 전 상하이에서 같은 배를 탔고, 가난한 해용에게 선뜻 돈을 빌려주었던, 동양 철학 전공의 도이칠란트 유학생 윤주명이었다. 해방 전에 귀국했다는 얘기를 소문으로 들은 이후로는 아무런 연락도 주고받지 못했었다.

"여기서 만나다니 꿈만 같네."

해용은 뭐라고 답해야 할지 망설여졌다. 자신이 알고 있던 윤주명이라는 인물과 북한 대사라는 직책이 선뜻 연결되지 않았다. 적어도 해용의 기억에, 젊은 시절의 윤주명은 정치적 성향이 그다지 짙은 인물이 아니었다. 그는 한학을 제대로 공부한 동양 철학도였다. 유럽에 동양 철학을 알리겠다는 포부가 대단했던 기억뿐이었다. 어떤 행로 끝에 여기에 와 있는 걸까 궁금했지만, 그런 단도직입적인 질문을 할 만한 상황은 아니었다.

"자네 동생은 여전히 고향에 사는 것으로 확인됐네. 경성 온천에서 간부급 관리자로 일한다는군. 한번 읽어 보게나."

윤주명은 편지를 한 통 내밀며 말했다. 해용은 봉투가 이미 한번 뜯어진 상태에서 다시 붙인 것을 용케 알아보았다. 기분이 상했지만 내색하지 않고, 나중에 읽어 보겠다고 하면서 상의 안주머니에 편지를 집어넣었다. 이어 윤주명은 해용의 안색을 살피며 그간의 안부를 묻는가 싶더니 이내 옛날 일을 끄집어냈다.

"그래, 일전에 말이야, 그 주역 괘에 관심을 보이더니 그때 물어본 사주는 누구 거였나?"

"그건 그냥 프랑스 친구 하나가 궁금해하기에 물어본 거였지."

윤주명은 시치미를 떼며 둘러대는 해용에게 다시 넌지시 말했다.

"내가 다 들은 이야기가 있는데……."

"무슨 이야기?" 해용은 완강했다.

"그 일 때문에 한동안 고생했다고 들었지."

"누가 그러던가?"

"알 만한 사람은 다 알고 있지."

해용의 눈앞에 치산의 얼굴이 스쳐 지나갔다. 주변에 그 일을 아는 사람은 그뿐이었다. 아내인 넬리도 모르는 일이었다. 동베를린에는 아무런 기별 없이 왔는데도, 마치 올 것을 미리 알고 있었다는 듯이 맞이하는 모양이 좀 이상하긴 했다. 쉬이프에서 폭발 사고가 있었기 때문에 치산에게까지 숨기기는 힘든 일이었다. 다른 동료들은 모두 단순한 사고로만 알고 있었다. 해용에게서 훔친 물건을 한 일본인에게 전달하기 직전, 피에르는 체포되었다. 평소에 마약 밀거래에도 관여하고 있던 그 아이가 마약을 거래하는 줄로만 알았던 프랑스 경찰이, 이 사건을 단순 절도 사건으로 처리해 버리는 바람에, 장물은 다시 해용에게 되돌아왔다. 눈치 빠른 일본인은 이미 줄행랑을 친 뒤였다. 이동 금지령이 내려진, 임시 매장된 전사자의 시신을 가족들이 한밤중에 몰래 빼돌리는 사건들이 비일비재한 탓에, 이미 정신이 빠져 있던 시골 경찰들은, 해용과 피에르에게 신경을 쓸 겨를이 없기도 했다. 그 장물이 유럽에서는 흔히 볼 수 없는 물건이었으니, 신기해하는 경찰에게 할아버지의 유품이라고 둘러댔다. 해용 쪽에서도 단순 절도 사건으로 처리되는 것이 잘된 일이었음은 물론이다. 그 이후 피에르의 모습을 더는 볼 수 없었다.

"우리 오랜만에 만났는데 서로 선물 하나씩은 주고받아야 하지 않겠나?"

"그게 무슨 소린가?"

"자네에게 고향 방문을 허락해 주겠다는 거지. 정확히 말해서, 이건 내가 주는 게 아니고 위대하신 수령님께서 내리시는 선물이네. 환영의 선물."

"그럼 난 자네의 수령님에게 어떤 보답을 해야 하나?"

앙리 랑베르의 사망 이후, 해용은 스위스 계좌의 비밀번호를 알아내기 위해 갖은 애를 썼다. 왕의 수결이 비밀번호라니 처음엔 난감했다. 무슨 거치대에다 장검을 걸어 놓은 것처럼 보이는, 그림에 가까운 수결이었다. 거기에 일련의 숫자가 숨어 있지 않을까 해서 이리저리 살펴보기도 하고, 눈을 가늘게 뜨고 멀리 놓고 보기도 했다. 수결에 대한 연구가 필요했다. 조선에서 이역만리 떨어진 프랑스 땅에서 어딜 가야 조선 왕실의 수결에 대한 지식을 얻을 수 있을지 막막했다. 보통의 프랑스인들이라면, 중국이나 일본은 알아도 조선은 알지 못했다. 어딜 가나 중국인이냐 일본인이냐는 질문을 받아 왔다. 그래서 조선인이라 답하면 상대방은 아무 말도 하지 못했다. 조선이 어떤 나라인지 모르기 때문이었다. 결국엔 또 한 번, 파리 위원부를 물심양면으로 도왔고 해용 자신의 일자리까지 주선해 주었던 시인 블라베 선생과 의논을 했고, 동양학에, 특히 극동 삼국인 조선, 중국, 일본에 관해 조예가 깊다는, 한 프랑스인 학자의 이름을 전해 들었다. 리용 대학에 교수로 재직 중인 마티외 헤셀이었다. 제네바로 가기 위해 리용에서 기차를 환승할 때, 해용은 마티와 헤셀과의 만남을 회상했다.

1923년 프랑스 중부 리용

해용은 론강 변에 있는 리용 대학교의 웅장한 건물에 압도되었다. 건물의 규모로는 얼핏 보기에 파리의 소르본 대학보다도 더 커 보였다. 정문을 등지고 탁 트인 강변 쪽을 바라보니, 멀리 언덕 위로 푸르비에르의 노트르담 성당이 올려다보였다. 프랑스에 첫발을 내딛게 해 준 항구 도시 마르세유 다음으로, 프랑스에서 세 번째로 큰 도시이자, 오래전부터 섬유 산업을 비롯한 각종 산업이 발달한 교육 도시답게 안정되고 풍요로워 보였다. 해용이 헤셀 교수에게 큰 호기심을 느꼈던 것은 사실이다. 제법 알려진 중국이나 일본은 그렇다 쳐도, 아무도 알아주지 않는, 게다가 이제는 지구상에서 이름마저 사라진 조선이라는 나라에 대해 지속적인 관심을 가지고 연구해 온 사람이라니, 그 이유가 궁금하기도 했다. 동양학은 파리에서도 낯설고 희귀한 학문인 터라, 교육의 도시이긴 하지만 지방 도시인 이곳에서 동양학자가, 적은 수이긴 해도 학생들을 가르치고 있으며, 중국 학생 수백 명이 다양한 전공으로 유학하고 있다는 것은, 해용에게 놀라운 일이었다. 중국 학생들을 수용하는 데 큰 역할을 한 사람 중 하나가 헤셀 교수라고도 했다.

"먼 길을 힘들게 오셨군요."

해용이 그의 작은 연구실에 들어섰을 때, 헤셀 교수는, 그림 속의 나폴레옹 황제처럼 오른팔을 상의 앞 춤에 끼운 채 자리에서 일어났다. 나폴레옹과는 달리, 헤셀 교수는 오른팔을 쓰지 못했다. 환갑을 바라보는 노교수는 창백한 얼굴과 어두운 눈매로, 전형적인 학자의 이미지를 가지고 있었다. 해용은, 그가 '먼 길'이라고 말할 때, 자신이 파리가 아닌 조선에서 온 사람임을 의식하고 있다는 것을 느꼈다. 조선은 정말 먼 나라였다.

"앙리 랑베르 씨를 만난 적이 있었다고 하셨나요?"

"네, 블라베 선생님의 편지는 받으셨겠지요? 교수님의 도움이 필요합니다."

해용의 프랑스어는 아직 완벽하지 않았고, 말하기에는 많은 진전이 있었지만 쓰기에는 자신이 없어서, 블라베 선생의 도움을 받았다.

"편지로 대략, 내용은 전해 들었습니다. 돌아가신 태상왕의 수결에 대해 깊이 알고 싶으시다고요."

헤셀 교수는 학자답게, 자신에게 지식을 구하러 온 방문객을 진심으로 대하며, 격식을 차린답시고 거추장스러운 인사말로 에두르는 일 없이 곧장 본론으로 들어갔다. 꾸밈없이 겸손하고 진지한 모습이었다.

"앙리 랑베르 씨는 파리 동양어 학교 선배이자, 조선에 부임했을 때 제게 아주 큰 도움을 준 인생의 은인이기도 합니다. 그분 덕분에 조선을 알게 되었고, 이제까지 유럽 어디에도 알려지지 않은 조선의 서지를 정리할 수 있었으니까요."

해용은 제대로 찾아왔다는 생각에 안도하면서도, 혹시나 헤셀 교수도 랑베르 씨가 자신에게 남긴 물건들에 대해서 알고 있는 것은 아닐지 의심이 들기도 했다.

"조선 시대 국왕의 인장은 '어보'라 부르고, 손으로 직접 하는 서명은 '어압'이라 불렀다고 합니다. 왕의 '어압'은 일반인들의 수결과는 달리, 왕마다 이름이 아닌 고유의 글자를 채택해서 쓰기도 했고요. 왕이 즉위하면 여러 대신이 모여 어압을 고안하기 위해 고심한 흔적이 조선왕조실록에 남아 있습니다. 하지만 중국이나 한국 어디에서도 그 자세한 내용이 문헌으로 남은 것은 아직 없다고 알려져 있어요."

"저는 알고 싶습니다. 이 서명에 숨은 뜻이나 글자가 있습니까? 아니면 숫자라든지……."

해용은 마음이 급해져서 재촉하는 듯한 말을 뱉어 버리고는 속마음을 들킨 것 같아 곧장 후회했다.

"현재 조선의 왕 중에 그 어압이 남아 있는 왕은 몇 분밖에 되지 않습니다. 어보는 인장이 마모되지 않는 한, 계속 사용하다가 유물로 간직되기 때문에 남아 있지만, 어압은 왕이 승하하시면 자취를 감추는 것이기 때문에 국왕이 작성한 일부 고문서에서만 전하고 있지요. 선왕께서 쓰시던 글자에 약간의 변형을 가미하여 쓰기도 하고, 자신만의 모양을 만들어 내기도 했습니다."

　헤셀 교수는 강의를 하듯, 해용의 질문에도 흔들림 없이 자신만의 톤을 유지하며 수결의 그림을 꺼내 놓고 설명을 이어 나갔다.

"이 어압의 특징은, 특이하게도 생년월일의 글자를 내포하고 있다고 합니다. 왕은 임자년 7월 25일에 태어났는데, 임자(壬子), 칠(七), 이십오(二十五)의 획이 반영된 것이지요. 또 전체적으로 볼 때는, 오직 한마음으로 하늘에 맹세코, 조금의 사심도 갖지 않는다는 뜻을 나타내는 '일심(一心)'이라는 글자를 변형시킨 것이 포함되어 있기도 하다고 전해집니다. '일심'이라는 글자를 쓰는 것은 조선 시대 왕들의 수결의 특징이기도 합니다."

해용은 가슴이 두근거리기 시작했다. 역시 이 수결에는 숫자가 감추어져 있었다. 임자년이 서기 몇 년인지 계산해 보았다. 태상왕이, 세는 나이 68세로 승하한 1919년이 기미년이니, 거슬러 올라가 보면 1852년이 임자년이다. 1852년 7월 25일. 그리고 일심이라는 문자. 하지만 이것은 어쩐지 너무 간단하다는 생각이 들었다. 또 하나의 수수께끼인 주역 괘상도가 마음에 걸렸다. 그것이 별 의미가 없는 평범한 괘상도였다면 청화백자의 굽 속에 숨겼을 리가 없다.

"그러니까, 거기에는 '일심'이라는 문자와 1852년 7월 25일이라는 숫자가 숨어 있는 것이군요."

"현재까지 알아낸 것은 그 정도입니다."

"그런데, 조선인인 저도 모르는 이런 지식을 어떻게 배우셨나요? 제가 선생님께 조선의 것을 배우다니 부끄럽습니다. 저는 어릴 때 서당에서 한자를 조금 공부했습니다. 그 후엔 경성에서 서양식 학교에 다녔습니다."

"전혀 생각지도 못했던 우연이 나를 여기까지 이끌어 온 것 같아요. 거의 30년 전의 일인데……. 어느 날, 함께 저녁 식사를 마친 후, 이런저런 이야기를 하다가, 앙리는 조선에서의 생활을 지루해하는 내게, 동양어 학교 교수들에게서도 들어본 적이 없는, 조선에서 발견한 것들을 이야기하기 시작했습니다. 조선에 오기 전부터 관심이 많았던 도자기는 물론이고, 그간 수집한 서책들의 이야기는, 아무에게도 알려지지 않은, 세상의 모든 이야기처럼 나의 호기심을 강하게 자극했지요. 앙리는 자연스럽게, 그에 관한 서지를 정리해 보는 것이 어떻겠는가 하는 제안을 했고요. 자신은 시간적인 여유가 없어서 마음은 있어도 실행에 옮기지 못하고 있으니 도와 달라는 이야기였습니다. 결국 앙리는 내게 동기를 유발하고, 구하기 어려운 책들까지 소개하는 큰 도움을 주면서도, 그 작업이 온전히 마티외 헤셀만의 작업이 되기를 바랐습니다. 서지가 완성되었을 때 자신의 이름은 넣지 말아 달라고 간곡히 부탁할 정도였으니까요. 조선에서 함께 지냈던 시간은 일 년 정도가 전부였지만, 내겐 소중한 만남이었지요."

그는 끝까지 랑베르의 유품에 관한 이야기는 꺼내지 않았다. 랑베르는 진정 아무에게도 이야기하지 않은 것일까. 아니면 헤셀 교수가 알면서도 시치미를 떼고 있는 것일까. 생각해 보면, 해용에게서 서신을 전해 받은 날부터 랑베르의 사망일까지는 누군가에게 의논할 만큼 시간적인 여유가 있지는 않았다. 더구나 랑베르는 병약한 몸이었다. 하지만 스위스 계좌는 그 이전에 이미 개설된 것이었다.

1960년 동베를린

"이쪽은 노동당 연락부 대구라파 공작총책 이원호 동무요."

사십 대 초반으로 보이는 남성이 대사 집무실로 들어오자, 윤주명이 그를 소개했다.

"정해용 동무를 영사실로 좀 안내해 주시오."

이원호는 해용을 영사실로 데려갔다.

"지금 보실 영화는, 강홍식 감독의 「내 고향」이라는 작품입니다. 1949년 작품이니, 40년대 말의 북조선 모습을 영화로 감상하신다면 감회가 남다를 것 같습니다. 그럼 저는 조금 있다가 다시 오겠습니다."

　흑백으로 촬영된 영화가 시작되자 북녘의 산하가 펼쳐졌다. 40년대 말에 촬영한 것이라면, 해용이 고향을 떠난 시점으로부터 약 30년이 지난 모습이다. 들꽃이 핀 넓은 들판과 벼가 익어가고 있는 논, 몸통이 구불구불한 소나무, 조각구름이 걸려 있는 키 큰 미루나무, 그 밑으로 뻗어 있는 신작로 등, 익숙하지만 오랫동안 보지 못했던 시골 풍경이 계속되자, 갑자기 가슴 속에 묶여 있던 끈 같은 것이 툭 하고 끊어지면서 눈물이 쏟아져 나왔다. 대사관 안에서 영화를 보리라고는 생각지 못했고, 조금 전엔, 기억 저편으로 사라져 가고 있었던 윤주명이 북한 대사가 되어 눈앞에 나타났다. 한동안 감정의 큰 기복은 별로 느끼지 못하며 살아왔는데, 파리의 집을 나선 이후부터 요동을 치며 뒤죽박죽된 감정의 색깔을 도무지 가늠할 수가 없었다. 감당할 수 없는 큰 물결 같은 것이 계속 밀려들고 있다. 주체할 수 없는 눈물의 파도였다. 어느 날, 어머니가 화염 속으로 사라져 영영 돌아오지 않았을 때 느꼈던 감정, 수십 년 동안 유예되어 있던 감정이 너무 뒤늦게 당도한 것인지도 모른다. 아주 어릴 때였지만, 그 기억은 뇌리에 영원히 각인되었다. 그때 울었어야 했는데 울지 못했다. 그래서 60세가 넘은 해용은 이제 그 엄마 잃은 아이가 되어, 지연된 슬픔 속으로 깊숙이 빠져들어 갔다.

　사흘 후, 정해용은 제네바에서 베를린으로 올 때, 기차에서 내렸던 오스트반호프역에서 모스크바행 기차를 기다리고 있었다. 가방 속에는 중국 국적의 '증 하이 롱'이라는 이름으로, 조선 교통성 민용항공국 탑승권이 들어 있었다. 모스크바에서 평양행 조선 민항 비행기를 타게 될 것이다. 강제 소환되는 북한의 엘리트들과 같은 루트였다. 출발 전, 윤주명과 모종의 거래가 있었다. 해용 쪽의 조건은, 이것은 순수한 고향 방문이므로 자신을 정치적으로 이용하지 말 것이며, 반드시 파리로 돌아갈 수 있게 해 달라는 것이었다. 그리고 윤주명의 요구 사항에 관해서는 이 모든 것이 지켜졌을 때만 들어줄 수 있다고 강조했다. 동베를린에 오기 전까지만 해도, 자신이 어쩌면 북한에 정착할 수도 있을지 모른다는 일말의 가능성을 지우지 않고 있었지만, 윤주명을 만나고 나니 반드시 돌아와야겠다는 생각이 굳어졌다. 어쩌면 이젠 목숨이 달린 문제가 될 수도 있었기 때문이다.

덕이 이야기

2000년 서울

"여기 세워 주세요."

현우와 마리즈 일행이 함께 타고 온 택시가, 육중한 철문이 굳게 닫힌 집 앞에서 멈춰 섰다. 현우의 아버지, 김사덕은 서울 연희동 주택가 한가운데, 정원이 딸린 2층 양옥 단독 주택에 살고 있었다. 마리즈는 택시에서 내리자, 현우의 안색을 잠시 살피더니 괜찮냐고 물었다. 상념에 젖은 그가, 택시 안에서 별로 말이 없었기 때문이었다. 현우는 마리즈의 질문에, 그제야 잠에서 깬 듯, 얼른 괜찮다고 대답했다. 현우는 마리즈가 어떤 질문을 할지, 그에 대해 아버지가 무어라 대답할지도 알지 못했다. 확실한 것은, 자신이 아버지에게 한 번도 묻지 않았던 질문들을 마리즈가 하리라는 것이었다. 오는 길에 느꼈던, 알 수 없는 긴장감의 원인이 그것이었다. 그만큼 자신과 아버지 사이에는 건널 수 없는 강 같은 것이 흐르고 있다는 것을 현우는 새삼 깨달았다. 처음에는 그 강 하나만 보였는데, 가만히 보니, 강은 거기서만 흐르고 있는 것은 아니었다. 우리 모두 각자 하나의 섬이라면, 섬들이 자꾸 움직이거나 달아나서 건널 수 없는 건지도 모른다고, 꼭 저길 건너가야 한다고 생각지는 말자 하기도 했다.

 벨을 누르니 새가 지저귀는 소리가 났고, 잠시 후 덜컹하면서 육중한 철문이 자동으로 열렸다. 미리 전화로 연락을 해 두었기에 현우의 어머니는 누구냐고 묻지도 않았다. 집안으로 들어선 마리즈와 앙투안의 입에서 작은 탄성이 새어 나왔다. 80대로 접어든 김사덕이 여전히 정성을 기울이고 있는 정원에는, 대문 옆의 은행나무와, 정원 한가운데 가장 눈에 띄는 자리에서 주인 행세를 하는 감나무같이 제법 키가 큰 나무에서부터, 대문에서 현관에 이르는 통로 주변을 따라 심은, 키 작은 회양목, 채송화나 팬지같이 작고 여린 꽃에 이르기까지 다양한 식물들이 작은 세계를 이루고 있었다. 여름이 되면 제법 잎이 우거져, 소나기라도 지나간 후에는 깊은 숲속에 들어온 느낌을 주기도 했다. 감나무 옆에는 석등이 나란히 서 있고, 정원을 가로지르는 통로의 끝에서 만나는 돌절구 속에는 부레옥잠이 물 위에 둥둥 떠 있어 섬세한 분위기를 더해 주었다. 마리즈와 앙투안은 너무 멋진 정원이라며 찬사를 아끼지 않았다. 반지하층 위쪽으로 난 계단 몇 개를 오르면, 반투명 유리를 끼운 알루미늄 현관문이 있었고, 완만한 시옷자 기와지붕을 얹은 건물의 외벽은, 붉은 벽돌색 타일과, 자연미를 살린 화강암을 발라 놓았다. 1층과

2층의 거실 창에는, 갈대발 여러 장이 나란히 드리워져 햇빛을 가려 주었다. 민간 주택 건설업자를 일컫는, 소위 '집 장사'들이 70년대에 지은, 대지가 150평이 넘는 고급 양옥이었다. 집 앞 골목에는 똑같이 생긴 집 네 채가 담장을 공유하며 나란히 들어서 있었다. 현우의 어린 시절에, 한옥과 차별화된 주거 양식이던 양옥은, 부자들이 사는 집이었다. 이 집으로 이사 온 것은, 현우가 대학에 들어가던 해였다.

하얀 모시 한복을 차려입은 김사덕이, 크리스털 샹들리에가 빛나는 거실의 등나무 소파에서 천천히 몸을 일으켜 방문객을 맞이했다. 마리즈와 앙투안은 고개를 숙이며 한국어로 또박또박, "안녕하세요!" 하고 인사를 건넸다. 윗사람에 대한 한국식 예절을 익혀 온 것이 기특하다고 생각하며, 김사덕은 온화한 미소를 짓고 있었지만, 마리즈는 그의 첫인상이 매우 강렬하다고 느꼈다. 짙은 눈썹과 높은 콧날에, 쌍꺼풀이 선명한 눈 또한, 인상을 강하게 만드는데 한몫을 거들었다. 2층 서재에서 촬영하기 위해 장비들을 옮겨 세팅하고 있는 마리즈는 그날따라 더욱 생기가 넘쳐서 열 살은 어려 보였다. 일에 몰두할 때 얻게 되는 생기가 있다. 게다가 마리즈에게는 나이를 가늠할 수 없는 매력이 숨어 있었다. 오백 살에도 소녀의 얼굴을 한 요정 같은 초현실적인 존재가 있다면, 그와 비슷할지 모른다. 동양과 서양의 피가 섞이면서 빚어진 이목구비의 미묘한 선이, 어딘지 모르게 낯선 신비감을 주었다.

"형은요?"

현우는 현세가 궁금해서 어머니에게 물었다.

"방에서 음악 듣고 있나 봐. 요즘은 그럭저럭 지내고 있어. 술도 좀 줄여서 몸 상태도 그만그만하고. 이건 네가 좀 올려다 줄래?"

어머니는 음료와 다과를 차려 담은 커다란 쟁반을 현우에게 내밀며 말했다. 현우는 인터뷰를 끝내고 마리즈와 앙투안을 보낸 뒤에 형을 만나야겠다고 생각했다. 형은 사람 만나는 것을 극도로 꺼렸다. 카메라 세팅이 끝나자 서로 말이 통하지 않는, 김사덕과 마리즈 남매는 조금 어색하게 현우를 기다리고 있었다.

"그냥 편안하게 말씀해 주시면 돼요, 아버지."

현우는 들고 올라온 쟁반을 한쪽에 내려놓으며 말했다. 서재 안에는 다양한 모양의 분재와 서예 도구들이 즐비했다. 십 년 전에 현역에서 물러난 김사덕이 어떤 취미를 가졌는지 한눈에 알 수 있었다. 전쟁 직후, 시장의 작은 신발 가게 점원으로 시작한, 남한 생활 초창기의 흔적은 이제 어디서도 찾아볼 수 없었다. 가게 뒷마당에서 헌 고무신을 닦아 팔던 시절도, 전쟁 이전의 생활에 비하면 형편이 나아진 것이었다. 마리즈는, 자신들이 김사덕을 인터뷰하려는 이유를, 현우에게 했듯이 다시 한번 찬찬히 설명했고, 설명을 마치고 나서는 상냥하게 웃어 보였다. 이제 준비가 되었다는 신호이기도 했다. 마리즈는 정해용 말년의 모습을 카메라에 담기는 했지만, 이런 식의 인터뷰를 하겠다는 생각은 해 보지 않았다. 옛이야기를 끄집어내어 아버지의 심기를 불편하게 하고 싶지 않다는 마음이 컸다. 그래서 말없이 촬영만 했다. 생의 마지막 어딘가를 향하고 있는 아버지의 감정을 건드리고 싶지 않았고, 아버지의 그 무언가를 건드리면, 바싹 마른 웨이퍼 과자처럼 부스러지거나, 도마뱀처럼 스스로 꼬리를 자르고 도망칠지도 모른다고 생각했다. 그에 반해, 현우는 아버지를, 아버지가 아닌 한 사람으로서 조금 더 알고 싶다는 생각에 인터뷰를 적극적으로 제안했다.

"그대로 남아 있다가 잡히는 날엔 인민군의 징집을 회피한 죄로 처벌을 받을 수도 있었고, 서울로 가면, 어릴 때 헤어진 부모님을 만날 수 있을지도 모른다는 생각이 들어서, 후퇴하는 국군을 무작정 따라나섰지. 한국의 북부 지방 정월은 시베리아만큼 추워요. 피난민 행렬은 사진으로 보는 그대로라, 거기서 더 보탤 것도 뺄 것도 없어. 끊어진 다리 위에 개미처럼 달라붙어 있는 피난민 행렬 속 어딘가 잘 찾아보면 내 모습이 보일지도 몰라."

김사덕은, 1950년 겨울, 유엔군 후퇴 당시의 대동강 철교 사진을 보여 주며, 얼굴을 거의 보지 못하고 살았던 아버지, 홀로 자신을 키우던 어머니와 보낸 어린 시절을 회상했다.

"다른 가족은 없으셨나요?"

마리즈의 질문이었다.

"그게…… 난 혼자 몸이었지만, 어린애나 어르신을 동반하고 피난을 떠난 사람들은 추위에 고생이 이루 말할 수 없었지."

김사덕은 잠시 머뭇거리다 그렇게 답했다. 자신은 당시, 결혼한 몸이었고, 아이도 둘이 있었다는 말은 차마 하지 못했다. 그건 아들인 현우도 모르는 사실이었다. 만삭이었던 아내와 아이를 남겨 두고 인민군 징집을 피해 산속에서 은둔하다시피 살다가, 국군이 후퇴한다는 소문을 듣고는, 곧 다시 돌아오겠다는 생각으로 떠난 길이었다. 인민군의 징집을 피했으니, 그들과 다시 맞닥뜨렸다가는 목숨을 부지하기 어려울 것이었다. 사람의 목숨, 특히 젊은 사내의 목숨은 파리 목숨과도 같았던 시절이었다. 일제의 징집이 끝났는가 했더니, 또 다른 전쟁터가 기다리고 있었다. 엄동설한이었고, 만삭의 아내와 어린아이를 데리고 피난 행렬에 오르는 것은 무모한 짓이었다. 아내는 집에 남겠다고 했다. 한동네에 사는 노파에게 아내의 산바라지를 부탁하고, 어렵사리 구한 말린 강냉이 두어 되를 항아리에 담아 땅에 묻은 뒤, 본인은 맨몸으로 길을 나섰다. 사덕은 꼭 돌아온다고, 조금만 더 버텨 달라고 당부하며 돌아섰고, 아내는 눈물, 콧물 범벅이 되어서 눈도 똑바로 뜨지 못했다. 눈물, 콧물이 만들어 내는 수증기는, 머릿수건 아래로 삐져나온 아내의 머리카락에 서리가 내린 것처럼 얼어붙어 버렸다. 귀를 덮는 털모자는 먼 길 떠나는 남편에게 씌우고, 자기는 면 수건을 둘둘 말아 머리에 뒤집어썼다. 아장아장 걷는 아이는 자꾸 아버지를 따라가겠다고 성화였다. 아내는 아비에게서 아이를 떼어놓느라 애를 먹었다. 사덕은 몸에서 살점이 떨어져 나가는 듯 아팠다. 강둑에 서서, 남편의 모습이 사라져 보이지 않을 때까지 손을 흔들던 아내와 아이의 모습은, 그 후로 수십 년 동안, 사덕에게는 한낮의 가위눌림이었다. 아무리 그들에게 손을 뻗어도 닿지 않는 악몽이었다.

  이러한 사연에 대해, 한번 입을 닫기로 마음먹으니, 그것을 다시 꺼내기란 거의 불가능하게 느껴졌다. 그 이야기를 꺼내는 순간, 자신이 이내 허물어져 내릴 것 같은 두려움이 있었다. 부모와 헤어진 청소년 시절부터 김사덕의 마음엔 늘 도넛처럼 뻥 뚫린 구멍이 있었는데, 그것은 우주 공간의 초거대 질량 블랙홀처럼 세상에서 가장 무거운 구멍이었다. 이북의 가족에게 다시 돌아갈 수 없다는 사실을 알게 된 후로는, 더욱 허전하고 무거워진 그 구멍을 잊기 위해 술을 마셨다. 한번 마시면 말술을 마셨다. 술통에 빠져 산다는 말을 그대로 실행했다. 술이 나인지 내가 술인지 모르게 지냈다. 하루 벌어 하루 마시고, 하루 벌어

이틀 마시다가, 어느 날 눈을 떠보니 백주의 길바닥 위였고, 몸뚱이는 간밤에 뱉어 놓은 토사물로 범벅이 되어 있었다. 짐승보다 못한 삶이었다. 의식이 몽롱한 가운데, 갑자기 깊은 산골에서 화전을 일구던 윤 노인의 얼굴이 눈앞에 나타났다.

"내가 이 꼴을 볼라구 네놈을 살렸느냐? 이 금수만도 못한 놈아!"

피투성이가 되어 죽어 가는 김사덕을 쑥뜸과 탕약으로 살려 낸 윤 노인이었다. 화전민촌까지 어떻게 오게 되었는지는, 깨어난 이후 윤 노인에게서 들었다. 같은 마을 사람 하나가 달구지와 지게로 실어다가 깊은 숲속 화전민 마을에 떨구고 갔다고 했다. 북에 두고 온 아내와 아이들, 윤 노인, 화전민 마을, 어머니, 아버지……. 이 모든 것은 김사덕의 가슴속 구멍 한가운데로 깊숙이 빨려 들어갔다. 환시와 환청을 통해 노발대발하는 윤 노인을 만난 그날 이후, 김사덕은 신기하게도 다시는 술을 입에 대지 않았다. 윤 노인은 이렇게 그를 두 번 구했다.

사덕은 그렇게 화전민 마을에서 목숨을 구하고, 마을 사람들의 일을 돕다가 해방이 되어 대처로 떠났다. 전쟁이 끝나고, 사덕은 서울의 동대문 시장 신발 가게 점원으로 시작해서 한 푼 두 푼 돈을 모았고, 모은 돈은 일수를 놓아서 불려 나갔다. 술독에서 빠져나와 이번에는 일독에 빠졌고, 미친 듯이 일에 전념했다. 김사덕은 그 '구멍'의 존재를 잠시나마 잊게 해 줄 수 있는,

모종의 중독이 필요했다. 중독 중에서는 일중독이 그나마 세간의 비난을 면할 수 있고, 오히려 칭송을 듣기도 했다. 점원 신세에서 벗어나 조그만 소매상을 거쳐, 현우가 대학에 진학할 즈음에는 꽤 큰 도매상을 운영하게 되었다. 자가용과 저택을 기본으로, 콘도나 골프장 회원권을 소유한다거나 사적인 목적의 해외여행을 할 수 있는 정도의 부를 축적했고, 그 정도라면 대한민국에서 자수성가의 아이콘이 될 만했다. 큰아들 현세에게 닥쳤던 충격적인 급반전만 아니었더라면 걱정 없이 편안한 생을 누릴 수도 있었다.

"잠시 쉬었다가 할까요?"

현우는 아버지가 힘들어하는 기색을 눈치채고, 인터뷰를 잠시 중단시켰다. 마리즈는 고개를 끄덕이며, 촬영 중이던 캠코더를 끄고 사진 카메라를 꺼내더니, 현우와 사덕의 모습을 찍기 시작했다.

"카메라는 의식하지 마시고 그냥 자연스럽게 계시면 찍을게요."

마리즈는, 분재와 서예 도구가 놓인 서재를 배경으로, 사덕과 현우의 모습을 따로, 또 함께 찍었다. 마리즈는 현우의 모습을 뷰파인더를 통해서야 비로소 자세히 볼 수 있었다. 이제 막

40대에 접어든 그의 분위기에서는, 청년의 풋내는 가시고 원숙한 세련미가 자리 잡기 시작하고 있었다. 반듯한 이목구비와 사려 깊은 눈매, 무엇보다 중저음의 목소리가 실려 나오는, 정확한 발음은 프랑스어로 말할 때도, 한국어로 말할 때도 아름답게 들렸다. 한국어를 모르는 마리즈는 청각적 인상으로, 말하자면 음악을 듣는 것처럼 말소리에 귀를 기울이곤 했다. 마리즈는 원래 영화보다는 사진을 먼저 시작했다. 아무 말 없이, 다만 눈에 보이는 것을 찍는 행위가 좋아서였다. 자신의 눈과 대상 사이에 빛과 렌즈가 개입되어 만들어 내는 이미지에 매료되었다.

대학생 시절에, 파리 남쪽 방브의 벼룩시장에서 우연히 손에 넣게 되었던, 세상에서 제일 작은 카메라 롤라이 35는, 크기가 손바닥만 했지만, 사진이 제법 잘 찍혔다. 그걸 들고, 1968년 봄에 데모대들을 따라다녔다. 데모가 격렬해졌을 때 카메라를 몸에 지니는 것은 위험한 일이었지만, 마리즈는 숨어서 그들을 찍고 또 찍었다. 밤새도록 건물 담벼락에 '금지하는 것을 금지한다!' 같은 슬로건을 스프레이로 갈겨 대는 무리도 따라다녔다. 짐승 떼처럼 무언가에 홀려서 이리저리 몰려다녔다. 길 위에서 노래를 부르고, 싸구려 포도주를 마시고, 모르는 사람들끼리 사랑을 나눴다. 혁명은 도수 높은 알코올과도 같아서 그 취기는 온몸을 싸고돌았다. 위에서 아래로 명령하는, 모든 보수적 권위에 대한, 약하고 여린 것들의 서슬 퍼런 도전이었다. 학생이 그랬고, 노동자가 그랬고, 여성이 그랬고, 모든 소수자가 그랬다. 역시 소수자였던 마리즈는, 당시 젊은이들이 열광했던 보리스 비앙에게 빠져 있었다. 특히 아프리카계 미국인이지만 혼혈인 혈통 덕분에, 금발에 흰 피부를 타고난 리 앤더슨이라는 인물이, 백인 여성을 사랑했다는 이유로 억울하게 살해당한 동생의 복수를 하는 소설, 《너희 무덤에 침을 뱉으마》는 책장이 닳도록 읽었다. 자신의 매력으로 백인 자매를 차례로 유혹한 후, 처참하게 살해하는 장면에서는 마리즈 자신도 기꺼이 소설의 주인공과 함께 살인자가 되었다. 그때 이후, 카메라는 마리즈 신체의 일부라도 된 것처럼 곁을 떠나지 않았다. 프레임을 통해 세상을 보았고, 순간과 순간들을 사냥해 나갔다. 스러지는 순간들, 그와 동시에 생성되는 순간들의 흔적을 수집하는 행위는, 시간의 탄생과 장례를 동시에 치르는 행위는, 마리즈에게 안도감을 주었다.

그는 부모에게서 불안과 위선을 상속받았다. 평안한 시절이 없었던 것도 아니고, 가끔은 재미있는 추억도 있었지만, 아버지의 가출 사건 이후, 어머니는 키우던 강아지를 별다른 이유도 없이 유기한다든지, 집안 대청소를 한다는 구실로 가족들의 추억이 담긴 사진을 몽땅 불태우기도 했다. 다락방에 두었던, 마리즈와 앙투안의 어린 시절 추억이 담긴 상자들도 내다 버렸다. 버림받은 마음은 모든 것을 버렸고, 사건의 현장인 가정을 그렇게 소심한 방식으로 조금씩 파괴하고 있었다. 자기 자신을 내다 버리지는 못해서, 죽고 싶지만 죽지 못하는 마음이, 모든 걸 내다 버리는 행위로 표출되었다. 그런 일이 있을 때마다 마리즈는 크게 상심했지만, 어머니는 무엇에도 아랑곳하지 않았다. 아이들의 기분 따위는 안중에도 없었다. 어머니의 상처는, 형체가 없는 괴물처럼 마리즈의 뒤를 따라다녔다. 어머니가 침묵할수록, 괴물은 무겁고 거대해져 갔다. 점점 이상해지는 어머니를 뒤로하고, 마리즈는 바칼로레아를 치르자 서둘러 집을 떠났다. 껍데기뿐인 아버지와, 아무래도 문제가 생긴 것 같은 어머니가 있는 그 집에서, 더는 머물고 싶지 않았다. 어머니는 아버지보다 5년 먼저 암으로 세상을 떠났다. 마리즈는 딸의 관점에서, 어머니의 사인이 자살인 것보다는 차라리 암이 더 낫다고 생각했다. 하지만 스스로 치료를 거부했기 때문에 자살이 아니라고 할 수도 없었다. 살려고 노력하지 않는 것도 자살의 한 방식이라면.

화려한 문양의 자개 문갑 위에 놓인 붓이며 벼루, 연적들을 배경으로 현우 부자를 사진에 담으면서, 마리즈는 김사덕을 정해용과 혼동하지 않으려고 애썼다. 하지만 왠지 아버지와 동일한 인물을 찾은 기분이었다. 정해용은 마리즈의 아버지고, 김사덕은 김현우의 아버지인데, 그들이 하나의 아버지인 것 같은 기분을 떨쳐 버릴 수가 없었다. 서예 도구와 분재를 보면서 마리즈는 또 한 사람을 떠올렸다. 아버지의 친구였던 중국인 프랑수아였다. 그 또한, 스무 살에 중국을 떠나 프랑스로 건너온 후, 단 한 번도 중국으로 돌아가지 않고 평생을 살았다. 서예와 중국화를 가르치며 생계를 이어 갔다. 글과 그림이 함께 어우러지는 문인화를 즐겨 그렸으므로 한시도 잘 썼다. 정해용도 한

시에는 일가견이 있었고, 취미로 그림도 그렸기 때문에 두 사람은 서로 통했다. 주앵빌의 촬영소에서 잠시 일할 때, 동료로 만난 사이였다. 마리즈가 어린 시절, 촬영소에 놀러 갔을 때, 편집실에서 잘라 내버린 35밀리 필름 한 줄을 마리즈에게 선물한 사람이 프랑수아였다. 마리즈는 그 필름을 전등불에 비춰 보며 놀곤 했다. 정해용이 세상을 뜨고 얼마 후, 프랑수아가 마리즈를 집으로 초대했고, 자신이 옮겨 쓴 한시 한 편을 보여 주며 그 뜻을 풀이해 준 적이 있었다.

역양에서 자라난 오동나무
차가운 비바람 속에 여러 해를 견뎠네
다행히도 뛰어난 장인을 만나
베어다가 거문고를 만들었네
다 만든 뒤 한 곡조를 타 보았지만
온 세상에 알아들을 사람이 없네
이래서 「광릉산」 거문고 곡조
그 천고의 소리 끝내 사라지고 말았네

"옛날에 네 아버지가 내게 알려준 한시란다."

"누가 쓴 시인데요? 중국 시인인가요?"

"아주 드물어서 귀한, 조선의 여성 시인이라고 하더라. 여기 이름을 적어 놨는데……. 허, 난, 설, 헌. 16세기니까, 거의 400년 전이구나. 아주 기구한 생을 보내고 20대의 나이에 요절했는데, 그 남동생이 모아서 낸 시집이 중국, 일본에까지 전해져서 유명했다더라. 네 아버지가 이 시를 아주 좋아해서 늘 품에 넣고 다녔지."

"옛날 여성 문인들은 프랑스에서도 명성을 얻기 힘들었는데, 조선에서도 마찬가지였나 보네요. 자신의 작품을 알아주지 않는 세상에서 고독하게 살다 간 시인이군요."

"일고여덟 살에 지은 글이 이미 매우 훌륭해서 천재란 소리를 들었다더구나."

"한데, 「광릉산」이라는 곡은 왜 전해지지 않았나요? 그 옛날에 악보가 유실된 걸까요? 악보를 남기면 후세 사람들에게 전할 수 있었을 텐데."

"「광릉산」은 진나라의 죽림칠현 중 한 사람인 혜강이라는 인물이 신선으로부터 전수했다는 산곡인데, 혜강이 죽고 나서는 그 곡조를 아는 사람이 아무도 없어 전해지지 않았다는 일화가 있지. 혜강이 어느 날, 칠현금을 타는 중에 어디선가 홀연히 한 노인이 나타나서 한 수 가르쳐 주겠다며 연주를 했는데, 그 수준이 가히 놀라운 것이었단다. 연주를 마치자, 노인은 다시 바람처럼 사라졌고……."

 마리즈는 프랑수아가 한 장 더 베껴 써 준 한시를 아직 가지고 있었다. 가끔 그걸 꺼내 볼 때면, 아버지에게도 허난설헌의 거문고 곡조와, 혜강의 「광릉산」과 같은 곡조가, 아무도 알아주지 않아 마음속에서만 흐르던 곡조가 있었을까, 돌아가시면서 그것도 함께 사라졌을까 생각하기도 했다.

 인터뷰를 마친 김사덕은 책장에서 앨범 하나를 꺼내, 책상으로 쓰고 있는, 검은색 자개 장식 교자상 위에 펼쳤다. 몇 장을 넘기니, 세피아 톤으로 빛이 바랜 가족사진 한 장이 나왔다. 아버지와 어머니 그리고 아들의 사진이었다. 김사덕은 어린 아들의 얼굴을 손가락으로 짚으며 말했다.

 "이게 나요. 날 화전민촌에 데려다 놓았던 동네 사람이 놓고 갔다지. 그 사람을 다시 만날 수 있었다면 어머니가 어디 계신지도 알 수 있었을 텐데. 오래 잊고 지내다가 오늘 촬영하러 오신다고 해서 다시 꺼내 보았는데, 부모님의 유일한 사진이라 신주 모시듯 가지고 다녔어요."

 마리즈 남매와 현우는 모두, 가까이서 사진을 보려고 고개를 들이밀었다. 마리즈는 사진을 유심히 뜯어보다가 고개를 갸우뚱하더니, 불현듯 자신의 가방 속에서 또 한 장의 사진을 꺼내

들었다.

"이건 아버지 유품에서 나온 사진인데, 이것 좀 보세요."

김사덕은 돋보기를 끼고, 마리즈가 건넨 사진을 유심히 보다가, 눈이 휘둥그레져 물었다.

"이 사진을 댁의 아버님이 가지고 계셨단 말입니까?"

그것은 김사덕 어머니의 젊은 시절 모습이었다. 아무도 그 사진이 어째서 정해용의 유품에서 나왔는지 알 수 없었지만, 가족은 아닌 것이 분명한, 한 여성의 사진으로 추론할 수 있는 것은 한 가지밖에 없었다. 모두 짐작은 했지만, 그 누구도 말을 꺼내지는 않았다. 그 어머니의 이름은 전단옥이었다. 김사덕은 독립운동가 김신재를 생부로 생각하며 살아왔고, 앞으로도 그렇게 살아갈 것이었다. 다들 사덕의 어머니가 해용의 옛 연인이었나 보다 하고 생각했을 뿐이다.

아버지의 인터뷰 촬영을 마치고 나니, 현우는 비로소 아버지가, 아버지가 아닌 김사덕이라는 한 사람으로 보이기 시작했다. 그것을 위해 인터뷰를 연결한 것이기도 했다. 나와 피를 나눈 가족이라는, 그 빡빡한 인연으로 묶인, 아버지라는 꼬리표가 떨어져 나가면서 객관성을 획득한, 한 인간으로 보이기 시작한 것이다. 아버지의 어린 시절 가족사진을 보고 있자니 문득, 아버지도 부모님의 어린 아들인 적이 있었던 사람이라는 생각이 들었다. 한때는 여리고 보드라운 아이였는데, 세파에 시달리며 상처받을수록 더 굳어지는 갑각을 몸에 두르고, 세상과 싸우고 자신과 싸우며 어른이 되어 갔던 한 사람이다.

 현우는, 마리즈와 앙투안이 떠난 후에 현세를 잠시 만나고서, 반포동의 아파트 자택으로 돌아왔다. 아버지의 도움으로 산 집이었다. 현우는 그 아파트에서 아내와 초등학생 아들과 함께 살고 있었다. 퇴근 후, 집에 와서 저녁 식사를 하고 잠들기 직전까지, 아내가 아들의 숙제를 봐주며 공부를 시키느라 진땀을 흘리고 있는 동안, 현우는 서재에서 글을 썼다.
 장밋빛 꿈을 꾸며 글쓰기를 시작했던가? 그건 아닌 것이 분명했다. 그렇다는 것을 종종 잊기는 했지만, 분명히 기억하는 것은 붉은 선혈로 시작했다. 지하철 안에서 정해용의 녹음테이프를 들었던 그날을 기억한다. 현우에게 글쓰기란, 발밑으로 깎아지른 낭떠러지 협곡 아래 거친 물살이 흐르는 가운데, 이쪽 낭떠러지에서 저쪽 낭떠러지로 건너가는 아치 형태의 다리를 만드는 것이었다. 그 다리의 재질은, 구름처럼, 혹은 꿈처럼 손에 잡히지 않는 것이지만, 다리의 일부가 되는 순간, 발을 디딜 수 있는 단단한 것이 된다. 그 특수한 재질로 하루에 한 뼘 정도를 만들 수 있는데, 한 걸음을 내딛으려면 며칠이 걸리고, 협곡의 양편에서 시작된 아치가, 중앙에서 연결되어 완성되기까지는, 공중에 매달린 채 위태롭기 짝이 없는 하루하루를 보내는 수밖에 없다. 건너편에서는 등장인물들이 힘을 모아 내 쪽을 향해 자신들의 아치를 만들어 전진하고 있다. 측량이 정확하다면, 그들의 반쪽 아치와 만날 수 있을 것이다. 하지만 만일 그렇지 않다면? 일단 공사가 시작되면 뒷걸음질 칠 수는 없다. 그건 불가능하다. 그런데 포기할 수는 있다. 거기서 뛰어내리면 된다. 추락하는 순간, 물에 빠져 죽는 것이 아니라, 식은땀으로 범벅이 되어 악몽에서 깨어나며 가슴을 쓸어내리게 될 것이다. 하지만 악몽 속에 남겨진, 협곡을 잇는 미완성의 교량은, 내 아이를 가진 채 버림받은 옛 애인처럼, 평생 기억 속에서 지워 낼 수 없을 것이다. 그렇게 되는 것은 원하지 않았기에, 언제가 될지 모르는 아치의 완성을 위해서 현우는 하루에 한 뼘씩 나아갔다. 공중에 매달린 채.

정의와 음모

1923년 파리

 야마모토 류이치의 작업실은 마침, 마르셀 르콩트 감독의 집에서 도보로 5분 정도 떨어진 시테 팔기에르 거리에 있었다. 그곳은 몽파르나스 지역의 가난한 화가들이 값싼 임대료를 내고 숙식을 해결하면서 사는, 작업실 수십 개가 밀집한 골목이었다. 골목 입구에는 한때, 화가 폴 고갱이 살았던 작은 아파트도 있었다. 이제 세간에 이름을 알리기 시작한 야마모토 류이치는, 가까운 외국인 동료 화가들, 피카소와 수틴, 모딜리아니 등이 함께했던 추억의 장소를 완전히 떠나고 싶지 않았기 때문에, 전시에 살았던 거처를 작업실로 이용하고 있었다. 주앵빌의 촬영장에 있던 마르셀 르콩트 감독에게 그의 스케치를 전달했던 날, 언젠가 자신의 모델이 되어 달라고 해용에게 청했던 류이치의 바람은 생각보다 빨리 이루어졌다. 류이치는 마르셀에게 청하여 해용의 초상화를 그릴 시간을 허락받았다. 막다른 골목길 끝에는 작고 소박한 호텔이 있었고, 작업하다 지친 예술가들이

1층의 바나 뒤뜰에서 값싼 포도주를 앞에 놓고 시답잖은 잡담이나 걸쭉한 육담으로 시간을 보내기도 했다.

해용은 Y자 형태의 목조 골조가 겉으로 드러나 보이고, 격자 모양 철제 프레임에 반투명 유리를 끼운, 작업실 건물의 외벽이 마음에 들었다. 파리에서는 이런 식으로 지은 예술가들의 작업실이나 공방이 종종 눈에 띄었는데, 특히 테레핀 냄새로 가득한 화가들의 작업실은 해용에게, 뭐라 설명하기 어려운, 아련한 그리움에 가까운 감정을 느끼게 했다. 아마도 해용이 훗날 아마추어 화가로 활동하게 된 연유 중 하나는, 시테 팔기에르의 기억 때문이었을 것이다. 류이치의 작업실은 길가에 면한 건물을 통과한 후, 철제 계단으로 연결된 뒤편 건물 맨 위층에 있었다. 구멍이 숭숭 난 철제 계단 아래쪽으로는 손바닥만 한 텃밭에, 생김새는 친숙하지만 이름 모를 식물들이 햇살에 반짝이고 있는 모습이 내려다보였다.

"고개를 조금만 왼쪽으로 돌려 봐요. 어깨에 힘을 빼고 팔은 자연스럽게······."

류이치는 작업에만 열중했다. 어디서 무슨 연유로 파리까지 오게 되었는지, 그런 속사정을 물을 법도 했지만, 해용의 얼굴에만 관심이 있을 뿐, 나머지는 아무래도 상관이 없다는 듯한 기색이었다. 그러나 류이치 쪽에서는 이미 정해용에 관해 알 만한 것은 다 알고 있었다. 그래서 더욱 말을 아꼈고, 자신의 목적이 달성될 때까지 최대한 신중해야 했기에, 무관심으로 가장했다.

"초상화를 많이 그리시나요?"

오랜 침묵을 깨고 해용이 먼저 질문을 했으나, 류이치는 대답 없이 계속 그림만 그릴 뿐이었다. 머쓱해진 해용은 류이치가 작업에 너무 열중한 나머지 자신의 질문을 듣지 못했다고 생각하여 다시 물었다.

"혹시, 초상화를……"

"난 작업할 때 말을 하지 않아요. 물어볼 얘기가 있으면 잠시 후 휴식 시간에 합시다."

해용은 류이치의 카리스마에 어쩐지 주눅이 들어 버렸다. 예술가들이란 괴팍하고도 기가 센 인간들이라고 생각했다. 류이치는 해용의 얼굴을 찬찬히 살폈다. 동양인의 얼굴에서는 보기 드문 윤곽이었다. 눈썹이 짙고, 굵은 쌍꺼풀에 입술도 두툼하고 선이 선명했다. 매우 서양적인 선을 품고 있는 동양의 얼굴이었다. 우뚝 솟은 이마와 미간 사이에 잡힌 주름은 그가 예민한 성격의 소유자임을 말해 주고 있었고, 커다랗고 우수에 찬 검은 눈동자는 그가 순수한 인간임을 드러내고 있었다. 더 많은 것을 감추고 있긴 했지만, 말 한마디 나눠 보지 않아도 얼굴은 이미 많은 것을 말해 주고 있었다. 한편으로 류이치는 해용의 얼굴을 너무 깊이 분석하려 하지 않았다. 처음엔 그냥, 그리는 시늉만 하자고 마음먹었다. 상대의 얼굴에서 우러나오는 이 모든 것들과 지나치게 친숙해져서는 안 된다. 너무 가까이 다가가면 사냥꾼이 사냥감을 놓치듯이 류이치는 해용을 놓칠지도 모른다고 생각했다. 그러다가 다시 생각을 바꾸어서, 오히려 그 반대가 될지도 모른다는 생각도 들었다. 하지만 해용을 모델로 세우고 보니, 자기도 모르게 조금씩 그의 얼굴에 빠져들기 시작했다. 이것이 사냥감을 잡는 길인지 아닌지 혼란스러웠다.

어느덧 류이치는 그 어떤 모델을 그릴 때보다 더욱 집중하기 시작했다. 이것은 마치 자화상을 그릴 때와도 같은 느낌이었다. 그는 종종 자화상을 그렸다. 돈이 없던 시절에 모델료를 아끼기 위해서이기도 했다. 한 가지 다른 점이 있다면, 자화상을 그릴 때는 너무나 익숙한 자신의 얼굴이, 그리면 그릴수록 낯선 사람처럼 느껴졌던 반면, 정해용의 얼굴은 타인의 얼굴인데도 어딘가, 아는 이의 얼굴을 그리는 것처럼 친숙하게 느껴졌다. 아버지의 강요로 어쩔 수 없이 연루된 일이었기 때문일까. 강요당하고, 억압받고, 떠밀린 자의 얼굴이 류이치와 해용의 얼굴 위로 겹쳐 지나가고 있었다. 류이치가 자유를 찾아 고향을 등지고 프랑스로 오게 된 것은 경직된 가풍 때문이기도 했다. 대대로 내려오는 무사 집안으로, 아버지는 상당한 영향력이 있는 일본군 장성이었다. 대일본 제국을 위해 모든 것을 바칠 준비가 된 그의 아버지는, 아들 역시 자기의 신념을 지키기 위한 도구가 되어 주기를 원했다. 무엇보다 아버지가 섬기고 있는 일본 제국은 이미, 유럽에 거점을 두고 있는, 엘리트 장성의 자제를 중요한 인적 자원으로, 더 정확히는 정보원으로 간주하고 있었다.

매주 수요일에 초상화의 모델을 서 주던 해용이 세 번째로 류이치의 작업실에 온 날, 작업을 마치자, 류이치의 동료 화가들이 들이닥쳤다. 이미 어디에선가 한잔하고 온 듯, 다들 술기운이 어느 정도 올라 있었다.

"이야! 이거, 류이치, 자네는 오늘도 작업을 하나? 좀 쉬어가며 해야지! 일본인들은 성실하다 못해 지독한 데가 있다니까! 인생을 즐길 줄도 알아야지!"

무리 중에서 유독 옷차림이 돋보이고, 인물도 눈에 띄는 친구 하나가 문으로 들어서며 강한 러시아 억양으로 소리쳤다. 하지만 파리에 사는 일본인 중에서는 가장 인생을 즐길 줄 아는 사람이 바로 류이치였다. 일할 때도 미친 듯이, 놀 때도 미친 듯이 노는 무한 체력의 소유자였다. 사실 류이치는 놀 때를 빼고, 잠자는 시간을 제외하면, 거의 언제 어디서나 손에서 펜이나 붓을 놓지 않는 축이었다. 밤새도록 댄스파티를 즐기다가 새벽에 들어와서도 작업을 한다든지, 친구들과 식당에서 밥을 먹다 말고도 냅킨 위에다 옆 테이블에 앉은 사람의 크로키를 그린다든지 하는 일이 일상이었다. 그의 주머니 속에는 언제나 펜과 연필, 휴대용 물감이 들어 있었다. 류이치는 갑작스러운 친구들의 방문에, 못 이기는 척 작업을 중단했다. 때를 노리던 그로서는 차라리 잘된 일이기도 했다. 작업실을 나서려던 해용까지 류이치 친구들의 성화에 못 이겨 그들과 어울리게 되었다. 화가, 조각가들과 그들의 모델들까지 한데 섞여, 난장판이 되도록 먹고, 마시고, 춤을 추었다. 해용도, 넬리와 '즐기는 연습'을 해야 했던 초창기와는 달리, 언제부턴가 이 난장판 파티에 조금씩 어울릴 줄 알게 되어, 술잔을 주거니 받거니 하다가 작업실 한쪽에 놓여 있던 소파 위에 그대로 뻗어 버리고 말았다. 몇 년 전부터 그 유해성 때문에 판매와 소비가 금지된 독주 압생트를, 누군가 몰래 가지고 와서 돌렸던 것이다.

류이치는 해용을 방으로 옮겨 침대에 눕히고는, 그의 상의 안주머니를 뒤져 수첩 하나를 찾아냈다. 해용이 수첩을 사용하는 습관을 눈여겨봐 두었던 터였다. 해용은 메모를 많이 하는 편이었다. 주로 언어 습득을 위해 새로운 단어를 적어 놓는 일이 많았지만, 그 외에도 떠오르는 생각들을 낙서처럼 적기도 했다. 지난번 파티가 열렸던 마르셀 르콩트의 집에서는 해용의 방을 뒤져, 상하이에서부터 운반해 온 물건을 찾아내는 데 실패했지만, 이번엔 중요한 단서가 될지도 모르는 것들을 발견했다. 수첩에는 눈에 띄는 몇 개의 숫자와 문자가 쓰여 있었는데, 우연한 낙서처럼 보였지만 눈썰미 좋은 화가 류이치는 이것을 놓치지 않았다.

1908년 파리

 정부의 방침을 무시한 채 독자적인 행동을 한 결과로, 외무성으로부터 쏟아지는 질책을 한 몸에 받고 있던 앙리 랑베르는, 한성의 공사관 매각 대금을 제외한 나머지 금괴의 처리에 고심하고 있었다. 공사관의 매각 절차 또한, 본국의 허락도 없이 성급하게 일을 진행한 것이 큰 문제가 되었다.

 그는 상하이의 하정무와 비밀리에 소통하며 태상왕과의 끈을 놓지 않고 있었다. 앙리 랑베르로서는 1905년 을사늑약으로 대한 제국의 외교권이 소멸한 이후, 그가 왕실을 연결해 주는 유일한 채널이었다. 하정무는 현재, 표면상으로는 상하이에서 프랑스인이 경영하는 무역 회사 대홍 양행의 직원이었지만, 엘리트 친위 세력을 조직하려 했던 당시 황제의 측근으로, 군부대신 이수찬과 함께, 러일 전쟁 중에 대한 제국의 중립을 선포하는 데 큰 역할을 했다. 비록 공식적으로 중립을 인정하는 나라는 거의 없었지만, 하정무는 이 일을 위해 프랑스, 러시아를 순방하며 황제의 친서를 전달하는 일을 맡았었다. 그뿐만 아니라, 중국 영토 내 대한 제국 영사관 용지를 매입할 때, 외국인을 정부 대리인으로 세우고 매입 대금의 실질적인 지불자는 대홍 양행이 되게 하는 각본을 구상한 것도 하정무였다. 그 덕에 을사늑약 후에도 일본으로부터 그 땅을 빼앗기지 않을 수 있었다. 일본을 적대시하고 있던 그는, 일본이 러일 전쟁에서 승리하자 중국으로 망명할 수밖에 없었다.

그는 러일 전쟁 이후에 부활한 상하이 주재 러시아 정보국을 위해서도 일했다. 러시아 중앙 정부의 정보국과는 별도로 운영되었던 상하이 정보국은, 조선에 주둔한 일본군에 대한 정보를 수집하기 위해 세워졌었다. 한반도를 시작으로, 대륙 진출의 야욕을 품고 있는 일본이 제2의 러일 전쟁을 일으킬 것에 대비하여, 러시아와 조선의 국경 지대에 잠재한 조선인 세력을 이용하려는 상하이 정보국과, 프랑스와 러시아 관계를 대일 견제 세력으로 이용하려는 대한 제국의 구상이 맞물렸다. 하정무는 러시아 정보국의 수장과 황실을 연결하는 비공식 채널이기도 했다. 앙리 랑베르와는, 법어 학교에 재학 중이던 학생 시절부터 친분이 있었고, 프랑스어뿐 아니라 영어와 러시아어까지 구사하며 중인 출신의 역관으로서는 엄청난 신분 상승을 이루어 낸 인물이었다.

 앙리 랑베르는 계좌의 소유주에 대해 철저하게 비밀이 유지되는 스위스 은행의 무기명 계좌에 금괴를 예치할 것을 그에게 제안했고, 이 제안에 따라 하정무는 계좌의 비밀번호 조합에 대해서 황실의 의견을 전달하며 조율했다. 황실이 비밀번호의 조합에 깊이 관여한 것은, 외국인을 통해 해외 은행에 계좌를 개설할 때, 만에 하나 발생할 수도 있는 불미스러운 사태에 대비해 비밀번호를 공유해야 한다는 판단 때문이었다.

 황실의 의견은 다음과 같았다. 우선, 통신상에 숫자가 직접 노출되는 것을 피하고자 우회로가 필요했다. 왕의 생년월일시를 주역 괘로 환치한 후, 64괘의 괘상도를 이용하여 해당하는 대괘의 순서에 따른 숫자로 바꾸되, 본래의 괘상도와는 다르게 대괘의 번호 몇 개를 수정해서 표시한 것이었다. 왕이 황제였던 시절, 앙리 랑베르에게 하사한 백자청화 운룡문 대호의 굽에서 나온 괘상도가 일종의 암호 책 구실을 하고 있었다. 생년월일시는 하락 이수의 계산법에 따라, 선천괘로 택지췌(澤地萃 ☱+☷), 후천괘로 지천태(地天泰 ☷+☰)가 작괘되었다. 청화백자에서 나온 괘상도는, 1701년 조아킴 부베 신부가 라이프니츠에게 보낸 《주역 본의》 괘상도의 사본이었는데, 거기에는 라이프니츠가 매겨 놓은 괘의 번호가 씌어 있었고, 그 번호 중에서도 6번 자리에 놓인 택지췌에 69라고 표시되어 있었고, 지천태의 괘는 56번이 매겨져 있어, 이 네 개의 숫자에다가 알파벳 문자 두 개 H와 L을 추가했다. HL은 왕의 영문 이름 머리글자였는데 우연하게도 앙리 랑베르의 것과도 일치했다. HL6956. 하정무는 두 괘상의 음효(- -)와 양효(—)를 모스 부호인 것처럼 위장해서 암호 전보를 쳤고, 앙리 랑베르는 암호 책을 보고 숫자를 추출했다.

 왕이 황제의 칭호를 쓰던 시절, 동도서기(東道西器)에 입각한 근대화 개혁을 추진하면서 중국에서 들여온, 한문으로 번역된 외국 서적을 탐독했는데, 그중에는 도이칠란트의 철학자이자 수학자인 라이프니츠와, 루이 14세가 중국에 파견한 예수회 소속의 수학자 조아킴 부베 신부의, 주역에 대한 매우 흥미로운 해석을 담은 책들이 황제의 호기심을 강하게 자극했다. 주역의 기본 8괘를 이진법 숫자로 환치해서 조물주의 천지 창조 과정으로 해석한다든지, 그런 과정을 통해서 고대 중국에서도 그리스도교에서 말하는 신의 개념이 있었다고 주장함으로써 중국 선교를 위한 길을 모색하려는, 가톨릭 사제와 철학자의 교류가 매우 신선해 보였기 때문이다. 여전히 자신들의 패러다임에 동양 사상을 끼워 맞추려는 의도가 깔려 있기는 했어도, 17세기에 이미 로마 가톨릭의 예수회 사제들을 중심으로 중국의 고전들이 라틴어로 번역되었다는 사실도 충격적이었다. 이런 충격들이 황제의 근대화 의지에 불쏘시개와도 같은 역할을 해 주었다. 현재는 비록 제국주의 강대국들 사이에서 힘없이 흔들리고 있는 조선이라 하더라도, 새로운 세계를 향한 각성은, 황제에게 현재의 아수라장에서 벗어나 더 먼 미래를 생각하며, 동등한 조건에서의 동서 교류를 꿈꾸게 해 주기도 했다.

앙리는 비밀번호의 조합이 완성되자 지인의 소개로 알게 된, 스위스 제네바의 다니엘 롱바르 은행장과 접촉했다. 지인이란 외무성의 윗선이었고, 사건을 수습하는 과정에서 지극히 사적인 루트로 은밀히 연결해 주었다. 다니엘 롱바르 은행은 오랜 전통을 자랑하는 민간 은행이었는데, 이들의 주특기는 고도로 전문적이고 고상한 맞춤형 서비스였고, 한마디로 요약하자면 부유한 고객과 친밀한 관계를 유지하며 그들의 자산을 관리해 주는 것을 목표로 하고 있었다. 부유한 개인 은행가가 운영하고 있음에도, 이런 은행은 소박한 건물에, 눈에 잘 띄지 않는 작은 간판을 내걸고, 고객을 유치하는 광고도 하지 않으며, 매우 보수적인 방식으로 운영되고 있는 곳이 많았다. 랑베르의 관점에서 가장 마음에 들었던 것은, 이 은행이 알프스의 산속에 작은 벙커를 가지고 있다는 사실이었다.

일주일 후, 은행장은 사설 경호원들과 함께 앙리 랑베르의 파리 아파트까지 몸소 방문했고, 르노사에서 우편물 우송용으로 제작했던 BD 타이프 트럭을 특수 개조한 유개 트럭을 대동했다. 방탄 기능까지 갖춘, 거의 완벽에 가까운 금괴 호송 차량이었다. 트럭의 외관에는 렌터카 회사의 로고를 그려 넣었다. 이런 일들은 조용하고 신속하게 처리하는 것이 최선이었다.

"사정은 이미 말씀드린 대로입니다. 하지만 나는 대리인일 뿐이오."

앙리는 프랑스어로 번역된 태상왕의 위임장을 보여 주며 은행장에게 말했다. 은행장은 곤란한 표정을 지으며 대답했다.

"아시다시피 이 금괴의 주인께서는 국제적으로 통용되는 신분증명서, 즉 여권을 제출하지 않았고, 실제로 제가 그분과 대면 거래를 하는 것도 불가능한 상황이군요. 랑베르 공사님이 써 주신 확인서 역시, 현재는 현직에서 물러나셨으니 실질적인 효력은 상실되었다고 할 수 있습니다. 무기명 계좌를 만든다고 해서 법을 어길 수는 없지요. 아니면 급히 법인 회사를 설립하시는 방법도 있긴 합니다만……."

은행장은 은퇴한 앙리에게 여전히 공사님이라는 호칭을 깎듯이 사용하면서 조심스럽게 설명했다. 서류상 회사를 만들라는 뜻이었다. 앙리 쪽에서도 그걸 모르는 건 아니었지만 별로 내키지 않는 방법이었다. 그는 평생 명예를 중요하게 생각하며 살아온 외교관이었다. 이 돈이 불명예스러운 돈도 아닌데 자금 세탁을 하는 수순을 밟고 싶지는 않았다. 침몰 중인 난파선에서 건져낸 물건을 주인 대신 맡아 주게 된 것인데, 문제는, 주인이 아직 난파선에 억류되어 있다는 것이었다. 스위스의 법률상 무기명 계좌의 개설은, 반드시 본인 대면과 신분 확인이 필수였다. 다만 예금주의 신분에 관한 정보는 극히 소수의 직원만이 알 수 있으며, 관련 서류는 금고 안에 잘 보관하여 기밀이 유지될 수 있도록 관리했다. 모든 은행 업무는 숫자로 된 계좌 번호로만 처리하는 것이 무기명 계좌의 본질이었으며, 명백한 범죄 행위에 관련되었을 때만 계좌 정보를 수사 당국에 공개하는 것이 원칙이었다. 그러나 조세에 관련된 경우에는 철저한 비공개 원칙을 고수했다.

한 해 전에는, 황제가 헤이그에 파견한 밀사들의 활동을 지원하기 위해 금괴의 일부를 사용하기도 했다. 하지만 그들은 만국 평화 회의 참석에 실패한 후 뿔뿔이 흩어졌고, 이 사건으로 말미암아, 황제는 일본 통감부에 의해 강제 퇴위당한 형편이었다. 사정은 점점 악화하여 국운이 기울어질수록, 황제의 옷을 벗어야 했던 태상왕의 망명 의지는 더욱 불타오르는 듯이 보였다. 앙리는 결정을 내려야 했다. 하정무를 통해 자세한 의논을 할 시간은 없었다. 은행장과 조금 더 구체적인 논의가 오갔고, 은행장 재량으로 일련의 조정을 거친 끝에 입금 절차가 완료되었다. 은행장은 금괴를 트럭에 싣고 파리를 떠나 곧바로 스위스의 산중 벙커로 향했다.

1961년 동베를린

해용은 긴 꿈을 꾸고 난 후, 꿈이 남긴 잔영에서 벗어나지 못하는 것처럼, 북한 방문을 마치고 동베를린으로 돌아와서 현실감각을 되찾지 못하고 있었다. 이젠 출발지와 경유지와 도착지가 한데 뒤섞여, 끝나지 않는 유랑 생활을 하는 기분이 들었다. 떠나온 곳에서 몸이 멀어질수록 마음은 다가가고, 몸이 돌아가면 다시 마음이 멀어지는, 두 개의 진자 운동이었다. 그래도 마음은 북한에서 벗어났다는 모종의 안도감 쪽에 더 기울어 있었다. 이제 윤주명과 담판을 지어야 할 일이 남아 있었다.

"그래, 고향에 다녀온 감회가 어떤가?"

윤주명이 짐짓 점잖은 어조로, 인사와 함께 건넨 첫 마디였다.

"글쎄, 아직도 꿈속에 있는 것만 같네."

해용은 가능한 한 말을 아껴야겠다고 생각했다. 고향에서 보고 들은 이야기들, 그에 대한 자기 생각은 되도록 마음속에만 담아 두어야 한다. 동생도 친구도 모두 진심을 보이지 않았다. 해용을 반가워하는 것도 잠시뿐, 자신들은 위대하신 수령님의 태양 같은 은혜로 살아가고 있으며, 우리가 만나게 된 것도 다 그 덕분이라는 말만 앵무새처럼 반복했다. 40년이면 강산이 네 번 바뀔 시간이다. 강산도 사람도 모두 변해 버려, 해용의 마음속에 담겨 있던 모습들은 어디에도 없었다. 자신은, 온갖 고난을 이겨 내고 고향으로 돌아와 옛 시절의 영광을 되찾은 오디세우스도, 어쩔 수 없이 고향을 떠났지만, 새로운 나라를 세워 이국에 정착한 아이네아스도 아니라는 생각에, 북한을 떠날 때쯤에는 자괴감마저 들었다. 아이네아스처럼 하늘에서 '옛 어머니를 찾아 그곳에 정착하라'는 신탁이라도 받았으면 좋겠다는 생각까지 들었다.

"이제 약속한 얘기를 들려주게."

윤주명은 끝까지 인내심을 잃지 않았다. 해용은 자신이 이제부터 하게 될 말의 무게를 가늠해 보았다. 그것은 40년간의 침묵의 무게와도 같은 것이었다. 제네바에서 만난 류이치와의 대화에서처럼, 육중한 철문을 간신히 밀어 여는 몸짓의 말을 한마디 꺼냈다.

"아무것도 없네."

윤주명은 귀를 의심했다.

"뭐라고?"

윤주명은 인내심의 한계를 느꼈다.

"우리가 이제 장난칠 나이는 지나지 않았나?"

"장난이 아니야. 아무것도 남아 있지 않아."

"그럼, 왜 진작 얘기하지 않았어?"

"그걸 미리 말했다면 내가 고향에 갈 수 있었겠나? 진실을 말하라고 날 가만히 놔두지 않았겠지. 지금도 각오는 돼 있네. 내가 할 수 있는 말은 그게 전부야. 한 푼도 남아 있지 않네. 아무것도 없어."

해용은 탁자 위에 놓인 물을 한 모금 마시고 말을 이었다.

"하정무는 그 돈을 찾아 임시 정부 쪽으로 보내려 한 것 같지만, 놈들은 우리가 생각했던 것보다 훨씬 치밀하고 악랄했어.

아주 정교하게 고안된 기계처럼 빈틈없이, 성실하게 악을 실행했지. 그 기계를 작동시키는 엔진도 강력했고. 회유가 필요할 땐 돈으로, 그게 먹히지 않으면 총칼로, 모든 일을 하나씩 차근차근히 해 나갔네."

윤주명은 부글거리는 속내를 꾹꾹 눌러 담은 채 묵묵히 듣고만 있었다.

"이건 맹세코 거짓이 아니야. 내가 이제 이 나이에 무슨 득을 보겠다고 거짓말을 하겠나. 난 이제 아무것도 바라는 게 없어. 이 일도, 어느 날 하늘에서 벼락치듯이 내게 떨어졌어. 나도 내가 왜 이 일 때문에 수십 년 동안 고초를 겪어야 하는지 모르겠네. 누가 알겠나? 아무도 몰라. 왜 하필이면 난지."

윤주명은 해용의 말이 모두 사실일지도 모른다고 생각했다. 저렇게 지친 눈동자는 거짓을 말할 수 없다.

"당에 보고해야 하니, 그간 있었던 일을 자세히 다 말하게. 녹음하고 있으니 잔머리 굴릴 생각은 말아. 진술이 사실과 다르다면 그땐 각오해야 할 거야. 살아만 있으면 끝까지 쫓는다."

윤주명은 해용을 잡아먹을 듯한 눈으로 쏘아보며 위협했다. 해용은 처음 보는 그의 사나운 눈빛을 보며 생각했다. 지금 이

자리에서 한때 은인이었던 윤주명과 이런 얘기를 하는 것은 순전히 남의 부탁을 거절하지 못하는 여린 마음과, 맡은 일은 끝까지 해내는 책임감 때문이라고. 나중에 먹으려고 남겨 놓은 삶은 달걀 하나쯤을 지키는 일이라고 생각하기로 했었다. 그러지 않았다면 견디기 어려웠을 것이다. 감당하기 어려운 것을 지켜내야 할 때, 그 대상을 심리적으로 축소하는 것이 필요했다. 영광의 자리 따위는 아예 머릿속에서 지워 버렸다. 이건 그냥 일상의 일이라고 생각해 버리는 것이다. 얼굴도 본 적 없는 왕을 위한 것이라고 한다면 그건 과장일 것이다. 그러기에 해용은 왕에게서 너무 먼 자리에 있었다. 잃어버린 조국을 위해서라면 이미, 동포들이 가난 속에서도 십시일반으로 독립운동 자금을 모금할 때 동참한 것으로, 훨씬 분명하고도 안전한 애국을 실천했다. 대체 나의 조국은 무엇인가? 그 실체는 무엇인가? 조선인가? 대한 제국인가? 임시 정부인가? 분단된 한반도, 남한 혹은 북한인가? 둘 중 하나를 선택한다면, 똑같이 독재자가 통치하고 있는 둘 중 어느 쪽인가? 자문은 언제나 꼬리에 꼬리를 물었다.

언제 끝날지 모르는 심문을 노인의 체력으로 견뎌 낼 수 있을지 미지수였다. 살아온 모든 날이, 닥치기 전까지는 미지수였으니 새삼스러운 일은 아니었다. 해용은 녹음기의 버튼이 눌리고 테이프가 돌아가는 소리를 들으며 천천히 입을 뗐다.

"내 이름은 정해용, 나이는 65세, 프랑스 파리 근교에 거주하고 있습니다."

며칠 후, 해용은 린치를 당해 만신창이가 된 몸으로 동베를린의 어느 인적 없는 거리에 버려졌다. 지나가던 순찰차가 그를 발견해 병원으로 후송했고, 강도 사건으로 처리했다. 해용이 경찰관에게 강도를 당했다고 했던 것이다. 40년 전 쉬이프에서처럼.

매를 맞고 냄새나는 쓰레기 더미 위에 버려진 해용의 피 묻은 입가에서, 자기도 모르게 피식하고 웃음이 새어 나왔다. 뭔가 후련한 기분이 들어서였다. 이내 찢어진 얼굴 피부가 당겨져 아팠다. 헛된 욕망을 좇다가 여기까지 왔다. 평생 뭔가를 해보려고 몸부림쳐 봤지만, 그 무엇에도 성공하지 못한 기분이었다. 깊은 나락으로 떨어져 아무런 희망도 없었다. 무기력과 불안과 우울에 싸여 있었다. 하지만 파리를 떠나면서부터는 성공과 실패를 더는 생각하지 않았다. 거기에 매여 있지도 않았다. 아무래도 상관없고, 다만 자신이 해야 할 일을 하겠다는 마음 하나뿐이었다. 그는 자신이 어떻게 깊은 어둠에서 벗어났는지 잘 생각이 나지 않았다. 기억나는 것은 그저 어둠 속에서 웅크리고 가만히 있었던 것이 전부였다. 그런데 어둠이 깊어지고 더 깊어지다가, 그 깊어진 어둠이 자신의 지성과 의지와 기억을 모두 삼켜 버렸다고 생각했을 때, 새벽하늘에 슬그머니 동이 터오는 것처럼, 그는 가장 어두운 무기력에서 서서히 떠오르며 좀 더 가벼운 존재가 되었다. 거대한 컨베이어 벨트 위에 타고 있는 것처럼, 뭔가 더 큰 것이 움직였다.

곤들매기

1960년 제네바

해용은 '다니엘 롱바르'라고 조그맣게 쓴, 은행 간판이 달린 건물 앞에 이르렀다. 개인 은행가가 운영하는 민간 은행들은, 때로 간판도 내걸지 않은 소박한 모습이었다. 그러나 겉모습만으로 판단해서는 안 되는 일들이 있다. 이 겉모습이 소박한 은행가들에게, 재정이 바닥난 프랑스 왕 루이 14세가 신분을 숨기고 도움을 청한 것으로, 스위스 비밀계좌의 역사가 시작되었다는 이야기가 있다. 해용은 기차역에서 내리자마자 곧장 이곳으로 달려왔다. 거의 40년간 함구한 채 아무에게도 말하지 않은 일을 되짚으러 온 것이다. 여기에 온 것이 왜 하필 지금인지는 해용 자신도 선뜻 대답하기 어려웠다. 집을 떠난 이후 다른 사람이 된 것인지, 다른 사람이 되었기 때문에 집을 떠난 것인지, 그 구분이 확실하지는 않았다. 이제는 미행하는 일본인들도 없는데, 옛 기억들 때문에 자기도 모르게 주위를 살폈다. 해용은 건물 앞에서 한참을 서성였다. 40년 전에 허탕 친 일인데 지금에 와서 해결될 리는 없었다. 게다가 해용은 조금 흥분한 상태였기 때문에 일단 흥분을 가라앉히는 것이 우선이었다. 지금 들어간다면 난동을 부리게 될지도 모르겠다고 생각했다. 그건 일을 해결하는 데 아무런 도움이 되지 않을 것이다. 더욱 어렵게 만들 수도 있다.

제네바 근교로 이동한 해용은, 레만호 변에서, 건너편 알프스의 눈 덮인 봉우리들을 마주한, 19세기에 지어진 한 농가의 쇠창살 대문 너머를 바라보고 있었다. 농가는 옆으로 긴 장방형의 3층 건물이었는데, 돌 너와를 얹은 지붕의 양 측면에 비스듬히 삼각형 모양의 면 하나를 덧붙인, 스위스의 전통적인 지붕 모양을 하고 있었다. 양쪽으로 산사나무 울타리를 끼고 있는 대문은 반쯤 열려 있어, 안으로 수월하게 들어갈 수 있었다. 넓은 대지 위에서 호수와 산을 동시에 바라볼 수 있는, 하늘의 축복을 받은 땅이었다. 건물의 뒤편으로는, 저 멀리 병풍처럼 들어선 알프스산맥의 능선이 선명했고, 호수로 내려가는 완만한 비탈길 끝에 작은 보트 두어 대가 정박하고 있는 간이 선착장이 엿보였다. 건물을 향해 나 있는 오솔길에는 하얀 잔돌을 깔아 해용이 걸음을 내디딜 때마다 사각사각 소리가 났다. 예전에 말을 매어 놓았던 자리를 개조한 차고를 지나 현관 앞에 이르니, 그 오른편에는 돌을 쪼아 만든 여물통 모양의 석조물이 고풍스러웠다. 작은 창문마다 달린, 경쾌한 오렌지색의 나무 덧창은 석조 건물의 무게감을 한결 덜어 주고 있었다.

해용은 옷매무새를 가다듬고 나서 숨을 몰아쉬었다. 현관문을 마주보고서, 해와 비를 가려 주는 포치 아래 서서 벨을 누르니 안에서 종소리가 울렸다. 문이 열리자, 여전히 동그랗고 반짝이는 눈을 빼면 완전히 노인이 된 류이치가 해용을 맞았다.

"무슨 일인가요? 누구를 찾아……"

처음에는 잘 알아보지 못하다가 이내, 상대가 누구인지 알아차리자, 반갑지도, 그렇다고 적대적이지도 않은 눈빛이었지만, 매우 당황하고 있음은 분명했다.

"아니, 여기는 어떻게?"

"지나는 길에 우연히 들러 봤습니다. 유명하신 분이니 찾기가 어렵지는 않더군요."

해용은 우연을 가장하고 별일 아니라는 듯이 답했다. 거의 40년 만의 만남이었지만 어제 본 사람을 대하듯 무심히 말했다.

"일단 들어오시죠."

류이치는 내키지 않는 목소리로 불청객을 집으로 들이긴 했지만, 이 행동을 곧 후회하게 될지도 모른다는 생각이 들었다.

끝까지 모르는 척하고 문을 닫아 버릴 걸 그랬다는 생각이 뇌리를 스쳤다. 하지만 여기까지 쫓아온 집요한 인물이 그런 정도로 떨어져 나갈 리는 없었다.

집안은 류이치가 만든 소품으로 가득했다. 그는 인형, 전등갓, 도자기, 액자 등등 세상의 모든 물건을 만들어 낼 기세로 한시도 쉬지 않고 뭔가를 만들었다. 그림이 풀리지 않을 때 도자기를 구웠고, 도자기에 싫증이 나면 인형을 만들었다. 나무와 쇠붙이뿐 아니라 나뭇가지, 솔방울, 도토리, 이끼, 카펫이나 골판지, 색유리 조각 등 산책길에서 주워 온 모든 것이 훌륭한 재료가 되었다. 해용이 소품에 한눈을 팔고 있을 때, 주방 쪽에서 류이치의 일본인 아내가 나와 해용에게 인사를 했다. 일본식 앞치마를 두른, 매우 단단한 인상의 여인이었다. 문득 젊은 시절 류이치를 스쳐 간, 적지 않은 숫자의 서양 여성들이 떠올랐다. 외국을 떠돌며 살다가도 나이가 들면 고향으로 돌아가고 싶어지는 것과 같은 이치일 수도 있다.

"이걸 어쩌죠? 저는 마침 로잔에 친구 아들의 결혼식이 있어서 도와줄 겸 며칠 다녀올 예정이라……."

"걱정하지 말고 다녀와요. 여긴 신경 쓸 것 없어요."

류이치가 해용을 가리켜 파리에서 알던 '옛 친구'라고 소개하자 그의 아내는 상냥하게 양해를 구했다. 기별도 없이 들이닥친 방문객이 그리 달가울 리 없을 테지만 그이는 내색하지 않았다. 잠시 후 류이치의 아내는 작은 가방 하나를 손에 들고 집을 나섰고 류이치와 해용 두 사람만 남게 되었다.

"어딜 가시던 길이었소? 여행 중이신가요?"

어색한 침묵을 깨고, 류이치가 포도주 잔을 건네며 물었고, 해용은 다른 질문으로 답을 대신했다.

"여기 사신 지는 오래되었나요?"

"중일 전쟁이 일어났을 때 종군 화가로 부름을 받고 참전했다가 다시 유럽으로 돌아왔소. 태평양 전쟁이 터지고 난 후에 다시 소환되었다가 전쟁을 피해 중립국인 스위스로 오게 된 거고. 전부터 레만호를 좋아하기도 했으니……."

사실, 전쟁이 미처 끝나기도 전에 류이치가 유럽으로 돌아올 수밖에 없었던 사정은 따로 있었다. 종군 화가의 신분으로 그린 그림이 문제가 되었던 것인데, 그것은 솔직하고 비판적인 예술가다운 그림이었다. 아버지의 권위로부터 달아나 유럽으로 간 류이치다. 군인인 아버지의 권위는 곧 체제의 권위와도 이어져 있었으니 더는 거기에 화합할 수가 없었다. 곧 이 작품은 정부와 여론의 혹독한 질타를 받았고, 배신자로 찍혀 유럽으로 다시 쫓겨나다시피 했다. 그전에 유럽의 정보원으로 암약했던 사실은 없었던 일처럼 되어 버렸다. 해용은 이런 사정을 알 턱이 없었다.

"작업실이 3층에 있소. 그리로 가 봅시다."

류이치는 마시다 만 포도주병을 주섬주섬 챙기며 앞장을 섰다. 3층은 칸막이 하나 없이 탁 트인 공간에 천장이 매우 높았고, 지붕의 서까래와 기둥, 대들보들이 그대로 노출되어 있어 무슨 교회당에 들어온 듯했다. 아직 액자에 넣지 않은 캔버스들이 크기대로 줄지어 정렬되어 있고, 작업 중이던 작품이 놓인 이젤과 각종 물감, 붓과 연필, 콩테와 파스텔, 수많은 종류의 종이들이 복잡하지만 나름대로 질서를 이루며 쌓여 있었다. 목공이나 도자기 작업을 하는 곳은 별채에 있다고 했다. 류이치는 세워 놓은 캔버스 중 하나를 꺼내 한쪽 벽에 세웠다.

"이것 때문에 본국에서 난리가 났었지요."

류이치의 키만 한 대형 캔버스는 녹슨 청동처럼, 혹은 깊은 숲속의 젖은 이끼처럼, 짙은 초록색과 어두운 갈색과 검은색이 주조를 이루고 있었는데, 그 속에는 화면을 가득 채운 수많은 병사가, 누가 적군인지 아군인지 분간이 되지 않을 정도로 뒤엉켜 군도와 총검을 휘두르며 서로 베고 찌르는 아수라장이 펼쳐져 있었다. 아비규환의 비명이 들리는 듯, 비릿한 피 냄새가 풍기는 듯 생생한 묘사는, 그림을 바라보는 이의 눈에서부터 손끝, 발끝까지 저리게 했다. 종군 화가는 '대일본 제국 황군'의 사기를 진작시키는 그림을 그릴 의무가 있었지만, 이것은 전장에서 목격한, 참혹한 전투 장면을 아무런 설명 없이 그대로 재현하는 작품이었다. 그 누가 보더라도, 그것은 전쟁의 참혹함과 무용성, 그 안에서 추락하는 인간의 비참함을 느끼지 않을 수 없는 그림이었다.

"병사들의 사기를 높이기는커녕 전쟁의 참혹함만을 강조해서 역효과를 가져오게 했다는 것이 비난의 이유였지요. 미국의 스파이로 몰려 검거령이 떨어지는 통에 시골에 숨어 있다가 간신히 유럽으로 다시 돌아왔소."

류이치가 이런 일을 겪었다고 해서 해용이 그에 대한 배신감을 떨쳐 버릴 수는 없었다. 어쩌면 그는 매 순간 배신자가 될 운명인지도 모른다. 어디에도 속하지 않으려는 인간 유형이 있다. 아무 쪽에도 속하지 않는다는 것은, 그 모두에게 배신자가 될 수 있다는 가능성을 안고 있다. 류이치는 문득, 이렇게 세월이 흐르고 모든 상황이 달라진 상태에서 또 한 번 해용의 얼굴을 그린다면 어떨지 생각했다. 그전과는 얼마나 다른 그림이 될까 궁금해졌다.

"전처럼 다시 모델을 서 줄 수 있겠소? 시간 여유가 된다면……. 목탄으로 신속하게 완성해 보겠소."

"나도 선생 덕분에 그림에 흥미를 느껴서 취미로 그림을 그린 지 꽤 되었는데……. 이번엔 나도 선생의 얼굴을 한번 그려 보고 싶군요."

"아, 그래요? 그거 재미있겠군. 한번 해 봅시다."

두 사람은 이젤을 서로 비스듬히 세워 놓고 자리를 잡았다. 얼굴과 상체는 가능한 한 움직이지 않기로 하고, 서로가 감추고 있는 것을 칼끝으로 찔러 보는 펜싱 경기가 시작되었다. 재료를 다루는 솜씨와 대상의 균형감, 양감, 세부 묘사는 당연히 전문 화가인 류이치가 우세했지만, 선을 유려하게 다루며 특징적인 인상을 잡아내는 솜씨는, 해용도 아마추어로서는 훌륭했다. 류이치는 해용의 우직한 순진함 뒤에 숨은 비열함을, 해용은 류이치의 명민한 눈빛 뒤에 숨은, 우유부단한 불안과 나르시시즘을 그려 냈다. 그리고 각자, 상대가 그린 자신의 초상화는 자신과 전혀 닮지 않았다고 생각했다. 그도 그럴 것이 서로 상대의 얼굴 위에 드리운 자신의 그림자를 그렸기 때문이었다. 그림을 그리는 동안 해용은 자기가 왜 이곳에 왔는지 잠시 잊고 있었다.

늦은 오후였다. 류이치는, 이 시간에는 낚시를 하러 가야 한다며 자리에서 일어났다. 낚시를 하면서 나눌 이야기는 아니라는 생각이 들었지만, 해용은 들어야 할 말이 있었으므로 따라나섰다. 동베를린으로 가야겠다고 생각한 순간부터 류이치의 얼굴이 뇌리에서 떠나지 않았다. 고향으로 돌아가기 전에 꼭 해야 할 일이라는 생각이 들었다. 여기까지 온 건 그 생각하는 힘 때문이기도 했다. 의지를 넘어서는 더 큰 힘이 파도처럼 해용을 움직였다면, 이런 생각들은 파도 위에서 물길을 타게 돕는 노와도 같은 것이었다.

두 사람은 집 뒤편에 있는 선착장의 보트를 타고 낚시 포인트로 나갔다. 물결이 햇빛을 받아 반짝였다. 엔진을 끄자, 사방이 고요해졌고, 류이치는 능숙한 솜씨로 낚싯줄에 루어를 끼워 호수의 수면 위로 던졌다.

"이제 어떻게 된 일인지 말해 보시죠."

"무슨 일 말이요?"

"파리 몽파르나스의 멘 거리에 살던, 화가 바실리에프에게서 들어 알고 있으니, 이제는 말해 줄 수 있다고 생각합니다. 그 이야기를 들으려고 여기까지 온 겁니다. 내가 선생의 아틀리에에서 모델이 되어 주었던 날 저녁, 파티에서 말입니다. 내가 취해서 쓰러진 사이, 선생이 내 수첩을 뒤져 봤다고 했어요."

"40년 가까이 지난 이야기요. 기억이 희미해서 잘 생각나지 않아요."

"앙리 랑베르 공사가 사망한 다음 해인 1923년에, 나도 다니엘 롱바르 은행에 갔었습니다. 은행장은, 일본 대사관의 한 공사가 이왕직의 서류를 가지고 찾아와서 왕실의 돈이라며 총칼로 협박하는 바람에, 생명에 위협을 느껴 어쩔 수 없이 예금을 내줄 수밖에 없었다더군요. 예금은 이미 인출되고 없다면서. 나는 그것도 모르고 계좌의 비밀번호를 알아내느라 백방으로 수소문하고 애를 쓰며 시간을 보냈고요."

일본의 정보망은 상당량의 금이 앙리 랑베르를 통해 운반된 것을 이미 파악하고 있었다. 그의 후임 격인, 친일 성향의 한성 총영사가 통감부 쪽에 정보를 흘린 것이다. 그 과정에서 해용이 이 일에 연루된 것을 알고, 류이치를 통해 접근한 것이었다. 해용이 다니엘 롱바르 은행의 주소를 수첩에 적어둔 것이 화근이었다. 은행 이름을 적지도 않았는데, 촉이 좋은 류이치는 단번에 이 자금이 스위스로 흘러 들어갔다고 판단했고, 스위스에 거주하는 정보원에게 문의한 결과, 그 주소지에 은행이 들어서 있다는 사실을 확인했다.

"나로서는 어쩔 수 없는 일이었소."

기억이 나질 않는다며 잡아떼려던 류이치는, 해용이 자꾸 다그쳐 묻자, 감정의 동요를 느꼈다. 이제는 전 같지 않아서 자기 자신을 방어하는 일만도 힘에 부쳤다. 할 수만 있다면 자신을 어딘가에 분실물처럼 버려둔 채 도망치고 싶다는 생각이 잠시 스쳤다.

"당시의 상황에서는 첩자 노릇이 애국이었소. 젊은 시절엔 아버지의 뜻을 거역하기도 힘들었고. 가문의 존폐가 달린 일이기도 했기 때문에, 아마 다시 그런 상황에 놓이게 된다 해도, 똑같은 일을 하게 될 거요. 스파이가 된다는 것은 비밀을 캐내는, 보이지 않는 것을 보이는 것으로 드러내는 예술 행위와도 비슷해서, 나도 모르는 사이에 거기에 빠져들고 말았소."

그때 낚싯대가 심하게 휘면서 류이치는 몸의 균형을 잃을 뻔했다. 재빨리 자세를 고쳐 잡았고, 물고기와의 한판이 시작되었다. 줄을 당겼다 풀었다 하기를 수없이 반복하며 물고기의 움직임을 따라가고 있었다. 엄청나게 큰 놈인 것이 분명했다. 류이치가 물고기에 집중하고 있는 뒷모습을 보며, 해용은 문득, 그를 떠밀어 물속으로 처박고 싶은 강한 충동을 느꼈다. 물고기에 정신을 팔고 있는 사이에 등을 떠밀면 물속에 빠져 허우적대겠지. 그러려면 머리통을 뭔가 무거운 둔기로 내리쳐야 한다. 수박을 부수듯이 한 번에 박살 내야 한다. 해용은 쓰임새가 적당한 도구를 찾으려고 보트 안을 두리번거리며 살폈다. 그런데 갑자기 류이치가 외쳤다.

"뜰채! 뜰채를……!"

해용은 엉겁결에 뜰채를 건넸고, 곧, 뜰채 안에는 족히 일 미터는 되어 보이는 곤들매기가 용솟음치며 올라왔다. 생존을 위해 마지막 몸부림을 치는 곤들매기를 보자, 해용은 갑자기 온몸에서 40년을 묵혀온 살의가 폭발한 듯 류이치를 향해 돌진했다.

"이 종간나 새끼!"

류이치는 뜰채를 놓치며 물속으로 빠졌고 해용도 뛰어들어, 한데 엉겨 붙어 치고받기 시작했다. 엎치락뒤치락, 서로 상대를 물속으로 빠뜨리려 해 보았지만, 두 노인은 그만 자신의 몸을 가누는 일에만도 힘을 다 써 버려, 모두 물을 엄청나게 들이마신 끝에 기진맥진했고, 그렇게 싸움에 진전이 없자 누가 먼저랄 것도 없이 허둥지둥, 가까스로 배 위로 기어올라 간신히 목숨을 건졌다. 곤들매기는 이미 물속으로 도망치고 난 뒤였다.

"당신 때문에 큰 놈을 놓쳤어."

류이치가 분해서 씩씩댔다. 두 사람은 보트 바닥에 드러누워 가쁜 숨을 골랐다. 어느덧 주변은 지는 해로 붉게 물들기 시작했고 호수 위로는 잔잔한 미풍이 불어왔다. 한참 후, 조금 진정이 된 류이치가 다시 입을 열었다.

"아직 계좌 하나가 더 남아 있소. 다니엘 롱바르 은행장과 앙리 랑베르가 머리를 굴려 랑베르 개인 명의로도 자금을 분산시켜 놓은 거요. 제아무리 서슬 퍼런 대일본 제국이라 한들 그 사실을 알았다고 해도 개인의 재산을 건드릴 수는 없었겠지. 상대는 서방의 외교관 출신이니까. 게다가 은행장은 일본의 협박에, 대한 제국 국고 유가 증권이라는 명목의 계좌 하나만 오픈했던 거요. 또, 재미있는 사실은, 앙리 랑베르에게는 상속인이 아무도 없었다는 거요. 알고 있는지 모르겠지만, 스위스의 개인 은행은 예금주 사망 후 60년간 상속인이 나타나지 않는 재산은 그 은행에 귀속시킨다는 규정이 있어요. 그게 스위스 은행의 세계요. 랑베르 씨가 22년에 사망했으니 1982년까지가 기한이고. 재미있는 사실이 하나 더 있는데, 랑베르는 1908년에 개인 명의의 계좌를 만들면서, 자신이 사망한 후에 그 계좌의 돈을 대한 제국의 국고로 귀속시킨다는 유언장을 첨부했소. 하지만 그가 사망한 시점에선 대한 제국이라는 나라가 더는 존재하지 않게 된 거지. 아마도 유언장의 내용을 갱신하는 걸 깜빡한 모양이요."

"그런 사실을 다 어떻게……?"

"스위스 개인 은행은 부자들과 친하게 지내며 그들에게 필요한 모든 서비스를 제공하는 게 목적이요. 아주 신중하고 폐쇄적인 방식으로 일종의 서클을 유지한다고나 할까……. 난 어느 정도 성공한 화가고, 그림도 꽤 팔았지. 난 다니엘 롱바르 은행에 내 돈을 모두 예치했소. 그리고 은행장과 친목 도모를 위해 골프도 치면서 이런저런 얘기를 나누곤 했지요. 물론 은행장은 옛날에 그 은행을 찾아낸 것이 내 정보 덕분이었다는 건 몰랐고. 세월이 워낙 많이 흘렀으니, 지나간 옛날이야기처럼 들려줍디다. 사실 그런 얘긴 끝까지 입을 다물어야 하는 건데 말이요. 은행장이 그날 좀 취해 있었는지……. 내가 입을 열면, 그 사람은 실형을 살아야 하는 게 스위스의 법이요."

하늘은 타오르듯이 붉게 물들고, 붉은 하늘에 휩싸인 산의 윤곽이, 불길에 타올라 재가 되듯이 점점 검은 빛으로 잦아드는 모습을 보며, 해용은 저 풍경처럼 이 모든 일 또한, 신의 그림자 놀이에 지나지 않는 것일까 하고 생각했다. 갑자기 이 아름다운 풍경도, 그 속에 살아 있는 류이치도, 해용 자신도, 잡았다가 놓친 곤들매기처럼 모두 헛되게 느껴졌다. 다음 날 새벽, 해용은 류이치에게 작별 인사도 하지 않고 동베를린으로 향했다. 류이치는 그 후 얼마 되지 않아, 스위스의 모든 생활을 정리하고, 보다 개인적인 삶을 살기 위해 육지에서 가장 멀리 떨어진 섬으로 알려진, 대서양의 트리스탄다쿠냐섬으로 이주했다. 그가 자신의 과거를 후회하고 있는지 아닌지는 몰라도, 자신의 뿌리에서, 과거에서 더 멀어지고 싶었다는 것은 분명해 보였다.

건너가는 사람

1979년 파리 근교

 집에는 아무도 없었다. 해용은 비로소 혼자가 되었다. 혼자라서 안심이 되었다. 적막하고 쓸쓸한 고독은 아니었다. 오랫동안 혼자가 되기를 꿈꾸어 왔던 사람에게 고독은 투명하고 풍성했다. 언제부턴가 해용은 행선지를 알 수 없는 여행을 앞둔 사람이 되어 있었다. 돌아올 날짜도 정해지지 않은, 혼자서 떠나는 여행. 20년 전 동베를린으로 떠날 때와 비슷한 느낌이었다. 얼마 전부터 부쩍 몸 상태가 나빠지기 시작했다.

 나무 책상의 서랍을 열어, 얼마 전 사 두었던 공테이프를 꺼내 녹음기에 꽂았다. 테스트 삼아, 붉은 화살표로 표시된 녹음 버튼을 눌러 주변에서 들려오는 소리를 녹음해 보았다. 녹음기의 성능은 생각보다 좋아서 윗집 바닥에서 울리는 발걸음 소리, 의자를 끄는 소리, 집 앞을 지나는 자동차 소리, 바람에 창문이 흔들리는 소리를 그대로 담아냈다. 평소에는 주의를 기울이지 않던 소리, 눈에는 보이지 않는 그것들을 붙잡아 재생

할 수 있다는 사실은, 어린아이가 그것을 처음 알게 되었을 때처럼 새삼 신기하게 느껴졌다. 다시 녹음 버튼을 눌렀다. 윗집에서 화장실 물을 내리는 소리, 바깥 정원에서 나뭇가지를 치는 소리, 비둘기 울음소리, 아이들의 외침 소리, 멀리서 들려오는 성당의 종소리, 건물 관리인이 빈 쓰레기통을 끌고 가는 소리가 이어지다가, 구급차의 발작적인 사이렌 소리가 뛰어들어 주변을 불안하게 만들었다. 해용은 자신이 하려던 일을 잠시 잊은 채, 소리를 녹음하고 들어 보는 일을 종일이라도 반복할 수 있을 것 같았다. 이번엔 눈을 감고 녹음기에서 들리는 소리가 아닌 실제 소리에 집중해 보았다. 평소보다 훨씬 많은 소리가 들리기 시작했다. 문득, 이 많은 소음에 둘러싸여 있었으나 그것을 의식하지 못한 채 살아왔다는 생각이 들었다. 반복해서 들을수록 소리는 보이는 이미지들이 되었다. 눈으로 보인다기보다는, 귀로 들어온 것이 몸속에서 울려 퍼지며 보이는 것이 되었다. 그래서 첫째 날엔 녹음을 하지 못하고, 그 보이는 소리를 그림으로 그렸다. 녹음은 다음 날로 미루어졌다.

"나는 아주 가난한 집에서 태어났습니다."

첫 마디를 뱉기가 쉽지 않았다. 자꾸 목에 뭔가 걸린 것 같이 켁켁 잔기침이 나왔다. 하지만 두 마디, 세 마디가 천천히 이어지면서 해용의 기억은 회오리 속으로 빨려 들어가듯이 과거를 향해 줄달음쳤다. 곁에 아무도 없었지만, 해용은 누군가가 자신의 이야기에 귀 기울여 들어 주고 있는 것처럼 말하고, 또 말했다. 재생 버튼을 누르니 아주 낯선 목소리가 낯선 모국어로 말하고 있었다. 그만큼 해용은 자기 자신에게 가장 낯선 존재였다.

수십 년을 이국에서 살아온 해용은, 자신이 왜 고향으로 돌아가지 못했는지, 돌아가지 않았는지 생각해 보았다. 몇 번의 기회가 있었고, 실제로 잠시 방문하기도 했지만 실현되지 못했던 것은, 외부적인 여건, 정치, 사회적인 제약과 더불어, 어떤 두려움이 그의 내면에 무거운 쇳덩이처럼 자리 잡고 있었기 때문이었다. 40년간 자신이 변한 것만큼이나 고향은 변해 있었다. 마음 깊이 그리워했던 가족, 친구들도 이젠 같은 사람들이 아니었다. 어릴 적 기억을 걷어 낸다면, 그들은 길을 가다 우연히 만난 낯선 이들과 다를 바 없었다. 그들 또한, 해용을 과거의 해용으로만 기억했을 것이다. 40년의 세월, 9천 킬로미터의 거리를, 그 물리적 숫자가 서로에게 미친 영향을 이루 짐작하기는 피차 어려운 일이었다. 사람들의 변화는 물론이고, 눈을 감으면 아직도 손에 잡힐 듯 선명한 고향의 모습이, 이제 현실에 존재하지 않는다는 사실은, 확인하지 않는 편이 더 나을 수도 있었다고 생각했다.

단옥을 잊은 적이 없었다. 할머니가 되었을 그의 모습은 상상하기 힘들었다. 사실, 그 얼굴은, 사진을 간직하지 않았다면 잘 생각나지 않았을 것이다. 목소리는 잘 생각나지 않았는데, 단옥을 품에 안았을 때의 느낌은 여전히 생생했다. 어린 새처럼 바들바들 떨고 있던 작은 몸의 부드러운 피부와 새큼한 체액의 냄새, 해용의 몸이 그의 몸 한가운데로 깊숙이 들어갔을 때, 절정에 이른 두 몸이, 불덩이가 되어 터질 듯한 격정으로 치달았던 기억. 몸의 기억이 머리의 기억보다 더 깊었다. 그 붉은 기억을 여전히 몸에 담고 있을 늙은 단옥은, 마치 마녀의 요술봉이 그에게 수십 년 세월을 한꺼번에 저주처럼 퍼붓기라도 한 듯이, 도망치지 못하게 발목에 쇳덩이를 채운 수용소의 포로들처럼, 죽음을 향해 느릿느릿 걸어가고 있을 것이다. 해용은 단옥의 주름 가득한 얼굴을 어루만지며, 마녀의 저주를 풀지 못해 가슴을 치고 통탄했을지도 모른다. 해용이 고향으로 완전히 돌아갔다면, 멀리 지구 반대편까지 가서도 '불사의 묘약'을 찾지 못한 채 돌아온, 실패한 영웅이 되어야 했을 것이다. 해용은 자신의 결말이 그렇게 맺어지는 것이 싫었다. 떠도는 자로 남는 것이 차라리 낫겠다고 생각했다. 북한을 방문했을 때, 단옥은 끝내 만날 수 없었다. '아바이 수령님 덕분에 일없이 잘살고 있다'는 친구에게 전해 들은 이야기로는, 단옥은 임신한 상태에서 집에서 쫓겨났고, 만주로 가서 독립군과 혼인을 했다는 소문이 있었다고 했다. 그다음은 어떻게 됐는지 알 수 없다고 했다. 해용은 흑백 사진 한 장으로만 남은 단옥을 다시금 생각하니 가슴을 칼로 도려내듯이 아팠다. 경성 읍성에서 옛 연인을 추억하며 눈물 없는 울음을 삼켰다. 아이는 어떻게 되었을까. 죽었을까 살았을까 생각했다.

해용은 며칠째 하루도 거르지 않고, 혼자 있는 시간에 녹음을 이어 갔다. 한 번에 오래 할 수는 없었다. 10분이었는지 20분이었는지, 어쩌면 더 길었는지도 모른다. 마음속에 오래 담겨 있던 말들은, 다락방 깊숙이 묻혀 있던 옛날 물건처럼 낡고, 먼지로 뒤덮여 있었지만, 그것엔 세상의 모든 진실이 머금고 있는 쓰라린 생기가 있었다. 생기란, 사람을 살게 하는 기운이므로, 해용은 며칠간 그 생기로 인해, 넘어져 무릎에 생채기가 났을 때처럼 쓰릿쓰릿, 살아 있음을 느꼈다.

"나는 산을 좋아하지 않아요. 어렸을 때 많은 시간을 산에서 보냈지만. 거기엔 너무 힘든 기억들이 있어서……. 큰불이 났었고 거기서 어머니를 잃었으니까. 어머니에 대한 기억은 모두 힘들기만 하지. 내 아바지는 친아바지가 아니라고 알고 있어요. 어른들은 내가 그렇게 알고 있다는 걸 몰랐을 거야. 나를 낳아 준 아바지는……. 조금 커서 말귀를 알아듣게 되었을 때, 동네 아지미들이 뒤에서 수군대는 소리를 들었지. 어머니가 삼지연에 살 때 약초를 캐러 깊은 산에 들어갔다가 겁탈을 당했다고. 마적 떼한테……. 중국인들이 홍호자라고 부르던 그 불한당 놈들은 만주, 러시아의 국경을 넘나들며 헤집고 다니면서 조선인들을 괴롭히던 도적 떼였는데, 그냥 보통 도적이 아니고, 강도, 살인, 강간, 방화를 일삼는 짐승 같은 자들이었어. 난 겁탈이 무슨 뜻인지도 몰랐지만, 내가 태어난 것이 불행한 일이었다는 걸 본능적으로 알았지. 불쌍한 어머니는 그 죽음도 불행했고, 난 '어머니 없는 노마(아이)'라는 꼬리표가 붙어 떨어질 줄 몰랐어요. 아바지마저 날 버리고 만주로 가 버렸을 때, 큰아바이가 날

보고 어마니 없는 불쌍한 아이라고 하며 심봉사처럼 젖동냥을 하러 다니던 게 생각나. 아주 어릴 때 일인데도 기억이 나는 게 신기하지. 난 예민한 아이였어. 그래서 기억을 하는가 봐. 난 어마니의 슬픔 속에서 태어났고 그 슬픔과 함께 자랐어요. 그 슬픔이 날 극도로 예민하게 만들었다고 생각해요. 나중에는, 어마니가 일부러 불구덩이에서 빠져나오지 않은 게 아닐까 하는 생각이 들더라고. 애들은 날 '쇼누깔(소눈깔)'이라고 부르며 놀려 댔고, 어른들은 불쌍하게 생각했지. 부모와 함께 사는 다른 애들이 부러웠어요."

해용의 한국어는 어눌했다. 표준어를 쓰려고 애썼으나 중간중간 뜻을 알 수 없는 단어들도 섞여 나왔고, 우리말이 생각나지 않을 때는 프랑스어로 말하기도 했다. 처음에는 누군가 앞에 앉아 있는 듯이 상대를 향해 말하기 시작했는데, 점점 혼잣말이 되어 갔다. 혼잣말로 되뇌다가는 또, 누군가가 앞에 있는 것이 다시 생각났다는 듯 말을 이어 갔다. 어린 시절을 이야기했던 날 밤에는 잠을 자다가 가위에 눌렸다.

"이 얘기는 꼭 해야 하는데…….
내가, 동베를린에서 만난 윤주명에게는 스위스 계좌에 아무것도 남은 게 없다고 해서 두들겨 맞았지만, 사실 스위스에서 만난 류이치가 내게, 계좌 하나가 더 있다고 했소. 스위스의 은행장이 나한테는 거짓말을 한 거고. 나도 랑베르 씨가 자기 개인 계좌를 만들었을 거라고는 생각을 못 했어요. 내가 너무 순진했지. 내가 북한에 다녀오고 나서 몇 년 후에 동백림 간첩단 사건으로 구라파 교민 사회가 쑥대밭이 되었는데, 그때 내가 다른 한국 사람들과 어울렸더라면 나도 간첩 혐의를 벗기 힘들었을 거요. 그래도 중국 여권을 가지고 있으니 좀 나았으려나……. 결국은 독재자가 정권 유지를 위해 조작한 사건으로 밝혀졌지. 그래서 남한에도 북한에도 오만 정이 다 떨어졌소. 결국, 내 중국 여권을 대만 여권으로 바꿔 버렸고. 그런데 얼마 전 남한 독재자가 살해되었다니, 정국이 좀 안정되기를 기다려야겠지만, 내가 죽기 전에 꼭 스위스 계좌의 존재를 알려야 해요. 시한을 넘겨 은행으로 돈이 넘어가기 전에. 하지만 이번에 또 쿠데타가 일어난다면, 후유…….”

해용은 깊은 한숨 끝에 잠시 뜸을 들이다가 다시 말을 이었다.

“한국에 관한 얘기를 하면 기분이 좋아지긴 하지만, 난 이제 더는 한국적이지도 않소이다. 그렇다고 프랑스 사람도 아니요. 사람들은 내게 수십 년을 프랑스에 살며 왜 프랑스로 귀화하지 않느냐고 묻곤 했지. 그럴 때마다 난 이 동양인 얼굴로 어떻게 프랑스 사람이 되겠냐고 대답했소. 이젠 늙어서 귀도 안 들리고 눈도 안 보여서 할 수 있는 게 없어요. 어쩌면 내 인생은 보잘것없고 아무것도 이룬 것이 없는지 몰라도 용쓰며 살았지. 그래도 나는 끝까지 죽지 않고 살았소. 자주 괴롭고 힘들었고, 가끔은 조금 행복하기도 했지."

해용은 세상과 자기 자신에 대해 환멸과 염증이 파도처럼 밀려오면 이 파도를 타고 어딘가로 건너가는 중이라고 생각했다. 큰 바다를 건너가고 있는 거라고.
마지막 한마디는 프랑스어로 말했다.

"마리즈, 앙투안, 난 좋은 아버지는 아니었지만, 그래도 너희를……"

다음 말을 망설이는 해용의 목소리가 가늘게 떨리고 있었다.

해용은 이제 할 말이 생각나지 않았다. 할 말을 다 한 것인지 아니면 아직 말로는 만들어지지 못하는 것들이 형체를 찾기 위해 유령처럼 맴돌고 있었는지, 그게 아니라면, 영원히 사라지기 위해 머뭇거리는 중인지도 몰랐다. 이 머뭇거림조차 어느 날에는 사라지고 없을 것이다. 오랫동안 입 밖에 내지 않았던 모국어가 주변의 소음과 함께 녹음된 것을 확인했을 때, 해용은 더 바랄 것이 없었다. 큰 짐을 내려놓은 것 같기도, 비로소 그 무엇으로부터 풀려난 것 같기도 했다.

'이만하면 됐어.'

하고 싶은 말을 다 한 것인지는 알 수 없었다. 그래도 해용에게는 이제, 더는 말해야 할 것이 없는, 넘어야 할 것도 없는, 언어도, 넘어서야 할 경계도 존재하지 않는 영토에 대한 희망이 남았다. 그의 안도감은 그 희망의 끝에서 한숨처럼 흘러나온 것이었다. 녹음을 마치고, 해용은 그 영토에 이르는 길에 한 발짝 더 가까워졌음을 알았다.

작품 해설

거미줄 위에 이슬방울처럼 맺힌 조각 그림들

 이 소설은 프랑스어 전문 번역가로 활동해 온, 길혜연 작가의 첫 번째 장편 소설이다. 그는 대학에서 프랑스 문학을 전공했고, 프랑스에서 두 차례에 걸쳐 총 13년간 체류한 경험이 있다. 이 체험은 소설의 구상에 중요한 밑거름이 된다. 구상은 1998년에 시작되었는데, 탈고하기까지 무려 23년이 걸렸다. 두어 가지 다른 직업에 종사하면서, 집중해서 작업할 수 있는 환경을 갖지 못했기 때문이었다. 본격적으로 작업을 시작하게 된 계기는, 2017년 원주 토지문화관 문인 창작실에서 보낸 두 달간이었고, 작가는 오십이 넘은 나이가 되어서야 창작실에 입주한 첫날, '난 원래 이렇게 살았어야 했는데……'라고 생각했다. 자, 이제부터 소설을 써 보자 하고 시작한 것은 아니었다. 어느 날, 이야기 한 덩어리가, 얽힌 실뭉치의 모습으로 찾아왔고, 그 이야기 덩어리는 소설의 형식을 통해야 표현될 수 있을 것 같아서, 그렇게 불쑥 나타나 떠나지 않고 오래 머문 이야기를, 작가는 끝내 써냈다.

이 작품을 한마디로 요약하자면, 1895년생 주인공 정해용의 남다른 삶의 궤적을, 또 다른 주인공인 1960년생 김현우가 되짚어 따라가 보는 이야기다. 김현우는 처음엔, 자신이 왜 타인의 삶에 그토록 끌리는지 잘 알지 못한다. 하지만 그것을 따라가는 과정에서, 자신의 삶을 이해하고 싶어서였다는 것을 알게 된다. 그는 불현듯 자신의 삶에, 우리 각자의 삶에 숨어 있는 모종의 힌트, 즉 사람들은 모두, 눈에 보이지 않지만, 분명하고 섬세한 망으로 연결되어 있을지도 모른다는, 양자 역학적 힌트를 얻게 된 것인지도 모른다. 이 두 사람에게는 각자의 가족이 있으니, 백여 년에 걸친 그들의 가족사가 마치 DNA의 나선 구조처럼 펼쳐진다. 대한 제국과 대한민국을 아우르는 한국의 근현대사가 파란만장했던 만큼 그들도 평탄한 삶을 살지 못했다. 김현우가 글을 쓰는 행위도, 이 섬세한 망을 짚어 내는 행위일 것이다. 김현우는 일제 치하에서 살지도, 세계 대전이나 한국 전쟁을 겪지도 않았지만, 그의 부모, 부모의 부모가 겪은 재앙의 그림자에서 벗어나지 못했다. 어쩌면 그것은 집단적 외상 후 스트레스 장애의 그림자라고 할 수도 있다. 그가 정해용의 삶에 집착한 또 다른 이유는, 그 그림자 때문에 이유 없이 힘겨운, 자신의 삶의 뿌리, 땅속에 묻혀 가려진 채 이리저리 얽힌 고통의 '리좀'을 캐내고야 말겠다는 집념의 결과일 수도 있다.

 정해용의 삶을 관통하는 근원적인 불안은, 어린 시절에 부모, 특히 어머니의 부재, 자신의 아이를 임신한 채 이별할 수밖에 없었던 연인 전단옥의 기구한 삶과, 생사를 알 수 없는 자식의 존재와 더불어, 자신의 의지와 상관없이 휩쓸리게 된 정치적인 사건에서 비롯된 것으로 보인다. 자식의 생사를 알지 못하는 인물은 반복적으로 나온다. 전단옥이 그랬고, 김현우의 아버지 김사덕이 그랬다. 그들은 대낮에 눈을 뜬 채 악몽을 '살아야' 했다. 흥미로운 점은, 〈덕이 이야기〉의 말미에서, 김현우가 힘겨운 글쓰기 작업을 하면서, 그것을 중도에 포기한다면 자신의 아이를 가진 연인을 버리는 것과도 같은 심정이 될 거라며, 글쓰기의 완성을 통해 무의식적으로 정해용의 불안을 세습하지 않으려 저항하고 있는 듯 보이는 것이다. 정치적 사건으로 말하자면, 정해용이 1919년에 상하이에서 유럽으로 가는 대형 여객선에 오르기 직전, 낯선 남자로부터 가방 하나를 전달받은 것으로써, 대한 제국 황제가 일본의 눈을 피하려고, 프랑스 공사를 통해 유럽으로 피신시킨 비자금 사건에 휘말리게 된 것이다.

1980년 파리. 30대 중반의 프랑스 여성 마리즈는 남동생 앙투안에게서 아버지 정해용의 부음을 전해 듣는다. 그들은 영국계 프랑스인 어머니와 한국인 아버지 사이에서 1940년대에 태어났다. 두 사람은 장례식을 마치고 아버지의 집을 정리하면서 어린 시절을 회상하고, 인상적인 몇 가지 유품만을 챙겨 간직한다.

1998년, 서울 소재 프랑스 공관에서 근무하는 김현우는 파리 출장길에 센 강변의 고서적상에서 우연히 책 한 권을 발견한다.

1930년대에 파리에서 거주하던 한국인이 프랑스어로 쓴 한국의 민담 모음집이었다. 그는 일제의 식민 통치 시대에 유럽에 그런 한국인이 있었다는 사실에 강한 호기심을 느껴 책을 구매한다. 서울에 돌아온 후, 신문 기사를 통해 1919년에 프랑스로 건너간 정해용의 존재를 알게 된 김현우는, 수소문 끝에 정해용의 유가족인 마리즈, 앙투안과 연락이 닿아 만난다. 김현우는 그들로부터 정해용에 관한 이야기를 전해 듣고, 그의 육성이 녹음된 카세트테이프를 건네받는다. 녹음 내용에는 놀랍게도, 정해용의 개인사뿐 아니라, 한 번도 공개된 적 없는, 패망한 대한제국 황실의 비밀 정보가 담겨 있었다.

정해용은, 본인의 의지와는 무관하게도 그 정치적인 사건에 연루되어 수십 년 동안 그 그림자에서 벗어나지 못한 채 생을 마치게 된 사실이 밝혀진다. 그 사건에는 조선의 초대 프랑스 공사 앙리 랑베르, 유럽에서 명성을 얻은 일본 화가 야마모토 류이치가 깊숙이 관련되어 있었다. 이 사실을 알게 된 김현우는, 충격과 감동에 휩싸여 소설을 쓰기 시작한다. 김현우의 글쓰기에는, 지리적인 경계선을 넘기 위해 몇 번이고 자기 내면의 경계도 넘어야 했던, 혹은 역으로, 내면의 경계를 넘으려고 지리적인 경계선을 넘었던 정해용의 삶에 대한 매혹이 깔려 있다. 독자들은 김현우 소설의 첫 구절이 이 소설의 첫 구절과 같을 수도 있겠다고 상상한다. 이것은 김현우가 쓰는 소설일 수도 있다.

한편, 다큐멘터리 영화감독인 마리즈는, 아버지 정해용이 살아 있을 때는 전혀 알지 못했던 한국을 발견해 가는 과정에서 세상의 모든 실향민에 대한 영화를 제작하기로 하는데, 김현우의 아버지 김사덕도 한국 전쟁 실향민이라는 사실을 알고 인터뷰를 시도한다. 마리즈는, 김사덕이 소중하게 간직해 온 어린 시절의 가족사진을 보다가, 정해용의 유품에서 나온 젊은 여성의 사진 한 장을 꺼내 보이는데, 그 안에서 전단옥이라는 여성에 대한 새로운 사실을 발견하게 되지만, 독자들은 알게 되는 진실이, 등장 인물들에게는 여전히 베일에 가려져 있다.

1908년 파리, 1919년 상하이, 무르만스크, 에든버러, 1920년 프랑스 동부 쉬에프, 1920년대의 파리, 1923년 리용, 1935년의 경성, 1960년 파리, 제네바, 동베를린, 1990년대 후반 서울 등, 직접적이거나 간접적으로 등장하는 시간적, 공간적 배경을 설정하면서, 그에 따른 자료 조사에도 작가는 많은 시간과 공을 들였다. 특히 1919년 무르만스크에서 영국 함대를 따라 탈출한 한국인 노동자에 대한 자료는, 영국과 프랑스 현지의 기록 보관소까지 조사했다. 그렇다고 해도 이것이 역사 소설은 아니다. 작가는, 이 소설이 역사 소설이 아니게 하려고, 오랫동안 사료를 조사하고 역사 관련 서적을 탐독했다.

제국주의, 국가주의, 민족주의, 오리엔탈리즘, 공산주의, 민주주의 등, 서로 다른 이념들의 대립을 가장 먼 원경에 배치한 채, 역사적 사실과 실존 인물에서 영감을 받았으나, 완전히 가공(加

工)된 인물들을 통해, 고통으로 점철되어 분열되고 해체된 것으로 보이는, 어떤 개인들의 삶은, 결코 망가진 채 고립된 삶이 아니며, 다만 거미줄 위에 서로 연결되어 이슬처럼 맺혀 있는 조각 그림과도 같음을, 이 소설은 보여 준다. 해가 나면 이슬은 사라지고 거미줄 또한 영원할 수는 없다. 결국, 그들은 모두 몰락하는 존재라는 공통분모를 지니고 있다. 하지만 드넓은 마른 평야에서 '하얀 십자가의 숲'을 이루며 잠들어 있는 1차 대전 참전 전사자들처럼 그들은 고통과 희생의 피를 땅에 뿌리며 생명을 준다. 그 땅은 때로 복구할 수 없을 정도로 파괴되기도 하지만, 살아 있는 것을 지키는 그들의 방식은, 스스로는 몰락하면서 다음 생명을, 생명의 이야기들을 이어간다. 이 소설은 또한, 우리는 역사나 개인사의 이야기들을 파헤치지만, 완벽하게 밝혀진 이야기는 없다는 암시를 준다. 등장인물들은 저마다 자신의 이야기를 찾아가다가 다른 사람들의 이야기와 만난다. 그리고 그 이야기들에는 언제나, 영원히 감추어진 부분이 있다.

작가는 역사의 격랑을 헤치며 살아간다기보다는 더 빈번히 그에 떠밀려 살아가는 개인의 삶에 집중한다. 무거운 주제를 지나치게 비장하거나 장중한 문체로 쓰지는 않으려 한 점과 다채로운 배경에 비해 그 묘사는 가능한 한 간결하게 처리한 것이 눈에 띈다. 대한 제국 황실 비자금 스캔들의 진상을 파헤치거나, 정해용과 김현우의 접점을 찾는 소소한 재미가 있고, 마약과 섹스와 폭력은 빠진, ─ 일제의 국권 침탈이 가장 수위 높은 폭력이긴 하다. - 21세기에 보기 드문 소설이다.

  현우는 이제, 사전에 나와 있는 것처럼 우연과 필연이 서로 반대되는 의미라는 것에 동의할 수 없었다. 우연은 필연의 시작이고, 몰랐던 필연을 우연이라 이름 붙인 거라는 생각이었다.
  - 8장 「박스 기사와 녹음테이프」 중에서